后圣荀子

高专诚 著

作家出版社

序 一

张 平

为了深入贯彻落实习近平总书记视察山西重要讲话和重要指示精神，山西省运城市委宣传部策划编撰了"典藏古河东丛书"，共十一本。本丛书旨在反映河东的悠久历史和文化底蕴，传承和弘扬河东优秀传统文化，为推动经济社会发展提供强大的价值引导力、文化凝聚力和精神推动力，提升运城的知名度、美誉度。

运城，位于黄河之东，又称"河东"。河东是一片古老而神奇的土地，数千年来，大河滔滔，汹涌奔腾，物华天宝，钟灵毓秀，人杰辈出，群星灿烂，孕育了悠久而灿烂的历史文化，具有厚重的人文历史积淀，构成了中国传统文化的重要基因，植根于中国人的血脉，不愧为中华文明的摇篮。

关于"河东"的说法，最早来源于《尚书·禹贡》的记载。《禹贡》划分天下为九州，首先是冀州，其次分别为兖州、青州、徐州、扬州、荆州、豫州、梁州、雍州，皆以冀州为中心。冀州，即古代所谓的"河东"。当时的河东是华夏文明的轴心地带。河东，在战国、秦汉时指今山西西南部，后泛指今山西省，因黄河经此由北向南流，这一带位于黄河以东而得名。战国中期，秦国夺取了魏国的西河和韩国的上党以后，魏国为加强防守，遂置河东郡，国都在今运城市安邑镇。公元前290年，秦昭王在兼并战争中迫使魏国献出河东地四百里给秦。秦沿袭魏河东郡旧名不变，治所在安邑（今山西夏县西北禹王城）。秦始皇统一六国，设三十六郡，运城属河东郡，治所安邑。汉代的河东，辖今山西阳城、沁水、浮山以西，永和、隰县、霍州市以南地区。东晋义熙十四年（418年），河东郡移治蒲坂（今山西永济市蒲州镇），辖境缩小至今山西西南汾河下游至王屋山以西一角。隋废，寻复置。唐改河东郡为蒲州，复改为河中府。唐天宝、至德时又曾改蒲州为河东郡。宋为河东路，辖山西大部、河北及河南部分地区，至金朝未变。元、明、清与临汾同为平阳府，治所平阳（今临汾尧都区）。民国三年至十九年，运城、临汾及石楼、灵石、交口同属河东道。古代，由于河东位于两大名都长安和洛阳之间，其他州郡对其形成众星捧月之势，因此，河东无论在政治、经济、文化上都具有重要的地位。河东所辖的地区范围不断发生变化，但其疆界基本上以现代的山西运城市为中心。今天的河东地区，特指山西运城市。

河东，位于山西西南部，是中国两河交汇的风水佳地。黄河滔滔，流金溢银，纵横晋陕峡谷；汾水漫漫，飞珠溅玉，沃育河东厚土。在今天之运城，黄河从河津寺塔西侧入境，沿秦晋峡谷自北向南，出禹门口后，一泻千里，由北向南经河津、万荣、临猗、永济，在芮城县的风陵渡曲折向东，过平陆、夏县，到垣曲县的碾盘沟出境，共流经运城市八个县（市）。汾河是山西的母亲河，发源于宁武管涔山脉，从南至北流经河东大地。汾河自新绛县南梁村入境，经新绛、稷山、河津、万荣四县（市），由万荣县庙前汇入黄河，灌溉着河东万顷良田。华夏民族的始祖在河东繁衍生息，中国古代第一部诗歌总集《诗经》里的许多诗篇歌吟过河东大地。黄河和汾河交汇之处——山西运城市，吸吮黄河和汾河两大母亲河的乳汁，滋生了悠久灿烂的华夏文明，源远流长。在朝代的兴替与岁月的更迭中，河东大地描绘了多少华夏儿女的动人画卷，道尽多少人间的沧桑变化！

河东，地处晋、豫、陕交会的金三角地区。山西省运城市、河南省三门峡市、陕西省渭南市，区域总面积约五万二千平方公里，总人口约一千七百余万，共同形成了晋陕豫三省边缘"黄河金三角区域"，构成了以运城市为核心的文化经济圈。这个区域，位于我国中、西部交界地带，接通华北，连接西北，笼罩中原，位置优越，不仅是华夏文明的发祥地，而且在全国经济发展中具有承东启西、贯通南北的作用。该区域的历史文化、资源禀赋、旅游优势、经济协作，可以发挥重要的经济文化互相促进的平台效应，具有"以东带西、东中西共同发展"的战略价值。研究河东历史文化，对于繁荣黄河金三角地区的文化，打造区域经济圈，都具有非常重要的现实意义。

河东，是"古中国"的发祥地。河东地区，属于人类最早活动的区域之一。这片美丽富饶的大地上，远古时期气候温和，土地肥沃，山脉起伏，河汉纵横，绿草丰茂，森林覆盖，飞鸟鸣啾，走兽徜徉，是人类栖息的理想地方。著名考古学家苏秉琦教授在其《华人·龙的传人·中国人》一文中指出："晋南地区是当时的'帝王所都'。帝王所都为'中'，故曰'中国'。而'中国'一词的出现正在此时。'帝王所都'，意味着古河东地区曾经是华夏民族的先祖创建和发展华夏文明的活动中心。"自从盘古开天地、三皇五帝到今天，从远古文明到石器时代，从类人猿到原始人、智人的进化，河东这块土地都充当了亲历者和见证者。

人类的远祖起源于河东。1995 年 5 月，中美科学家在山西省垣曲县寨里村，发现了世界上最早的具有高等灵长类动物特征的猿类化石，命名为"世纪曙猿"。它生活在距今四千五百万年以前，比非洲古猿早了一千多万年。中美科学家在英国权威科学期刊《自然》杂志上联合发表论文，证实了人类的远祖起源于山西垣曲县寨里村，推翻了"人类起源于非洲"的论断。

人类文明的第一把圣火燃烧于河东。西侯度遗址位于山西省芮城县西侯度村，考古学家发掘出土的石器有石核、石片、砍斫器、刮削器和三棱大尖状器，动物化石有巨河狸、山西披毛犀、中国野牛、晋南麋鹿、步氏羚羊、李氏野猪、纳玛象等，尤其在文化层中发现了带切痕的鹿角和动物烧骨，这是中国最早的人类用火证据。证明远在二百四十三万年前，人类就在这里生活居住，并已经掌握了"火种"。

中国的蚕桑起源于河东。《史记》记载了"嫘祖始蚕"的故事。河东地区有"黄帝正妃嫘祖养蚕缫丝"的传说。西阴遗址位于山西省夏县西阴村。1926 年，考古学家李济主持发掘该处遗址，出版了《西阴村史前遗存》一书。该遗址属于新石器时代，西北倚鸣条岗，南临青龙河，面积约三十万平方米。此处发掘出土了许多石器和骨器，最具震撼力的是发现了半枚经人工切割过的蚕茧壳。这为嫘祖养蚕的传说提供了有力实证。2020年，人们又在山西夏县师村遗址出土了仰韶文化早期遗物，主要有罐、盆、钵、瓶等。尤为重要的是，还出土了四枚仰韶早期的石雕蚕蛹。西阴遗址和师村遗址互相印证，意味着至迟在距今六千年以前，河东的先民们就掌握了养蚕缫丝的技术，成为中华文化的重要标识之一。

远古时代，黄帝为首的华夏族部落生活在河东一带。黄帝的元妃嫘祖是河东地区夏县人，宰相风后是河东地区芮城县风陵渡人。黄帝和蚩尤大战于河东地区的盐池一带。传说黄帝取得胜利后尸解蚩尤，蚩尤的鲜血流入河东盐池，化为卤水，因而这里被命名为"解州"。今天运城市还保存着"解州镇"的地名。盐池附近有个村庄名叫蚩尤村，相传是当年蚩尤葬身的地方。后来人们将蚩尤村改名"从善村"，寓弃恶从善之意。黄帝战胜蚩尤之后，被各诸侯推举为华夏族部落首领。《文献通考》道："建邦国，先告后土。"黄帝经过长期战争后，希望国泰民安，天下太平，得到大地之神——后土的护佑。于是，黄帝带领部落首领来到汾阴雎上，扫地为坛，祭祀后土，传为千古佳话。明代嘉靖版《山西通志》记载："轩辕扫地坛在后土祠上，相传轩辕祭后土于汾雎之上。"

河东地区是中华民族的先祖尧、舜、禹定都的地方。文献记载："尧都平阳（今临汾）、舜都蒲坂（今永济）、禹都安邑（今夏县）。"据史料记载，尧帝的都城起初设在蒲坂，后来迁至平阳。清光绪十二年（1886年）的《永济县志》记载："尧旧都在蒲。"《水经注》："雷首，俗亦谓之尧山，山上有故城，又曰尧城。"阚骃《十三州志》："蒲坂，尧都。"如今运城永济市（蒲坂）遗存有尧王台，是当年尧舜实行"禅让制"的见证地。舜亦建都于蒲坂。史籍载：舜生于诸冯，耕于历山，陶于河滨，渔于雷泽，都于蒲坂。远古时期，天地茫茫，人民饱受水灾之苦。禹的父亲鲧治水失败。禹吸取教训，从冀州开始，踏遍九州，改"堵"为"疏"，三过家门而不入，历经十三年最终治水成功。《庄子·天下》记载："昔禹之湮洪水，决江河而通四夷九州也。名山三百，支川三千，小者无数。"禹治水有功，舜把天子之位禅让给禹。禹建都安邑，其遗址在山西夏县的禹王城。《括地志》道："安邑故城在绛州夏县东北十五里，本夏之都。"禹王城遗址出土了东周至汉代的许多文物，其中有"海内皆臣，岁丰登熟，道无饥人"十二字篆书。从尧舜禹开始，河东便是帝王的建都之地。

运城盐池是中国古代重要的食盐产地，被田汉先生赞为"千古中条一池雪"。它南倚中条，北靠峨嵋，东邻夏县，西接解州，总面积一百三十二平方公里。盐湖烟波浩渺，硝田纵横交织，它与美国犹他州澳格丁盐湖、俄罗斯西伯利亚库楚克盐湖并称为世界三大硫酸钠型内陆盐湖。据《河东盐法备览》记载，五千多年前，我们的祖先在运城盐池发现并食用盐。《汉书·地理志》："河东，地平水浅，有盐铁之饶，唐尧之所都也。"黄河和汾河两河交汇的地理优势、丰富的植被和盐业资源，为古人类提供了良好的生活条件。当年，舜帝曾在盐湖之畔，抚五弦之琴，吟唱《南风歌》：

南风之薰兮，
可以解吾民之愠兮。
南风之时兮，
可以阜吾民之财兮。

运城在春秋时称"盐邑"，汉代称"司盐城"，宋元时名为"运司城""凤凰城"等。因盐运而设城，中国仅此一处。河东人民在千百年的生产实践中总结出的"五步法"产盐工艺，是全世界最早的产盐工艺，被英国科学家李约瑟称为"中国古代科技史上的活化石"。

万荣县后土祠是中华祠庙之祖。后土祠位于山西万荣县庙前镇，《水经注》道：河东汾阴"有长阜，背汾带河，长四五里，广二里有余，高十余丈，汾水历其阴，西入河"。孔尚任总纂《蒲州府志》记载："二帝八元有司，三王方泽岁举。"尧帝和舜帝时期，确定八个官员专管后土祭祀，夏商周三朝的国君每年在汾阴举行祭祀后土仪式。遥想当年，汉武帝在汾阴建立后土祠，写下了传诵千古的《秋风辞》。从汉、南北朝、隋、唐、宋至元代，先后有八位皇帝亲自到万荣祭祀后土，六位皇帝派大臣祭祀后土。万荣后土祠，堪称轩辕黄帝之坛、社稷江山之源、中华祠庙之祖、礼乐文明之本、黄河文化之魂、北京天坛之端。

河东是中国农耕文明的发祥地之一。河东地处黄河流域、黄土高原腹地，远古时代气候温润，物产丰富，具有发展农业生产的优越的自然地理环境。舜耕历山，禹凿龙门，嫘祖养蚕，后稷稼穑，这些历史传说都发生在河东大地。《晋书·天文志上》："稷，农正也，取乎百谷之长以为号也。"后稷是管理农业的长官、百谷之长。《孟子》："后稷教民稼穑，树艺五谷；五谷熟，而民人育。"意思是，后稷教民从事农业，种植五谷，五谷丰收，人民得到养育。传说后稷在稷王山麓（在今山西稷山县境）教民稼穑，播种五谷，是远古时代最善种稷和粟的人，被称之为"稷王"。人们把横跨万荣、稷山、闻喜、运城东西二十里、南北三十里的山脉，叫作"稷王山"。迄今为止，在河东已发现石器时代遗址四百余处，出土的农耕工具有石斧、石锛、石锄、石铲等；粮食加工工具有石磨盘、石磨棒、石杵等；收割工具有半月形石刀、石镰、骨铲、蚌镰等。万荣县保存有创建于北宋时期的稷王庙，是我国现存唯一一座宋代庑殿顶建筑。

大江东去，浪淘尽，千古风流人物。五千年的中华文明史，孕育了无数杰出人物，史册的每一页都有河东的亮丽身影。

荀子，名况，战国晚期赵国郇邑（故地在山西临猗、安泽和新绛一带）人，在历史上属于河东人。他一生辉煌，兼容儒法思想；贡献杰出，塑形三晋文化。中国古代社会，先秦两汉之际是一个巨大的转折点，开启了新型的大一统时代。荀子继承和发扬了孔孟以来的儒家思想，提出儒、法融合，把道德修身、道德教化、道德约束之政治结合在一起，强调以先王之道、圣人之道和仁义之道治理天下，主张思想统一、制度统一，对秦汉以后的中国古代政治制度建设起了重要作用。从对社会现实和历史进程的影响来看，荀子是中国古代最有贡献的思想家之一。

关羽，东汉末年名将，被后世崇为"武圣"，与"文圣"孔子齐名。《三国志·蜀书》道："关羽，字云长，本字长生，河东解人也。"东汉末年朝廷暗弱，军阀混战，百姓流离失所，在兵燹战火中煎熬挣扎。时天下大乱，各种政治势力分合不定，各个阵营的人物徘徊左右。选择刘备，就是选择了艰难的人生道路；忠于汉室，就意味着奋斗和牺牲。关羽一生堂堂正正，坦坦荡荡，报国以忠，为民以仁，待人以义，交友以诚，处事以信，对敌以勇，俯仰不愧天地，精诚可对苍生。关羽身上体现了中国传统道德的忠义孝悌仁爱诚信。古代以民众对关公的普遍敬仰为基础，以朝廷褒封建庙祭祀为推动，以各种艺术的传播为手段，以历史长度和地域广度为经纬，产生了体现中华传统文化核心价值和民族道德伦理的关公文化。

卢纶，字允言，河中蒲州（今山西永济市）人。唐玄宗天宝末年进士，历官秘书省校书郎、监察御史、检校户部郎中等。唐代杰出诗人。明王士禛《分甘余话》道："卢纶，大历十才子之冠冕。"卢纶存诗三百三十九首，是处于盛唐到中唐社会动乱时代的诗人。他的《送绛州郭参军》，至今读来，仍有慷慨之气：

炎天故绛路，
千里麦花香。
董泽雷声发，
汾桥水气凉。
……

卢纶无疑是大历时期最具有独特境界的诗人，他的骨子里流淌着盛唐的血液，积极向上，肯定人生；不屈不挠，比较豁达；关心社会民生，不斤斤计较个人得失，一生都在努力创作诗歌。卢纶的诗歌气魄宏伟，境界广阔，善于用概括的意象，描绘盛唐的风韵。他在唐诗长河中的贡献与孟郊、贾岛等相比丝毫不弱。他的诗歌不仅在大历时期，在整个唐代也具有独特的价值。

司马光，字君实，陕州夏县（今山西夏县）涑水乡人。他历仕仁宗、英宗、神宗、哲宗四朝，是北宋伟大的政治家、史学家、文学家。司马光主政期间，提出"兴教化，修政治，养百姓，利万物"的治国理念，加强道德教育，改变社会风气；严格选用人才，严明社会法治；倡导"轻租税，薄赋敛，已逋责"的民本思想，希望实现"致中和，天地位焉，万物育焉"的天下大治的理想社会。他主持编纂的中国最大的一部编年体通史《资治通鉴》，与《史记》并列为中国古代史家之绝笔。全书共二百九十四卷三百万字，上起周威烈王二十三年（前403年），下迄五代后周世宗显德六年（959年），共记载了十六个朝代一千三百六十二年的历史，历经十九年编辑完成。清代学者王鸣盛评价《资治通鉴》说："此天地间必不可无之书，亦学者必不可不读之书。"司马光的著作另有《司马文正公集》《稽古录》《涑水纪闻》《独乐园集》等。

河东历史上的许多大家族，代有人杰，长盛不衰。河东的名门望族主要有裴氏家族、薛氏家族、王氏家族、柳氏家族、司马家族等。闻喜县裴氏家族为世瞩目，被誉为"宰相世家"。裴氏自汉魏，历南北朝，至隋唐、五代是其最兴盛时期。据《裴谱·官爵》载，裴氏家族在正史立传者六百余人，大小官员三千余人；有宰相五十九人，大将军五十九人，尚书五十五人。比较著名的有：西晋地理学家裴秀撰《禹贡地域图序》，提出了编绘地图的"制图六体"，在世界地图史上占有重要地位。西晋思想家裴頠著有《崇有论》，是著名的哲学家。东晋裴启的《语林》，是我国文学史上最早的一部志人小说。南北朝时的裴松之、裴骃（松之子）、裴子野（裴骃孙），被称为"史学三家"。唐代名相裴度，平息藩镇叛乱，功勋卓越，被称为"中兴宰相"。欧阳修《新唐书·宰相世系表》，将裴氏列为天下第一家族，感叹"其才子贤孙不殒其世德，或父子相继居相位，或累数世而屡显，或终唐之世不绝"。

习近平总书记在党的十九大报告中指出："深入挖掘中华优秀传统文化蕴含的思想观念、人文精神、道德规范，结合时代要求继承创新，让中华文化展现出永久魅力和时代风采。"中华优秀传统文化是"中华民族的基因""民族文化血脉"和"中华民族的精神命脉"，堪称中华民族的源头和根基。在具体撰写过程中，各位作者力求基于严谨的学术性、臻于文学的生动性，以史料和考古为基础，以学术界的共识为依据，不作歧义性研究和学术考辨，采用文化散文体裁，用清朗健爽、流畅明丽的语言，梳理河东历史文化的渊源和脉络，挖掘河东文化的深厚内涵，探寻其在华夏文明中的重要地位，弘扬民族文化的自尊和自信。希望通过这套丛书，使人们更加了解和认识河东历史文化，深化对中华文明的认知与感悟，进一步增强文化自信，推动中华民族的伟大复兴。

序 二

李敬泽

运城是山西南部的一个地级市，也是我的老家所在。

说起运城，自然会想起黄河、黄土高原和中条山、吕梁山以及汾河、涑水。黄河经壶口的喷薄，沿着吕梁山与陕北高原间逼仄的晋陕峡谷，汹涌奔腾，越过石门，冲出龙门，然后，脚步骤然放缓，犁开黄土地，绕着运城拐了个温柔的弯，将这片地方钟爱地搂抱在怀中。从青藏高原奔流数千里，黄河头一次遇到如此秀美的地方。

这里古称河东，北有吕梁之苍翠，南有中条之挺秀，两座大山一条大河，似天然屏障，将这片土地护佑起来，如此，两座大山便如运城的城垣，一条大河绕两山奔流，又如运城的城堑。两山一河之间，又有涑水与汾水两条古河自北向南流淌，中间隆起的峨嵋岭将两河分开，形成两个不同的流域——汾河谷地与涑水盆地。一片不大的土地上，各种地貌并存：山地、丘陵、平原、河谷、台地。适合早期先民生存的地理环境应有尽有，农耕民族繁衍发展的条件一应俱全，仿佛专门为中华民族诞生准备的福地吉壤。

我的祖辈、父辈都出生在这片土地上，我也多次在这片土地上行走，我热爱这片土地，即使身在异乡，这片土地上的山山水水，也经常出现在我的想象中。少年时代，我根本不会想到，这片看似寻常的土地，是中华民族最早生活的地方，山水之间，绽放过无数辉煌，生活过无数杰出人物。年龄稍长，我才发现：史书中，一件又一件的大事发生在河东；传说中，一个又一个神一般的华夏先祖出现在河东；史实中，一位又一位的名将能臣从河东走来；诗篇中，一个又一个的优秀诗人从河东奏出华章。他们峨冠博带，清癯高雅，用谋略智慧和超人才华，在中国的历史文化图景中，为河东占得一席之地。如此云蒸霞蔚般的文化气象，让我对河东、对家乡生出深厚兴趣。

这套"典藏古河东丛书"邀我作序。遍览各位学者、作家的大作，我对运城的历史文化有了更深入的了解。

华夏民族的早期历史，实际是由黄河与黄土交融积淀而成的，是一部民间传说、史实记载和考古发掘相互印证的历史。河东是早期民间传说最多的地方，司马迁《史记·五帝本纪》中提到的五帝事迹，多数都能在运城这片土地上找到佐证。尧都平阳（初都蒲坂），舜都蒲坂，禹都安邑，均为史家所公认。黄帝蚩尤之战、嫘祖养蚕、尧天舜日、舜耕历山、大禹治水、后稷教民稼穑，在别的地方也许只是传说，带着浓重的神话色彩，而在河东人看来都是有据可依、有迹可循的。运城大量的史前文化遗址，从另一方面证明了运城人的判断。也许你不能想象，这片仅一万四千平方公里的土地上，全国文物保护单位竟多达一百零三处，比许多省还多，位列全国地级市第一，其中新、旧石器时代遗址埋藏之丰富、排列之密集，被考古学家们视为史前文化考古发掘的宝地。为探寻运城的地下文化宝藏，中国田野考古发掘第一人李济先生来过这里，新中国考古发掘的标志性人物裴文中、苏秉琦、贾兰坡来过这里，参加夏商周断代工程的二百多位专家学者大部分都来过这里。西侯度、匼河、西阴、荆村、西王村、东下冯等文化遗址，都证明这里是中华民族的重要发祥地，这里的历史根须扎得格外深，枝叶散得格外开，结出的果实格外硕壮。

中条山下碧波荡漾的盐湖，同样是运城人的骄傲。白花花的池盐，不仅衍生出带着咸味儿的盐文化，还诞生了盐运之城——运城。

山西地域文化中有两个值得关注的生僻字：一个是醯（音西），一个是盬（音古）。山西人常被称作老醯儿，也自称老醯儿，但没人这样称呼运城人，运城人也从不这样称呼自己。醯即醋，运城人身上少有醋味儿，若把醯字拿来让运城人认，大部分人都弄不清读音。盬是个与醯同样生僻的字，但运城人妇孺皆识，不光能准确地读出音，还能解释字义，甚至能讲出此字的典故，"猗顿用盬盐起"，这句出自司马迁《史记·货殖列传》的话，相当多的运城人都能脱口而出。因为古色古香的盬街，是运城人休闲购物的好去处。盐池神庙里供奉的三位大神，是只有运城人才信奉的神灵。一酸一咸，两种截然不同的味道，不光滋润着不同的味蕾，也养育了两种不同的文化。作为山西的一部分，运城的文化更接近关中和中原，民俗风情、人文地理就不说了，连方言也是中原官话，语言学界称之为中原官话汾河片。

如此丰沛的源头，奔腾出波涛汹涌的历史文化长河，从春秋战国，到唐宋元明清，一路流淌不绝，汹涌澎湃。春秋战国，有白手起家的商业奇才猗顿，有集诸子大成的思想家荀况。汉代，有忠勇神武的武圣关羽。魏晋南北朝，有中国地图学之祖裴秀、才高气傲的大学者郭璞，有书圣王羲之的老师卫夫人。隋代，有杰出的外交家裴矩、诗人薛道衡。至唐代，河东的杰出人才，如繁星般数不胜数，璀璨夺目，小小的一个闻喜裴柏村，出过十七位宰相，连清代大学者顾炎武也千里跋涉，来到闻喜登陇而望；猗氏张氏祖孙三代同为宰辅，后人张彦远为中国画论之祖，世人称猗氏张家"三相盛门，四朝雅望"；唐代的河东还是一个诗的国度，自《诗经·魏风》中的"坎坎伐檀兮"在中条山下唱响，千百年间，河东弦歌不辍，至唐朝蔚为大观。龙门王氏的两位诗人，叔祖王绩诗风"如鸾凤群飞，忽逢野鹿"；侄孙王勃为"初唐四杰"之首，一句"落霞与孤鹜齐飞，秋水共长天一色"，奇思壮阔，语惊四座。王之涣篇篇皆名作，句句皆绝响，"欲穷千里目，更上一层楼"一联，足以让他跻身唐代一流诗人行列。蒲州诗人王维，诗中有画，画中有诗，田园诗的境界让人无限神往。更让人称道的是位列"唐宋八大家"的柳河东柳宗元，有他在，唐代河东文人骚客们可称得上诗文俱佳。此外，大历十才子之一的卢纶，以《二十四诗品》名世的司空图，同样为唐代河东灿烂的诗歌星空增添了光彩。至宋代，涑水先生司马光一部《资治通鉴》，与《史记》双峰并峙。元代，元曲四大家之一的关汉卿，一曲《窦娥冤》凄婉了整个元朝。明代，理学家、河东派代表人物薛瑄用理与气，辨析出天地万物之理。清代，

"戊戌六君子"之一、闻喜人杨深秀则在变法图强中，彰显出中国读书人的气节。

如此一一数来，仍不足以道尽运城历史文化底蕴的深厚，因篇幅原因，就此打住。

本丛书围绕习近平总书记 2017 年和 2020 年两次视察山西时提到的运城历史文化内容，遴选十一个主题，旨在传承弘扬河东的优秀文化传统，增强文化自信，为社会发展助力。

参与丛书写作的十一位作者，都是山西省的知名学者、作家，我读罢他们的作品，能感受到他们深厚的学术和文学功力，获益匪浅。

从这套丛书中，我读出了神之奇，人之本，天之伦，地之道，武将之勇猛，文人之风雅，仿佛看到河东先祖先贤神采奕奕，从大河岸畔、田野深处朝我走来。

好多年没回过老家了。不知读者读过这套丛书后感觉如何，反正我读后，又想念运城这片古老的土地了，说不定，因为这套丛书我会再回运城一次。

是为序。

目录

引　言
一生辉煌，兼容儒法思想
杰出贡献，塑形三晋文化

　　荀子是先秦时代思想巨子、中国古代杰出思想家。这是对荀子的宏观评价。荀子是一位思想家，他的思想高度位于中国古代思想史一流行列中。

荀子生平及思想贡献

　　荀子思想是对先秦学术的总结，也是秦汉以来中国古代思想的重要源头。所谓先秦，是指秦朝之前的历史时期。荀子身处先秦时代末期，客观上有机会博览先秦时代思想家的成就，其中最有代表性的是诸子百家。《荀子》记载众多前辈思想，对于这些思想成就，荀子有赞扬和继承，也有批判和扬弃。说荀子思想深邃，说荀子博学多识，就包含了荀子对于百家思想的认识和批判。

　　从思想史深度来看，荀子是中国古代伟大的

荀子画像

思想家之一。荀子思想博大精深，其最有贡献的原创部分，是儒、法融合治国理政的思想。不过，就整体而言，他和他的思想前辈各有独到之处，难分伯仲。

从对秦汉之后中国古代社会现实和历史进程产生影响的程度来看，荀子堪称中国古代最有贡献的思想家。中国古代社会，在先秦两汉之际是一个巨大的转折点。秦汉以来开启新型的大一统时代，荀子思想是其先声和最早最全面的理论阐述。尤甚在政治上，荀子主张思想统一、制度统一，并以儒、法融合为其思想基础，这些都被秦汉以后的中国古代政治所接受。在中国古代，凡是接受荀子思想的时代，都是向上发展的时代，从秦汉到隋唐。凡是排斥荀子思想的时代，都是走下坡路的时代，从宋元到明清。

荀子姓荀，名况，后人尊称荀子。他在齐国做过客卿，又被称为荀卿子。荀子是战国晚期赵国郇邑人。郇邑故地在山西西南部临猗、安泽及新绛一带，地属历史上所谓的"河东"。河东者，大河之东也。黄河在秦晋之间由北向南奔腾而下，晋国占据着黄河以东的广袤土地。

荀子的生卒之年并无明确记载。从他在世时的行动轨迹推断，大约生活在公元前340年至公元前235年之间，年寿在百岁左右。世称孔子年寿七十三岁，孟子八十四岁，荀子则是九十五岁或更长。学者们为此争论不休，至今尚无公认结论。

年轻的荀子主要在家乡生活，学宗孔子弟子子夏，研习儒术。子夏是三晋人氏，孔子去世后，子夏回到家乡办学，创立三晋儒学。子夏思想的影响持续到一个世纪后的荀子时代，荀子思想源自子夏思想，达到先秦时期三晋儒学最高峰。

荀子的思想贡献之一，是对孔子、孟子以来传统儒家思想的继承、调整、深化和发扬。荀子对于孔孟之道的理想化的思想追求有所调整，尤其是对于孔孟之道的简约之处加以多方面充实。先秦儒家思想在荀子思想中得以系统化。如果没有荀子的学术努力，先秦儒家思想是缺乏深度和广度的。

荀子坚持了孔子、孟子以来儒家思想的基本主张，即把道德修身、道德教化、道德约束政治放在其思想首位，强调以儒家尊崇的先王之道、圣人之道或仁义之道治理天下。荀子也非常重视法治的作用，并在法治的每一个环节都强调儒家之"礼"的核心地位。这就是他的儒、法融合的治国理政思想。

荀子以孔子的德政和孟子的仁政思想为基础，提出王道思想，同时也立足现实，强调霸道思想的现实有效性。儒家式的王道是未来的理想政治，法家式的霸道则是当前的现实政治。由现实走向未来，从霸道走向王道，是秦汉以来中国古代政治的基本路数。

孔子画像

荀子用法治精神补充儒家思想对社会现实的作用力度，以使传统儒家更有效地应对现实。通过对社会现实的全面考察和深入思考，荀子明确肯定了法治的有效性，并从正面讨论了如何推进法治，如何以儒家礼义约束和提升依法治国方略。对于儒家以德治国和法家依法治国的深入思考，既是对儒家思想的提升，也是大一统帝国必须具有的治国之道。

公元前 320—前 311 年燕王哙在位期间，也就是荀子二三十岁时，他曾在燕国求仕，试图从政。最终未能如愿，荀子返回家乡，继续钻研儒学，到五十岁时形成了比较成熟的思想体系。

公元前 290—前 259 年之间，荀子与齐国之相、赵孝成王、秦昭襄王、秦相范雎等人有过面对面交流。荀子离开家乡，游仕、游学天下，大致就在这三十年之间。这个时期，荀子大约是在五十到八十岁。

荀子五十岁时离开家乡，开始周游天下。荀子游仕的第一站是齐国，主要活动区域在齐国都城临淄。齐湣王（前 301—前 284 年在位）和齐襄王（前 284—前 264 年在位）时代，所谓"稷下之学"昌盛，荀子在此期间与天下学者交流学术，对许多学术流派提出严厉批评。

荀子与齐国的一位相国有过交谈，对于齐国政治的各个方面都有议论。

有人向齐王建（前264—前221年在位）进荀子谗言，荀子离开齐国。荀子此次在齐国生活有二十五年左右，这是他的整体思想的成熟期。

在赵国，荀子与赵国将军临武君在赵孝成王面前有过一场对话。赵孝成王于公元前265—前245年在位。与赵孝成王对话主要讨论军事问题，双方明显意见相左。在这种情形下，荀子不可能在赵国做官，也不可能在赵国久留。

在秦国，荀子会见了相国范雎和秦昭襄王（前306—前250年在位）。在秦国的访问和考察，对荀子思想影响很大，使荀子强烈感受到法家思想在治国理政中的效力，进而认真思考法家思想的社会作用。但是，荀子与秦国君臣政治理念不同，不可能留在秦国。

荀子思想的最大贡献是儒法兼容并存的思想。这一思想的形成，与荀子考察各国政治，特别是考察秦国政治的得与失大有关联。

荀子从理论上全面而合理地论证了儒家思想和法家思想如何能够共同作用于社会现实和政治现实。荀子对此问题的系统阐述深刻影响了秦汉以后中国古代政治的实际运作。世称荀子思想"杂王霸之道"或"礼法并重"，这样的观点其实还是主张儒是儒，法是法。事实上，荀子强调儒、法共同作用，甚至相互融合，显然是把这两种思想融为一体，提出了一种全新思想。这一全新思想被后世统治者所遵循。

荀子最晚在公元前259年离开秦国。荀子离开秦国，到了楚国，没想到终老于此，使楚国成为第二故乡。到达楚国后，荀子被当政者春申君黄歇赏识，在公元前255年担任楚国兰陵（在今山东省临沂市苍山区兰陵镇）行政长官。

公元前238年（楚考烈王二十五年），楚考烈王去世，阴谋家李园谋杀了春申君。荀子失去兰陵令职位，但还是在兰陵安家，生活在那里，直到去世。

在楚国期间，楚国人李斯和韩国人韩非子跟随荀子学习。公元前246年，秦庄襄王去世，秦王政继位，李斯在这一年辞别老师，进入秦国，一直做到秦国丞相。韩非子是最有影响力的法家思想家，李斯是最有成就的法家实干家。历史上很少有教育家能培养出这样的弟子。

荀子思想与三晋法家

荀子的一生与三晋文化、河东文化关系密切。三晋地区的思想发展在先秦思想史和学术史上的地位不仅非常重要，而且有着独特发展脉络和整体成就。从这个角度去审视，能够更好地为荀子思想和学术成就做出历史定位。

荀子的思想和学术成就是整体先秦文化的一部分，是人类文化遗产的一部分。但是，因为荀子的思想和学术成就源于晋文化，深受晋文化启迪和塑造，所以，从晋文化角度看待荀子的思想和学术成就，既是重要的，也是必要的。

孔子弟子子夏（卜商）是三晋人氏，从三晋地区进入孔门，又在孔子去世后回到三晋地区。子夏以其在孔子门下的学术所得，整合性地推动三晋文化发展，应该说是全面推动晋文化发展的第一人。子夏之学在三晋地区的传播，最终形成三晋儒学。三晋之儒始于子夏，到战国中后期出现了荀子之儒，最终形成三晋儒学的整体脉络。先秦时期的晋文化发展，从学术进程的角度来看，始于子夏，终于荀子。

荀子是赵国人，五十岁之前主要生活在以郇邑为中心的三晋河东地区。荀子在郇邑的活动年代距子

魏侠　卜商字子夏卫人赠

子夏（卜商）画像

夏去世大约百年，有大量的机会接触子夏之学。子夏思想在魏国的重要继承者之一是弟子李悝。李悝的主要贡献在经济思想和法治思想方面，前者是子夏思想的重点，后者则是荀子思想的重点。李悝思想是子夏思想与荀子思想之间的传递环节。

荀子把子夏创立的三晋儒学推至高峰。儒家坚持以道德治国，认为道德修养和道德标准是千古不易的法则。这种指导思想使其容易漠视对实际政治形势的分析和理解。子夏出自孔子之门，但他对于孔子的政治追求并不是完全继承或一味模仿，而是结合三晋实际，做出了新的调整，取得了可观成效。荀子儒学鲜明体现了子夏儒学的这种精神。

三晋儒学从子夏开始，到荀子时代走向成熟。荀子儒学不仅适应了天下政治和社会的需求，也奠定了三晋儒学和三晋法家的思想基础，把子夏儒学的核心精神提升到了一个新高度，甚至可以说是三晋儒学发展的制高点。

战国时代最具进步特色的是法家思想，而战国法家直接来源于三晋地区，并在三晋地区发展壮大。三晋法家既有注重实际的法家政治家，也有成就非凡的法家思想家。三晋法家的起源既与晋和三晋不断进行的变法活动有关，也与三晋地区不断涌现的思想家有关。在这些思想家中，最早的是子夏，最晚的是韩非子，在子夏与韩非子之间的则主要是荀子。

子夏注重实践的儒学思想中，主要是发展经济、选用贤人、学以致用等内容，这些思想既是法家思想的核心，也是荀子思想的主要内容。子夏和荀子的思想虽然本质上是儒家的，但却为法家思想的产生和发展提供了各个时期的思想准备。在战国前期，子夏思想是法家思想的开端，并由李悝和吴起等人发扬光大。到战国后期，荀子思想继承了子夏重法思想中的积极面，并由他的弟子、法家思想的集大成者韩非子最后完成。

早期儒家偏重于礼，致使奸邪之人有机可乘，容易犯上作乱，并且其悖乱行为也难以受到约束。为了纠正这样的偏颇，法家一味强调法制，又容易使人表面上规规矩矩，内心却始终潜伏着犯罪动机，一有机会就有可能爆发。荀子提出"隆礼重法"思想，礼法并重，礼法融合，既重视以德治国，也强调依法治国，努力弥补传统儒、法两家的不足之处。

在战国初期魏文侯的治国精神中，礼法并重的思想已经初步形成。子夏是魏文侯的老师，对魏文侯思想的影响是不可忽视的。子夏本人对礼乐制度颇有心得，他在西河设教，是孔子儒学中重礼思想的具体表现。子夏又有太多的著名弟子归于法家，说明子夏思想中重法的倾向是存在的。

荀子的政治思想虽然以礼为根本，但由于对法治的重视和全面论述，使人们感觉到他的思想重点更在法而不在礼。他的两位重要弟子，韩非子和李斯，一位成为法家思想的集大成者，一位成为秦国和秦朝立法和执法的主要人物，应该说都与荀子思想的这种倾向有关。

荀子的法治思想表现了荀子思想中始终如一的战斗精神，这正是三晋思想家一贯的思想作风。平心而论，孔子的思想是比较理想化的，而子夏和荀子的思想则相当注重实际。子夏思想孕育了早期三晋法家，荀子思想则为法家思想的最后完成奠定了理论基础，最终由韩非子集大成，实现了战国三晋法家的整体完成。

荀子著述及历史地位

在传统文化土壤深厚的地域，人们尤其看重身后的名声和影响。儒学是入世的学问，儒家君子不仅重视在世的成就和口碑，也重视离世之后对人世的影响以及后人的评价。

对于如此重要的身后之事，荀子是不必担忧的。尽管他在世之时难以把自己的政治思想和政治愿望付诸现实，并为此而深感遗憾，但他的思想成就和教育成就，以及他的人格力量，足以流芳百世。荀子在世时是长寿者，离世之后更是长寿者。

荀子去世的确切时间已无法得知，秦始皇在公元前 221 年统一天下，荀子著述中未谈及与此有关的事实，说明荀子的寿数应在这一年之前。他至少活过了九十岁，可能活到百岁。那个时代人们的平均寿命在五十岁左右，能活到耄耋之年，确实是超高寿了。

荀子去世后安葬在兰陵，这应该是荀门弟子所为。兰陵距荀子家乡郇邑并不太远，但因为中间有太行山和黄河等天然阻隔，而在那样一个兵荒马乱的年代把荀子安葬回家乡也确实不易。如果有幸，也只能让荀子魂归故里了。

一代宗师荀子的去世，标志着先秦学术的终结。对于荀子思想成就的评价，他的弟子们甚至认为胜过了孔子。《荀子》结尾处的一段话，可能是弟子们为最早版本的《荀子》一书所作的后记。在这篇后记中，荀子弟子高度评价老师的成就，从各方面为老师作辩护。

弟子们指出，荀子去世后，有些多嘴多舌的人说，荀子不如孔子。

可在荀子弟子们看来，这种说法并不符合事实。理由是，从个人角度来看，荀子生活在乱世，山东六国没有贤能之主，再加上秦国的横暴行径，使得儒家的礼义教化难以实行，像荀子这样的儒者迫于时势压力，也是无所作为的。从天下大势来看，智者没有机会运用智慧，有才能却得不到施展的舞台，贤者也得不到适当任用。正所谓君主受到蒙蔽，对国家的混乱根本看不到，贤能之人自然就会被拒之门外。

在这种形势下，荀子尽管没有把其他人放在眼里，但也只能是胸有圣者志向，努力做到明哲保身而已。结果就是，荀子在世时并没有获得巨大名声，也没有收受众多弟子，更没有把他的思想光辉广泛发散出去。

荀子的人格高度和思想成就到底在哪里呢？弟子们认为，当代的任何一位学习者，只要能够得到荀子的遗言余教，就足以为天下人树立起榜样。荀子的人格和思想，只要是在他存在过的地方，就会显现出神奇的效果，只要是他经过的地方，人们就会受到道德化育。仔细观察荀子妥帖的行为，就会发现那是孔子都难以超越的。世人不去详细了解这些，却说荀子不是圣人，真是让人无奈啊！

荀子弟子们举出了历代贤能之人所遭受到的不公正待遇，以及祸乱天下之人却得到良好结果的例子，以证明荀子确实生活在一个作恶者得福、行善者遭殃的时代。

可是，那些多嘴多舌之人却相信表面现象，不去深入考察实际情况。而在荀子弟子们看来，正是这样的时代使荀子无所作为。在这样恶浊的时代里，荀子凭什么能得到荣誉？那些昏庸的君主连从政的机会都不给荀子，凭什么让他建功立业？然而，弟子们深信，荀子的志向是那样崇高，德行是那样深厚，凡是对他有所了解的人，肯定不会认为他不是贤者！

总之，在弟子们看来，荀子是胜过孔子的圣人，甚至具备了帝王的品德和才能。这当然是弟子们的溢美之词，后人可以理解。但是，弟子们对于荀子一生遭遇的描述，以及对于荀子之学巨大价值的肯定，却是非常可取的。与孔子时代不同，荀子时代的政治更加混乱，各种各样的学说层出不穷，争鸣激烈，要想在这样的一个时代有所成就、有所作为，难度可想而知。荀子不受世俗影响，坚持自己的主张，最终成为一代宗师，就其对中国历史和思想史的影响而言，在许多方面确实不亚于孔夫子。

荀子光辉照耀历史，这恐怕是个定论。

荀子的历史影响，除了他教育出来的杰出弟子之外，就是他的著述及思想。荀子其人及其思想，与他的著作一道，深刻影响了秦汉以后中国历史。

流传于世的《荀子》十万言，包含了各方面文字来源，这在先秦诸子的著述中是常见现象。荀子弟子的数量虽然不及孔子和孟子那样多，但是，除了像韩非子和李斯这样的个性突出、谋求自我发展的弟子之外，还有一些弟子追随在荀子左右，不同程度地继承其衣钵。荀子死后，他们把老师生前著述编辑缀合，也把他们自己的作品附在其中，这也是正常事情。但是，从总体上看，《荀子》中的大部分内容还是荀子本人所写，也是后人研究荀子生平和思想的最可靠依据。

西汉元帝做太子时，与父亲汉宣帝有过一次具有历史意义的对话。汉宣帝在位二十多年，是历史上公认的复兴汉武帝之政的皇帝。当太子劝谏宣帝不必对大臣惩罚太重，同时应该加大任用儒生的力度时，宣帝很生气，称汉王朝已经形成了自己的政治传统，那就是"霸王道杂之"，即法家的霸道和儒家的王道兼收并用。如同荀子一样，宣帝也批评了那种"俗儒"，他们不识时宜，喜欢肯定古代、否定当今，擅长玩弄概念、空洞说教，却不懂得治国理政的根本之处是什么。

汉宣帝此说，乍听上去有批评儒家的味道，但从他的整体言论来看，显然不是冲着荀子所说的大儒、圣人而去的。宣帝批评的重点是"俗儒"，这样的儒生，连孔子、孟子和荀子都瞧不起，更不可能被"霸王道杂之"的皇帝加以委任了。那么，霸道、王道杂而用之、兼而任之的思想是从哪里来的呢？不用说，就是来自荀子的著作及其思想。

在汉代，荀子及其著作的影响极其广泛而深入。西汉前期学者们编撰的一些重要典籍之中，采自《荀子》的内容很多。对于荀子其人，汉武帝时司马迁著《史记》，专写《孟子荀卿列传》，并在《儒林列传》中把孟子、荀卿并列，认为他们的思想都是遵从和发展了孔子思想，并因此而为世人所知，这显然是高度肯定了荀子的历史地位。到西汉后期，著名学者刘向受朝廷指派，对荀子的著述进行了专门整理，形成了流传后世的荀子之书。

根据刘向记述，在汉武帝时代，大儒董仲舒曾经专门作文赞扬荀子，认为当时如果有君主能任用荀子，就可以称王于天下。通过阅读荀子著作，刘向认为荀子所陈述的王道非常易于推行，但世人却视而不见，真是让人痛惜。尽管如此，刘向还是非常肯定地说，荀子之书肯定能够流传后世，肯定能够成为后人遵循的法度。

刘向对《荀子》的高度评价，证明了荀子及其思想在汉代的重大影响。到东汉时，著名学者王充主张"天道自然无为"，与荀子的天道观可以相互发明。王肃所编《孔子家语》也多载《荀子》中的故事。《荀子》书中后几篇所载轶事或故事，几乎都出现在汉代学者编撰的各种书籍之中，由此可见《荀子》的流传之广、影响之深。

直到隋唐时代，荀子依然广受重视。著名学者韩愈写有《读〈荀子〉》一文，认为荀子思想不及孟子，但高于西汉另一大儒扬雄。顺着这个思路，韩愈又做了一个很有名的论断，"孟氏醇乎醇者也，荀与扬大醇而小疵"，认为孟子是纯粹的儒者，荀子和扬雄在大方向上是儒生，但都有纤小的不足之处。韩愈的如此评价显然是很苛刻的，并且由于韩愈在唐代以后影响力很大，他对荀子"大醇而小疵"的评价便开始动摇荀子作为大儒的地位了。韩愈在他的另一篇重要著作《原道》中，甚至认为荀子的思想"择焉而不精，语焉而不详"，并因此把荀子排除在儒家道统之外，认为孔子之道传到孟子后就断绝了。当然，孟子不可能传学于荀子，但认为荀子不是儒家传统中的正宗学者，显然是草率的结论。

不过，同是唐代人，学者杨倞不仅充分肯定了荀子思想，还在历史上首次为《荀子》作注释，这对于《荀子》更加广泛的流传起到了促进作用，在《荀子》发展史上具有里程碑意义。杨倞认为，荀子与孟子并驾齐驱，都是传世之名士，也都堪任王者之师。这样的评价，比韩愈的观点更加公允。对于《荀子》一书，杨倞认为是儒家经典的必要补充，在儒家史上的作用要高于其他儒家学者。所以，杨倞才要为《荀子》作注，以彰显它的本质和作用。

唐代的另一位大思想家、文学家柳宗元在他的著名论文《封建论》里引用荀子观点以论证他的思想。在《天说》中，柳宗元认为上天并不能赏功罚祸，因为人间的福祸全是人们自己所为，即所谓"功者自功，祸者自祸"，这显然是受到荀子"天行有常"自然观的影响。这都说明，柳宗元对《荀子》是相当有研究的。

可是，在北宋时代，理学思潮兴起，孟子的心性之论开始大行其道，性善论也成为绝对真理。随着孟子的地位在思想界不断被抬升，激烈批评孟子并与孟子思想有所对立的荀子及其思想必然会受到非议甚至打压。

理学大师程颐认为荀子"才高学陋"，性恶论尤甚不能让人接受，这种论调与理学的独断性特点是一致的。著名文学家苏轼在《荀卿论》中明确不赞成荀子思想，甚至怀疑到荀子的性格和为人。如此过激的批评，对荀子地位的毁损是可想而知的。

到了南宋时期，著名理学家朱熹也对荀子发出批评，认为荀子的思想"全是申、韩，

苏轼画像

朱熹画像

观《成相》一篇可见"。以《荀子》中的《成相》一篇概括荀子思想，进而认为荀子思想都是如申不害和韩非子一样的观点，这显然是失之偏颇的。

总括宋人对荀子的批评，主要是集中在荀子"性恶论"上。但是，宋代理学家把人性分为气质之性和义理之性两部分，实际上是深受荀子人性观的启发和影响。只是他们的思想取向不允许他们公开承认"性恶论"的合理性，这反倒使荀子整体思想的影响力自宋代以后不断下降。其实，荀子思想影响力下降的过程，也是中国古代社会逐渐走入下坡路的过程。荀子在宋代遭到围攻的事实也说明，在宋代之前，荀子的影响力是相当可观的。

在明朝，受理学思想占据思想界统治地位和科举考试完全控制知识分子人生取向的影响，荀子之学的影响力很是有限，也没有出现专门研究荀学的重要人物。对荀学有所接触的学者，对荀子及其思想的看法也是有褒有贬。学者黄佐把荀子的性恶之说与儒家的礼乐之教对立起来，显然是对荀子思想的极大误解，说明他并没有全面深入地研习荀子思想。

不过，也有学者极力推崇荀子，代表人物就是明清之际颇具批判精神的思想家李贽。李贽把荀子列为"德业儒臣"的首位，将孟子列在其后，认为荀子与孟子都是天才人物，但荀子的文字更有力度，思想更具有现代性。李贽是那个时代的"反叛"者，更能洞悉荀子思想精髓。对于《荀子》一书，文学家归有光认为，韩愈尽管认为荀学有"疵"，总体上还是推尊荀子的，只是在宋儒的打压之下，荀子才消失在流俗之中。

有清一代，实学兴起，理学统治地位式微，人们对于荀学的关注日渐复兴，甚至超过了两汉之后的任何时代。《四库全书总目提要》认为，"平心而论，卿之学源出孔门，在诸子之中最为近正"，正是代表了清代之人对荀子的总体看法。近现代以来，荀学研究的复兴，与清代学者的相关学术成果有着直接的关系。尽管谭嗣同在其《仁学》中攻击荀学，认为中国古代"两千年之政，秦政也，皆大盗也；两千年之学，荀学也，皆乡愿也"，但这种政治家的偏激之论，并没有实质性地影响近现代以来人们对荀学日益提升的关注度。

秦汉以来荀子及其思想的跌宕起伏，与荀学的内在思想有关，也与时代的变迁和世事的纷繁有关。荀子及其思想在秦汉之际很受学者重视，对当时的政治也很有影响，直到隋唐之世，荀子还以其博识深思而受到学者推崇。最有影响的《荀子》版本就是唐代学者杨倞的《荀子》注本。两宋以后，由于理学大盛，荀子思想逐渐受到理学家贬斥，这主要是因为荀子的讲求实效的学说与理学的浮泛作风格格不入。到了清代，理学衰败，实学兴起，荀子之学重新受到重视。近现代以来，荀子思想越来越引人注目，甚至有人称之为"荀学"。但是，不管对荀学的褒贬是非如何，都说明荀学已经成为时代发展和思想进步的必要组成部分。随着对于《荀子》和荀子思想研究的不断深入，荀学的影响一定会一日高过一日。光芒四射的荀学不仅是河东文化的一朵奇葩，也是三晋思想史和中国思想史上不可或缺的重要组成部分。

在先秦思想家当中，留存后世的有关荀子的文献资料相对较多，但是，要想根据这些资料完整细致地描绘荀子生平、令人信服地阐述荀子思想，却依然是一件困难的事情。本书以《史记·孟子荀卿列传》为基础，仔细审度《荀子》透露出的信息，参考其他文献的零散记载，把荀子生平事迹和思想发展相结合，分四个阶段予以呈现。大致说来，就是荀子五十岁离开家乡前的早期阶段、在齐国稷下学宫的中期前一阶段、游历各国的中期后一阶段和终老兰陵的晚期阶段。

第一章　儒学家荀子：
传承子夏儒学，锻成三晋风骨

如同先秦时期几乎所有思想家一样，由于相关史籍的记载阙如且混乱，荀子生平事迹能让后人确知的内容也是少之又少。尽管如此，因为生平事迹对于任何一位思想家都非常重要，所以本书还是要认真探究荀子生平，努力把荀子生平事迹与他的思想历程相结合，试图在这种结合中加深对荀子思想的理解。

荀子思想的核心是先秦儒家思想，这是把握整体荀子的关键之处。荀子儒家思想的形成与他五十岁之前主要在晋地河东的生活经历直接相关。在荀子时代，子夏儒家思想在河东大地有着广泛影响。荀子思想既是对子夏思想的传承，也表现出十足的三晋风骨。不用说，在成长为儒学家的过程中，荀子也与赵国和赵地结下了不解之缘。

第一节　生于河东，初游燕国

众所周知，在史料记载方面，除了上古时代，最混乱的莫过于战国时期。战国时代开始的时间节点有若干个，比较被认可的是著名的"三家分晋"

事件。不过，就是这个事件的完成，也有若干时间节点。比如，可以早到公元前397年（晋烈公十九年），周威烈王赐命赵、韩、魏三家皆为诸侯。也可以晚到公元前376年（晋静公二年），魏武侯、韩哀侯、赵敬侯彻底灭掉晋公室，三分晋公之地，把晋静公贬为普通人。

郇地荀氏

《史记·孟子荀卿列传》记载，荀子是"赵人"，赵国或赵地人氏。这乍看之下很清楚，然而，无论是赵国，还是赵国之地，在战国时代也是无比混乱，无法确知之处甚多。魏、韩、赵三国取代宗主国晋国，但它们的疆界始终混乱不堪。魏、韩、赵曾经是晋国大家族，他们的土地来自晋国历代君主赐给的采邑，从一开始就是东一块西一块，并没有连成一个整体。他们的土地还来自各大家族之间的土地抢夺和兼并，就大数而言，在春秋战国之交，晋国的大家族从十三家变为最后三家，得自十家的土地也不可能与三家原有的土地相连属。

总之，当魏、韩、赵三家立国之时，它们的土地是相互交织在一起的。前人对此有太多考证，但由于情况复杂，还有一些其他因素，如地名变化、记载缺失等，并没有弄清楚三晋国家的疆界问题。实际情况是，到了战国初年，三国都意识到了疆界问题，特别是三国都想快速发展，又产生一些新矛盾的时候，疆界混乱，地域管理成本太高的问题，就成为三国共同的问题。

至战国中期，三国一直在不断进行土地置换。但在原初晋国境内，三国疆界问题始终没有得到彻底解决。三国也意识到这个痼疾难以根治，就都选择在晋地之外拓展领土，直至把国都迁到晋地之外。赵国都城最终定在邯郸，现在河北邯郸境内。

在此交代魏、韩、赵三国疆域和都城变迁，是对荀子所谓"赵人"的回应。《史记·孟子荀卿列传》认为，荀子"年五十始来游学于齐"，是说荀子在五十岁之前一直生活在家乡赵国或赵地。

荀子无疑是赵国人或赵地人，但再具体一步，究竟在赵国何地、赵地何处，争议就来了。大略来看，有三晋河东和燕赵邯郸之说。传统上倾向于认为荀子是河东人，就是山西晋西南地区之人。近些年来，河北学者不断强调荀子是河北邯郸人，并展开相应研究，毕竟邯郸是赵国都城，并且《荀子》中也有荀子在邯郸活动的记载。

对于主张传统荀子籍贯的学者来说，荀子在邯郸的活动是在他成名之后，根据荀子所见赵孝成王在位时间推算，当在荀子六七十岁时候。《史记》称荀子五十岁时离开赵国、周游天下，荀子到邯郸见赵孝成王，正在荀子周游天下期间，与他的籍贯和早期生活之地没有直接关联。

认为荀子籍贯和早期生活在晋地，主要有两方面根据，一是《史记》"赵人"之说，二是荀姓和郇地的关联。在司马迁撰写《孟子荀卿列传》时，荀子的赵人之地的地望已经不是很明确了。《左传》屡有郇地出现，说家认为在晋国河东，即现在晋西南地区，这里是晋国的核心地域。

晋国后期卿大夫左右朝政，荀氏家族盛极一时。荀子之荀姓，与古郇国、郇地、荀氏家族中的某一方面必有关联。"郇"字与"荀"字是同一字

山西安泽的祭荀场景

的不同写法，或为通假字，或是古、今字，或是异体字，这在文字史上很常见。

作为荀子故里的古郇国之地，在今山西临猗县境内，在战国时属赵国，所以才说荀子是"赵人"。因为这个缘故，历来多认为荀子故里在山西临猗县。又有学者认为与临猗相近的安泽县是古郇国和郇地所在地，安泽县也曾经利用多种机会和方法纪念荀子，不断扩大影响，使荀子大有被确定为安泽人的趋势。只是最近几年势头趋缓，想必与地方上的重视程度减缓有关。还有一些考证认为，荀子家乡在山西新绛县境内。好在临猗、安泽、新绛都在河东，相对稳妥地说，荀子应该是晋地河东人。

出生之地和生活之地对一个人的成长，特别是思想成长大有关系。对于荀子五十岁之前的生活之地虽然有种种不同主张，但其为晋地河东之人大致可以确定。尽管难说没有异议，但应该是异议最少的一种结论。这个结论，对于本书分析和认识荀子思想也有明显作用，不得不加以强调。

历史上首次为荀子写传记的《史记》，在解决了极其有限的关于荀子生平的几个问题之后，又给后人留下了更多问题。不过，无论《史记》记载有多少不足之处，它仍然是一个基础，在此基础上，后人才可以建立起尽量可信的有关这位思想家的生平记载。

晋国有郇地是没有问题的，晋国的荀姓大族也是没有问题的。关键是，荀子之为三晋人氏，其荀姓究竟是与古郇国有关，与郇地有关，还是与荀姓大族有关，或者与三者都有关系，殊难断然确定，学者们也是莫衷一是。

综合各家之说，荀子出生在赵国郇地。西周早期封国中有郇国，受封者是周文王的一个儿子。晋武公扩张领土，郇地为晋国所有，并赐封给原氏，原氏因封地而改为荀氏。郇地靠近盐池，在晋国历史上一直是经济重镇。

晋国后期，与晋公室姬姓不同的异姓卿大夫执政，形成若干大家族执掌晋国政治的局面，其中就有荀氏，又分化出中行氏和智氏。荀氏、中行氏和智氏后来均被赵氏所灭，郇地为赵氏占有。赵氏家族被封诸侯，就是战国时期的赵国。

荀氏家族代有杰出人物出现在历史舞台。春秋时代，荀息、荀林父、荀偃等，都是晋国政坛的重要人物。战国初期的赵烈侯时，公仲连主持改革，就有荀欣参与其中，主张国家应该选贤任能。

由于缺乏记载，后人无法知晓荀子的身世。也许荀子只是出于荀氏家族旁支，并没有显赫家世，所以也未见荀子正面说过有关事情。有人会认为这是一种缺憾，其实也未必然。尤其是对于荀子这样的杰出思想家，后人更看重的是其思想贡献，而不是其家族传承的印记。这样一来，非要弄清楚荀子的往世先人，也就没有意义了。

游仕燕国

荀子早期生平，特别是他的思想和学术活动，历史文献没有明确记载。在《史记》提供的时间节点上，第一个事件是"五十始来齐"。在五十岁之前，唯一可信的记载是荀子的游仕燕国，到燕国求仕谋官的一段经历。

《韩非子·难三》说："燕子哙贤子之而非孙卿，故身死为戮。"燕王哙于公元前320—前311年在位，这期间，荀子在燕国求仕，具体时间不可详知。这是荀子二十到三十岁期间的一段短暂经历。求仕未得，荀子返回家乡。

这段经历记载在《韩非子》中，而《韩非子》的作者韩非是荀子的学生。有人认为这个时间段太早，会把荀子年龄拉得太长，值得怀疑，但更多人认为出自荀子学生所记，可信度很大。

荀子二十多岁时离开赵国，到达北方燕国游仕时，在位的是燕王哙。燕王哙并无才能却好大喜功，朝政掌握在擅长阴谋的相国子之手中。子之感觉做相国不尽兴，就贿赂各路纵横家人物做说客，以遵循上古明君尧、舜"禅让"之德为名，动员燕王哙把君位让给他。子之这伙人担心燕王哙的太子平不服，还教唆燕王哙削弱了太子平的势力。这么折腾下来，只用了三年时间，就导致燕国内政一片混乱。

燕王哙把君位"禅让"给相国子之，一方面是因为燕王哙年老昏聩，另一方面也是相国子之已经形成了争国之势。与其说是"让"，不如说是"夺"。燕王哙在位十年，从第三年（前318—前317年）开始被迫让位，到第六年内政大乱，太子平组织力量夺权，使燕国陷入长期内战之中。

荀子从赵国到燕国游仕时，对于儒家思想已经深有心得，并因此获得了一定的声望。燕王哙之所以认可儒家称颂的尧、舜禅让之德，说明他对儒学也是尊崇的。因为双方有此共同点，荀子虽然年轻，二十多岁，也能与燕王哙有所交往，这才发生了韩非子所说的"贤子之而非孙卿"的事情。

被一些儒生们津津乐道的尧、舜禅让王位的故事，在荀子看来纯粹是"虚言"，是虚妄不实的说法。荀子认为，像尧、舜这样的圣王，可以把国政托之于贤人、贤相，但绝不可能把天下，也就是把王位禅让给他人，主张禅让的说法是"浅者之传，陋者之说"（《荀子·正论》），也就是说，禅让之说是浅陋的主张，进行禅让的人，不管是燕王哙这样的让位者，还是相国子之这样的受位者，都是逆天理而行，都是不知大小、不明事理的人。

如果说荀子初到燕国时还因为他是儒家学者而受到燕王哙礼遇的话，那么，他对禅让之说和禅让之行的激烈攻击，无疑会让燕王哙非常恼火，更让阴谋家子之下不了台。只是那个年代还没有伤害学者的先例，燕王哙和子之也只能是非难和排斥荀子。于是，面对政治混乱的燕国，面对浅陋的燕国君臣，荀子只能选择愤然离开，又回到了赵国。

此后十几年，直到他五十岁时到齐游仕，再没有关于荀子的生平记载。最大的可能是，在燕国的这段经历对荀子影响很深，迫使他不得不再次闭门读书，以更深沉有力的儒家学养面对未来更严峻的现实。

姓名年寿

对于任何一位思想家来说，其姓名、寿数和籍贯等外在标记，有其可有可无的一面，也有其必不可少的一面。在探寻荀子的相关外在标记时，也能让人感受到这一点。荀子的姓名，与他的思想对于后世的影响关系密切；他的生卒年和出生地，与他在世时的影响和他的思想形成也有极大关系。对于这些问题，有必要认真对待。

根据史料记载和历代研究，荀子的姓名和尊号，歧见较多。比如，荀子姓荀，或曰姓孙；名况，或曰名卿；尊称为荀子，或曰荀卿子，或曰孙卿子、孙子，等等。

一般认为，荀子姓荀名况，荀卿为尊称。有时荀子也被称为"孙卿""孙况"，这是为了避汉宣帝（姓刘，名询）之名讳。也有观点认为，在某些时候或某些地域，"荀、孙"有同音或音近之故。现在的河东地区，也就是荀子家乡，"荀、孙"二字依然发音相近。称荀或称孙，在当初只是因为发音相近而引发的不同，也就是说，姓荀和姓孙并无不同。这显然是折中观点，看上去比较复杂，太学究气。当然还有更复杂的考辨，在此没有必要一一论说。但有一点是确定的，即因为《史记》影响力之大，自司马迁称荀卿以来，荀姓之说渐占上风，并最终取得正统地位。

《汉书·艺文志》称荀子"名况"，因为说得很确定，后人多予承认。但《史记》一直称"荀卿"而不称"荀况"，让后人颇费思索。观司马迁之意，将"荀卿"与"孟子"并称，似以"卿"字为尊称，并不以为是名，但后人又有"孙卿子""荀卿子"的说法，显然又是以"卿"为名。

在先秦时代，"卿"是朝廷高级官员的称谓，是大夫之中的高层人物，故有"卿大夫"之说。在战国时代，齐国设有客卿，有待遇，没有实权，是一种政治地位和荣誉。荀子之前，孟子就在齐国做过客卿，可能齐国一向就

《史记》书影

有这种政治地位的设置。司马迁认为荀子在齐国稷下学宫做过祭酒，享有客卿之待遇。这种说法为司马迁《史记》所独创，所以司马迁在《史记》中绝不使用"荀子"，只使用"荀卿"之尊称。总之，孟子、荀子在齐国为卿，如孟子所言，是"无官守"之卿，即没有具体官职和实权，只能称为客卿，与"大夫之长"的上卿完全不同。

荀子的生卒之年，历史典籍不仅没有明确记载，而且相关线索只足以让人在迷宫里打转。《荀子》并没有荀子生卒之年的记载或直接提示，这样一来，只有与荀子有过直接交往的人能提供一些间接线索，可以大致确定荀子的在世之年。

《荀子》记载了荀子与秦昭襄王、范雎、赵孝成王等人的面对面，这些历史人物的活动轨迹相对清晰，可以作为确定荀子生卒的时间坐标。荀子五十岁离开家乡赵国郇地，到达齐国，开始游仕和游学天下，其活动时间大致在公元前290—前250年之间。荀子在公元前237年春申君死后若干年去世。综合这些有限的时间节点，加上一些合理推断，荀子大约生活在公元前340—前235年之间。世传荀子寿长，就算未超百岁高龄，也应在九十五岁左右。

第二节　长于河东，传承儒术

任何思想家的思想发展都有一个过程，有各种阶段，荀子也不例外。发生这种状况的原因多种多样。不同的生活地域、不同的成长经历、不同的人生遭遇特别是政治际遇，都是其中的重要因素。

《荀子》虽有十多万字，但关于荀子思想分期并没有明确记载。另一方面，既然学术思想的发展有阶段，也就应该有一些相对明确的时间节点，比如孔子所说的"三十而立，四十不惑"之类。但是，同样遗憾的是，荀子本人和《荀子》一书都没有类似说法，只能根据相关记载做一些必要推测，以便更加全面和深入地认识荀子及其思想发展历程。

荀子思想发展第一阶段与第二阶段之间的时间节点，是荀子五十岁时离开赵国，在各诸侯国之间游仕的时候。之所以选取这个时间节点，主要是因为没有资料显示在此之前荀子在赵国以外的地域长期生活过。在燕国的一段经历，一则时间太短，荀子后来也没有提及，再则是离开燕国后又回到赵国，可以视为在赵国生活的继续。这会使人自然而然地联想到，在家乡郇地这样一个相对独立的环境内，荀子思想达到了基本定型和成熟，才会下决心离开家乡、游学天下，在求仕做官的同时，与各派思想进行交流切磋。

五十游学

荀子早期的学术活动，相关文献基本没有记载。《史记·孟子荀卿列传》说："荀卿，赵人，年五十始来游学于齐。"赵国人荀卿在五十岁时离开赵国，到齐国游学。《史记》先说"年五十"，接着就说"始"，从文法上讲，这个"始"就是"才开始"的意思。正是作者认为荀子五十出游有些太晚，才使用"始"字。假如像一些学者主张的，"五十"是"十五"，《史记》就应该说"十五游学于齐"，不必使用"始"字。或者因为十五岁太早，可以说成"十五即游学于齐"。在这个问题上，若要怀疑《史记》有误，也是要怀疑司马迁考证荀子五十岁才开始游学齐国在事实上有误，而不应该怀疑《史记》在传抄中有把"十五"写成"五十"的失误，更不应该怀疑司马迁的笔误。

撇开五十与十五的笔误不谈，以情理言之，"十五游学"确有难度。

第一，如果说荀子十五岁时离开赵国赴齐国游学，且不说那是个时有战乱的年代，即如和平年代，由三晋到齐鲁，从山西西南部山区到达山东东部齐国都城临淄，千里迢迢，翻过太行山，渡过黄河，对于十五岁少年是有相当大难度的。当然，也有学者认为，如果荀子是从赵国都城邯郸出发，到齐国就容易多了。不过，这样一来就又提出了更为复杂的问题，即如前所言，荀子的"赵人"之赵地究竟在什么地方的问题。

第二，尽管孔子自谓"十有五而志于学"，十五岁的少年可以立志于学习，但要去"游学"，就需要有相当深厚的学养了。一个十五岁少年能不能具有深厚学养，以至于有能力、有信心去游学，确实是个问题。根据史料记载，在那个时代并没有过类似例证。

第三，荀子是坚定的儒生，荀子思想是建立在深厚儒家学养基础上的，而这样的基础显然不是一个十五岁少年所能具备的。另一方面，如果说荀子十五岁开始就游学天下，他的思想就只能在此后的游学生涯中形成了。当时的学术界，儒家思想并不盛行，也没有出现过过得硬的儒家学者，更不用说儒学大师，那么，荀子儒家思想的素养从何而来，殊难想象。只有荀子在五十岁时离开赵国，并在离开河东故地时已经形成坚定的儒家立场，才会在以后的游学天下的过程中，对各家思想提出深刻而严厉的批判。为什么荀子的儒家素养最有可能在河东形成，下文将有详论。

总之，荀子"五十始游学于齐"的记载还是比较在理、比较可靠的。五十岁之前的荀子，在家乡河东深受儒家思想浸淫。学成之后，荀子离开家乡，与百家之学相互砥砺，使他的思想不断提升，直到成为那个时代的学术领袖，成为先秦思想的总结者和终结者。

师友之道

五十岁之前的荀子，是如何在家乡河东奠定其儒家思想雄厚基础的呢？这显然与荀子的学术和思想师承有关。

荀子思想发展有两个显著特征。一是儒家思想始终占据主导地位，二是在离开晋地、游历天下之前，荀子的儒家思想主干已经形成。从《荀子》记载来看，无论是他在独立表达思想的时候，还是在评论和批评其他思想派别的时候，甚至是在与其他人物特别是政治人物争辩时，荀子的儒家主张从来都是一以贯之的。这样一来，就必须弄清楚，至少也要尝试弄清楚，在极其有限的史料记载背后，在荀子思想走向成熟的过程中，荀子的所师所友为何人？从这样的师和友的身上，荀子学到了什么？

对于师和友，那个时代的人们有时分得并不十分清楚，这主要是因为，也许他们认为这种区分是多余的。人们看到，孔子与他的一些早期弟子之间已经表现出了非常明显的亦师亦友的关系。比如孔子与子路、曾皙、子贡等弟子之间，不仅年龄差距不大，而且关系融洽自如，甚至相互间经常发生公开且不乏严厉的批评。孔子伟大的思想创建，孔子弟子不凡的思想成就，都与他们之间亦师亦友的关系密不可分。荀子的广见博识，与他的师友同样有着紧密关联，只是由于缺乏记载，在这方面不及孔门面貌清晰而已。

尽管缺乏相关事实记载，但荀子对于师友关系和师友作用却非常重视，发表了许多真知灼见。这一方面说明荀子承认师友关系对他的思想发展有重要影响，同时也为人们更全面地理解荀子思想提供了重要条件。

荀子举例说，自古以来，有过许多精良的弓箭、刀剑和骏马，但是，这些声名显赫的器物，无不是经过千锤百炼和艰苦训练才成为世间追捧的宝物。没有矫正，不可能成就良弓；不经过锻造和砥砺，不可能造就良剑；没有驯化和鞭策，不可能出现良马。

一个人，即使有美善本质，有正常甚至是超常智力，也一定要向贤能的老师学习，与益友为伴。在贤能老师那里，才能听到圣王之道；在益友那里，才能感受到高尚言行。在与良师和益友相处中，人们会不知不觉地达到高尚人格、取得不断进步。荀子用"摩"字形容这个进程。所谓"摩"，就是按摩、抚摩、摩擦，形容一种不知不觉的磨砺和进步。

荀子特别强调师友的作用，看重的是相互间通过日常习染，从思想意识上改变一个人，而不是只看重对人的外在行为的强制性约束。这种观念显然是传统儒家的。所以，如果不能直接了解一个人，就去看他交往的朋友；如果不了解一位君主，就去看他任用的大臣。要从日常所作所为的角度认识一个人，从不经意的习染中了解一个人。

在荀子思想的形成和发展过程中，"摩"荀子的是些什么人呢？

荀子思想的基础和基本要素是以孔子思想为代表的儒家思想。在《荀子》中，不仅可以从荀子对其思想的正面表述中了解到这一点，而且可以从荀子在不同程度、以不同口吻所称赞的人物和事件中了解到这一点。在孔子心目中，最伟大的人物是古来圣王，尧、舜、禹、文王、周公，等等，这些人物也同样在荀子极度崇拜的贤者之列。但是，在他们的时代，这些古代圣王只是传说中的人物，时间邈远，并无直接完整记载其思想的典籍传世。所以，真正能够影响孔子、孟子和荀子这样的伟大思想家的，还是他们各自时代的人物及其思想。

荀子游学天下时，与许多思想家有过交流，但是，这些交流都发生在荀子思想成熟之后，发生在荀子离开河东的年代里。这些思想家对荀子思想有影响，但这样的影响与荀子思想的形成和发展时期的影响不可同日而语。要想探究荀子思想的形成和发展，不得不把目光聚集在两个方面。一是荀子所崇拜的那个时代的思想家，二是荀子五十岁之前晋地思想界的状况。

子夏之学

荀子是先秦时代最后一位思想全面的哲学家和思想家，学界认为荀子思想是对先秦学术的总结。从年岁上讲，荀子年长于弟子韩非子，但师徒去世时间相差无几。荀子大约在公元前235年去世，《史记》记载韩非子在公元前234或233年去世。说荀子是先秦时代最后一位思想家，也不算过分。

荀子提到过不少先秦时代的著名思想家，《荀子》中有名有姓的就有二十多位，但从时间上说都是荀子的前辈和长者。荀子既然提到了这些人物，并且对他们的思想和行为还有臧否，那么，荀子思想无疑会不同程度地受到他们的影响，只是真正被他肯定、受他崇拜、让他追随的思想家却并没有几位。

从《荀子》来看，除孔子之外，被荀子肯定的思想家主要是子弓，而荀子与子弓的关系最为研究荀子师承、师友者重视。在《荀子·非十二子》中，荀子对当时天下有名的思想学说都予以了非常严厉的批判，唯独对孔子和子弓的儒学思想非常赞赏，并声明自己遵从的就是孔子和子弓之学。更重要的是，荀子把子弓与尧、舜、文王、周公、孔子并列，并称之为圣人、仁人、大儒等，显然，其地位在荀子心目中是非常崇高的。从人名顺序上分析，子弓位列孔子之后，应该说是离荀子时代最近的圣哲之人。所以，如果说子弓与孔子一样深刻影响了荀子思想，甚至说是荀子的思想之师，也不为过。

但是，真正困惑后人的，不是子弓对荀子的影响有多大，而是这位子弓究竟是什么样的人？是典籍失传的圣贤，还是与传世的某位圣哲就是同一人？由于《荀子》只提到"子弓"二字，没有交代其姓氏和事迹，致使这位荀子之师千百年来一直是公案中的人物，其身份始终没有令人信服的定论。

《史记·仲尼弟子列传》记载，在孔子《易》学研究的学术传人中有楚国人馯臂子弘。《汉书·儒林传》称为馯臂子弓。此馯臂子弘与馯臂子弓当为同一人，是孔子的再传弟子，接续的是孔子研《易》的传统。但是，馯臂子弓只是传《易》，并没有更多记载证明他在儒家思想史中的其他贡献。如果据此就说他足以与孔子并肩，成为荀子眼中的圣哲，应该是有些过分的。

还有观点认为子弓乃孔子弟子仲弓。仲弓是鲁国人，没有踏入晋地的记载。仲弓是孔子早期弟子，以讲求德行而著称。仲弓并不是孔门中的学者型弟子，既无著作传世，也没有学术继承人。五十岁以前生活在晋地的荀子，很难接触到与仲弓相关的人和事。子弓不是学问家，荀子也就谈不上受仲弓之学的影响了。

《荀子》及其他典籍并没有记载子弓的思想成就，后世考证者就只能在名姓上做文章，而名姓问题关乎基本事实，最需要确凿证据。无论如何考证，在现有材料基础上，难以准确道出子弓是谁人。不过，既然要讨论荀子的思想来源，就应该把重点放在那些在思想成就上能够与荀子思想建立起内在联系的人物身上，这就是孔子弟子子夏。

综合各种因素，《荀子》中所提到的子弓，最有可能是孔子晚年弟子卜子夏（姓卜名商，字子夏）。子夏是晋国温地人，年轻时追随孔子，成为孔子后期弟子中的佼佼者。在孔子弟子中，子夏对儒家早期经典最有研究，成为孔子时代儒家典籍的主要传承者，比如《诗经》《春秋》和《尚书》等，在后世的流传中都得从子夏说起。

孔子于公元前479年去世后，孔子弟子之间的思想分歧开始明朗化。《论语·子张》详细记载了孔子弟子之间的那场伟大的思想辩论，而子夏受到的批评最为剧烈。从孔子儒学的角度来看，子夏思想表现出明显的"离经叛道"

倾向。孔子在世时，批评子夏的为政之道有"欲速"和"见小利"（《论语·子路》）的倾向。这两方面的内容，表现在治国之道中，就是追求革新和注重发展经济。

子夏画像

在老师去世后与同门的论辩中，子夏明确提出，正像工匠一定要做出成品来证明其技能一样，儒家君子只有把所思所想运用在社会实践中，为社会服务，才能证明其价值所在。子夏的选择是谋"小利"，即与儒学大道之利相对而言的经济利益，对于社会来说，就是发展经济、改善民生。为此，子夏甚至强调在坚持孔子思想的同时，可以根据社会实际情况，对孔子儒学做出适时调整。子夏主张社会管理者必须首先取得民众信任，然后才能去管理他们，否则，任何管理措施都有可能被民众视为当政者有意压迫他们、残害他们。要取得民众信任，最根本的就是发展经济，保证正常生产生活。

魏文侯于公元前446年即位，是战国时期魏国历史上最有作为的君主。魏文侯拜子夏为师，确立了以子夏儒学为核心的国家意识形态。魏文侯之所以拜师子夏，除了子夏的孔子弟子身份，最重要的原因恐怕还是子夏思想更为契合战国初期魏国上下励精图治的治国精神。为了更好地学习和运用子夏思想，使魏国尽快实现民富国强，魏文侯在做世子（太子）的时候就去鲁国向子夏学习，并在继位之后把子夏请回魏国，让子夏亲自指导魏国政治。

史称子夏"设教西河"，一生在西河传播学术。所谓西河和河东之类的说法并不是行政区划概念，亦即并非严格意义上的地理概念，并没有严格的地理分界。西河泛指汾河以西、黄河以东广大地区，与河东相互交织。西河在魏国境内的区域，大致在现今山西吕梁和临汾地区黄河沿岸。

子夏思想非常适合三晋国家社会实际，加之他又是魏国历史上最有作为的君主的老师，子夏之学很快在西河及河东地区传播开来，并吸引了一大批有才能、有志向、有作为的人物投到其门下，比如魏文侯的主要大臣李悝、吴起，后来成为著名道家人物的田子方、段干木，以及著名墨家人物禽滑釐等。

子夏思想的特色是注重实践、提倡实用，这与传播在齐鲁之地的孔子儒学有很大不同。子夏弟子中之所以出现像李悝和吴起这样的著名政治家和变法人物，与子夏的思想走向大有关系。子夏之学的广泛传播使百年之后的荀子有机会接受子夏儒学。荀子成为儒学大师，与子夏儒学的影响是分不开的。

战国时代最具进步特色的是法家思想，而战国法家直接来源于三晋地区。法家著名人物，如李悝、吴起、商鞅、申不害、慎到、韩非子等人，或者是三晋人物，或者是主要活动在三晋地区。三晋法家的起源，既与晋地不断进行的变法活动有关，也与晋地不断涌现的思想家有关。在这些思想家中，最早的是子夏，最晚的是荀子和韩非子。

卜子夏祠堂

子夏儒学注重实践，强调是发展经济、选用贤人、学以致用等，这些思想既是晋法家思想的核心，也是荀子思想的主要内容。子夏和荀子思想本质上是儒家，却为晋法家的产生和发展提供了各个时期的思想基础。晋法家思想在战国前期由子夏思想发端，由李悝和吴起等人发扬光大。到战国末期，荀子继承子夏思想，深刻影响晋法家，并由他的弟子、法家思想的集大成者韩非子最后完成。

尊崇子夏

孔子去世时，子夏二十九岁。世传子夏寿过八十。他在三十岁之后不久来到魏国，老死在这块土地上。子夏在魏国传教辅政，当有四五十年的时间。这就是说，子夏在公元前 430 年左右去世，距荀子出生还有百年左右。其间的思想传递，与子夏弟子李悝有着密切关系。

李悝是晋法家在政治实践领域的开创者，他的法家思想的重要来源是他的思想导师子夏。

在儒、法并重的用人之道方面，李悝明确主张，只有为国家做出实际贡献的人，才有资格得到爵位、享受物质奖赏。李悝痛斥"无功而食"之人，他们对国家没有实际贡献，只是享受祖辈父辈的功业。对于这种传统的既得利益者，李悝主张取消其禄位，以便吸引和任用"四方之士"，最终实现有效利用社会资源、推动社会进步的改革目的。

子夏与李悝师徒二人都是儒、法思想并重的思想家，子夏更偏重于儒，李悝更偏重于法。李悝是魏文侯重臣，又是魏文侯变法的主导者。李悝主持魏国经济领域的变法活动，还创制《法经》，其思想更具有法家色彩。

李悝是子夏思想的实践者。作为子夏弟子，如果说子夏思想中已经形成以法补儒或由儒入法的倾向，李悝就是这一倾向的现实推行者。秦汉以后的中国古代社会逐步形成儒家思想主导意识形态、法家人物掌握行政治理的格局，就是滥觞于魏文侯时代，而李悝则是法家人物主导现实政治的第一人。

战国早期的晋法家，子夏是其思想领袖，李悝是其行动领袖。当时的魏国，因为子夏和李悝而影响巨大，因为魏文侯而国势强盛。这些历史过往不可能不对长期生活于斯地的荀子产生巨大影响。荀子以儒为主、儒法并重的思想特色，在子夏和李悝思想中表现得很明显。从思想继承和发展的角度来看，荀子思想的主要来源就是子夏和李悝思想。

荀子不仅是子夏思想的继承者，而且在早期儒家重要典籍的传承方面，也是子夏一派的主要继承者。特别是《诗经》和《春秋》，更有从子夏到荀子的明确的传承线索。

荀子崇敬的"子弓"，极有可能是"子夏"之误，是《荀子》传抄过程中的文字错讹。有文字学家认为，在战国文字中，子夏之"夏"字有一种讹变之形与"弓"字近似。正是这样的错讹，才使后人弄不明白荀子所说的"子弓"到底是什么人。

令人遗憾的是，到了荀子所处的战国晚期，战国早期的子夏儒学已经被三晋国家的政治保守势力和思想守旧的儒生所左右，他们无视子夏学说反对学究作风、积极倡导学以致用的一面，而是用保守的儒家思想维护当政者的既得利益。比如在有名的赵武灵王"胡服骑射"改革中，就有赵国宗室人物公子成以保守的儒家思想反对变革。这类儒生，荀子蔑称为"子夏氏之贱儒"，并对他们发出了刻薄的讥讽。荀子说，那些在口头上遵从子夏之学的"贱儒"，只会装模作样地表现儒家式的外表，完全背离了子夏之学的根本精神。所谓"贱"者，就是思想品位低下者。

荀子对"子夏氏之贱儒"的严厉批评所针对的只是战国晚期三晋地区的保守儒生，与子夏本人毫无关系。相反，在抨击"子夏氏之贱儒"的同时，荀子对子夏的人格充满崇敬之情。《荀子·大略》记载说，子夏家贫的时候，曾经穿得破衣烂衫。这可能是魏文侯去世后，子夏陷于生活困顿之中。当有人问他，为什么不去做官，以解决贫困问题时，子夏的回答是，"那些对我态度骄横的诸侯，我不去做他们的大臣；对我态度骄横的大夫，我不再跟他们见面。鲁国名士柳下惠，穷困潦倒，与看门人穿同样的破旧衣服，也一样快乐。这样的故事我们听得太多。争抢利益就如同用手掌与兵甲抗衡，最终受伤的肯定是手掌。"

荀子讲这样的故事，既是对于子夏人格的欣赏，也是荀子的人生写照。荀子游历天下，与大国君主和权贵，如齐国之相、赵孝成王、秦昭襄王（秦昭襄王）和秦相范雎有过面对面交往，却没有得到从政机会，这既与荀子思想的理想主义精神有关，也与他所欣赏的子夏式的对待诸侯和大夫的高傲态度有关。如果诸侯和大夫在我面前摆架子，甚至看不起我，我就绝不会在他们的手下为官，甚至不再去见他们。人生的目的不是争利，而是要对世人有所贡献。荀子将子夏引为精神气节上的同道，与荀子对待其他思想家的态度是不同的，这也间接说明荀子思想与子夏思想是息息相通的。

荀子思想并不是无源之水，也不应该是无源之水。从荀子生长的地域、思想成熟的时间，特别是其思想特色来看，毫无疑问应该是来自河东。其思想来源，在有所继承和发展方面，远端是孔子儒家，近端则是子夏和李悝的晋地思想。

第三节　走出河东，议论赵兵

游历天下各国，遍观各国政治，寻求从政机会，是春秋战国时代逐渐形成的士阶层或知识分子阶层的主要追求，也是他们人生中一大特色。这一特色，既是由当时的社会状况，也是由这一阶层的生存方式决定的。

春秋战国时代，士阶层的政治游历或游仕的生存方式，是从孔子那里开始的。孔子周游列国，虽然有无奈的成分，但孔子儒学的积极入仕，对于天下政治堕落的不屈不挠地"匍匐以救之"的精神，是传统儒家游仕天下的核心。到了战国时代，士人阶层已经形成规模，游仕之中又加了游学的成分。游士们争相登上各国诸侯朝堂，一方面向当政者陈述政治主张，另一方面还要相互竞争，以证明自己的学问和思想能够胜过别人。那真是个充满生机和活力的时代！

游仕赵国

战国末期，游士的规模和竞争达到了最后的高潮，而

士　貉子卣　王令
士道归貉子鹿三

士　臣辰卣　王令士上
眔史寅殷于成周

士　敔尊　王锡敔
士卿贝朋

荀子就在这个时候成为游士阶层中的一员。所幸的是，正是这种特殊的形势和压力，才增进了荀子思想的广度和深度。荀子五十岁之后才离开家乡，遍游诸侯各国。在这些日子里，荀子会见各国当政者甚至君主，还与各家各派学者进行学术交流和思想交锋。同时，荀子也很注重观察社会、思考民生。所有这一切，都成为他的思想学说的重要内容。

在荀子游历的各国中，除了前文已经了解过的燕国，在齐国、楚国、赵国和秦国的活动中得到史料的支持比较翔实。不过，就如同孔子周游列国一样，实事求是地说，人们知晓的是荀子到访过这些国家，但究竟到访的时间是哪年哪月，则无法确知。一直以来，许多研究者在后一类问题上花费太多精力，获得很多有价值的研究成果，但终究无法彻底解决这方面问题。所以，与其在绘制荀子游仕和游学的路线图上争论不休，还不如把更多精力放在荀子行程的一些关节点和重大问题上。

根据《荀子·议兵》记载，在赵国，荀子与临武君在赵孝成王面前有过一场对话。赵孝成王于公元前265—前245年在位，虽然无法确定荀子到达赵国的具体时间，但应该是在公元前265年至前245年的二十年之内。由于时间跨度是如此之大，也没有更为可靠的时间坐标，那么，荀子与赵孝成王的这次历史性谈话，便很难确定具体时间。就算赵孝成王初在位时就有荀子来访，荀子也是七十岁左右的老者了。此时的荀子名满天下，与一国之君见面并不难。另一方面，这一时期的荀子，其思想的明确性和坚定性也是不言而喻的，肯定不会轻易与其他思想相妥协，也不会屈从于当政者的主张。尽

赵武灵王"胡服骑射"图

管与赵孝成王有过面对面深入交谈，但从谈话的内容和进程来看，荀子不可能在赵国久居，更不可能在赵国从政。

荀子五十岁离开赵国，七十多岁时再见赵孝成王，肯定是重返赵国。赵国曾经是战国七雄中的强国。战国初期，赵国利用三家分晋建立新国家的力量，军事实力不断增强。在公元前325—前295年间，赵武灵王在位，实行"胡服骑射"改革，使赵国军事力量空前强大，一时被认为最有力量一统天下。在秦国早期与山东六国的军事对抗中，赵国一直是秦国的第一竞争目标和对手。可惜的是，如同许多强力君主一样，赵武灵王在处理继承人的问题上也是优柔寡断，已经确立了太子人选，却又想把太子更换为新宠夫人的儿子，结果造成新旧太子势力之间的争斗，致使内政大乱，国力最终一蹶不振。到赵孝成王时，在与秦国的军事对垒中已经是败多胜少了。

兵家之道

荀子与赵国君臣对话的主题以军事为主，反映的是荀子思想中有关兵家思想的内容。既然他们的谈话内容是"议兵"，即议论养兵用兵之事，就得先从那个时代的兵家思想说起。

先秦时代的最后二百多年，史称"战国"时期。这一名称的直接来源，当然是缘于《战国策》一书。史家历来认为此书记载了这一时期的历史，其实，这本书只是纵横家们杜撰的一些故事，甚至是他们的白日梦，确切来讲只是文学史上最早的小说体作品，并不具有严肃的史书性质。但无论如何，战国时代之称谓，与此书有直接关联。

与"战国"名号的间接关联，或者真正的关联，应该是因为这个时代是一个列国征战、战争至上的时代，战争不仅关乎胜负，更关乎存亡，个人、家族、社会、国家的存亡，都与不断的战争直接相关。既然战争是如此之多，如此之重要，有关战争的思想就会应运而生。有关战争的思想，就是先秦时代的兵家思想。

先秦时期百家争鸣中的兵家思想成熟于战国中后期，但其源头相当深远。自有人类出现，就有了战争，也就有了军事观念、军事思想。但是，专门的军事思想和专业的军事思想人才，应该是出现在春秋中期所谓"霸主"专政的时代，并最终形成"兵家"的思想洪流。

兵家并没有如同儒家一样前后接续的思想传统，但这并不表示这一派思想就没有明确的发展历程。主要受战争和战斗形式的影响，兵家思想经历了由注重国家战争向注重战略战术的思想重点的转移。在春秋中期之前，战争的形式是传统的整兵对阵式，取胜的关键因素并不是战略战术，而是军队的整体实力。春秋中期之后，随着以"周礼"为核心的道德规范和政治理念的逐渐崩坏，诡诈用兵的观念开始出现，并且从小范围的计谋，一直发展到全局性的战略考虑。从晋献公的"假虞灭虢"，到晋文公时代的晋楚"城濮之战"，直至战国前期"围魏救赵"之类的战争模式的持续展现，兵家思想也不断更新其模式。

孙膑画像

早期兵家思想主要强调国家整体实力，以及民心向背对于战斗士气和战争胜负的影响，比如《吴子》中记载的吴起军事思想和《孙膑兵法》中记载的孙膑军事思想。到战国中后期，随着赵武灵王"胡服骑射"军事改革的成功实行，军队的快速作战和突然袭击成为可能，于是，在《尉缭子》中，就出现了从以国为战到以战为战的兵家思想，直到《孙子兵法》中对战略战术的全盘论述。上述兵家思想的存在和转变，在荀子与赵国人临武君的对话中，有着生动而全面的体现。

初论仁人之兵

《荀子·议兵》直接交代了这场对话的背景，"临武君与孙卿子议兵于赵孝成王前"。这个时候已经到了战国晚期，距离赵国被秦所灭至多也不过是四十多年的时间，由此可见赵国军事形势的严峻，"议兵"也就自然成为赵国当务之急。事实上，著名的"长平之战"，赵军主力被秦军所歼，就发生在赵孝成王在位期间。

至于临武君这个人，史籍并无记载，《荀子》也是只此一见，究竟是个什么人物，只能凭他与荀子的对话内容来推测。《战国策》中倒是有一位"临武君"，说他是楚国将领。但是，《战国策》并不是严肃的历史著作，而是纵横家人物杜撰的故事集，故事作者总是随意把当时人物，或者他们记忆中的人物拉进故事中来，而并不在意其真实身份。在《荀子》记载的这场对话中，这位临武君明显是赵孝成王的亲近之臣，对赵国的情况也很熟悉。很显然，楚国将领或有楚国背景的将领与荀子一起在赵孝成王面前辩论赵国之兵，这样的事情是相当不合情理的。《战国策》中的临武君就算实有其人，与荀子面对的这位赵国临武君也不会是同一个人。

因为赵国军事形势岌岌可危，赵孝成王的谈话重点并没有放在荀子擅长的治国之道上，而是放在他更为关注的军事方面，而这却是荀子相对不太擅长的方面。

赵孝成王开口即言："请问兵要。"此所谓"兵要"，就是兵法之要，也可以理解为治兵之要、用兵之要。"要"是要诀、枢要、关键之处的意思。根据接下来荀子和临武君的论辩内容，以及赵孝成王的表态来看，赵王想从荀子与临武君的论辩中得到的答案应该是偏重于短期的兵家制胜之道，即如何尽快扭转赵国非常不利的军事局面，而并不是儒家推崇的以王道为基础的国家整体军事发展方略。

因为临武君是赵国大臣，又是负责军事的官员，所以在论辩第一回合，他抢先发表观点。在临武君看来，用兵的要术，即指挥作战的关键，是抓住天时地利的机会，根据敌方情况，采取后发而先至的策略，直至占据主动，取得胜利。这明显是两军对垒时具体的战略战术问题，既不是儒家学者的专长，严格来说也不是君主应该关注的内容。在此背景下，荀子提出针锋相对的观点也就在情理之中了。

荀子认为，在敌我较量中，决定胜负的根本是"壹民"，即有效动员全国力量，全国上下团结一心、共同对敌。这就好比是，弓箭调试不准，即使最擅长射箭的羿也无法射中细小目标；拉车的马匹不能步调一致，最擅长驾车的造父也无法驾车远行；同理，全国上下不团结，不能听从号令，即使是汤王和武王也无法取得胜利。荀子的结论是，善于团结民众、号令一致的人，才是善于用兵之人。一句话，善于团结和调动民众才是用兵的关键所在。

很显然，荀子坚持的是典型的传统儒家主张，大体上形同早期兵家思想。荀子所说用兵，并不是指两军阵前用兵，而是说国家如何培养和动员兵力。临武君所说，则是典型的战国后期兵家思想，就是具体的用兵打仗之术。严格来说，荀子和临武君所说并不是同一个问题。荀子讲的是国家层面的军事思想，临武君讲的是两军阵前的战略战术。荀子说的是政治家之事，临武君说的是军事家之事。

当年，卫灵公曾经向孔子"问阵"，即如何训练军队、排兵布阵，以便在战争中占优势、在战斗中得胜利。与荀子此次在赵国遇到的情况相似，孔子的回答也是，作为国家的管理者，特别是一国首脑，协调全国力量发展军事更为根本，而不是去琢磨具体的战略战术。孔子说："以不教民战，是谓弃之。""善人教民七年，亦可以即戎矣。"（《论语·子路》）所谓教民，就是"壹民"，通过教化民众，不仅要让他们团结一致、听从号令，还要让他们知道为谁而战、如何作战，否则，把他们送上战场，就等于是抛弃了他们，让他们白白送死。为避免这种悲剧发生，孔子甚至提出，只有经过七年教育的民众，才可以上战场。孔子所说的"教民"之教，既有军事方面的，也有政治方面的，即既教民身体格斗，也教民端正思想认识。

不过，要想让赵孝成王和临武君弄清楚这一点，并不是一件容易的事。由于临武君没有弄清楚荀子"兵道"的内涵，所以还是坚持自己的思路。他说，行兵打仗，最重要的是利用好有利形势，以变化和诡诈的方法取得胜利。善于用兵的人，要让对方无从判断我方行踪，无从下手对付我方。他还举例说，当年孙膑和吴起用兵之时，天下无敌，没听说过他们还需要民众支持。孙膑和吴起是春秋战国时代著名兵家人物，都有兵法著作传世。不过，他们二人并没有主政一国。他们都是成功的军事家，不是合格的政治家。吴起之所以在楚国变法活动中事败身亡，就是因为他未能站在政治家的高度判断形势、处理问题。

平心而论，仅从两军对垒的角度看，临武君所言并没有问题，而真正的问题是，他所说的与荀子的主张并不在同一个层次上。所以，荀子不得不做进一步解释。荀子强调，我阐述的是有王者之志的仁人之兵，你所说的是关乎诸侯之事的攻夺变诈之兵。

太原市金胜村赵卿墓出土虎形灶

荀子所说的仁人之兵，不仅要在战场上取胜，还要在道义上胜人，并以此称王天下，绝不是满足于做一个霸者。仁人之兵是不可以使用诈道的，因为一旦诈道得势，君臣之间、君民之间都会相诈相欺，最终破坏一国政治生态和社会风俗。以诈道胜诈道，只是侥幸而已。长远来看，以诈道对仁道，如同以卵击石，绝无取胜可能。在仁人为君的国度，百将一心，三军同力，君臣上下就如同儿子侍奉父亲、弟弟侍奉兄长一样，如同手臂自然而然地保护胸腹一样，不论敌方采取什么办法，都将受到回击，遭到失败。

与众弟子议兵

令人深感遗憾的是，在那样一个战争频仍的年代，荀子倡导的仁人之兵，如果不能站在足够高的历史和思想高度理解，确实令人无法接受。甚至是荀子身边的弟子，也曾就这个问题质疑荀子，与荀子进行了面对面的争论。

弟子陈器发出疑问说："先生您把仁义视为兵道之根本，但在我看来，仁者要表现出爱人，义者要表现出遵循理义，这完全是与出兵打仗背道而驰的呀！"陈嚣还表明了更深一层的观点，那就是，用兵的目的无非是争夺利益，争夺利益的手段免不了兵戎相向，甚至杀人盈野，这与仁义更是风马牛不相及呀！

不用说，陈嚣质疑仁人之兵的意见是很有代表性的，荀子不能不加以重视。荀子批评这位弟子说"非汝所知也"，明确指出弟子的观点是错误的，并郑重重申了自己的主张。

荀子承认仁者爱人，但正是因为爱人，才会厌恶那些害人之事、害人之人，进而兴兵加以干涉和扫除。正是因为义者遵循理义行事，才会厌恶那些扰乱秩序的人和事。荀子得出结论说，兴兵打仗的根本目的并不是争夺利益，而是禁止暴虐、去除祸害，这样的兵就是仁人之兵。如果上升到兵道高度，那就是，在仁人之兵存在的地方会有一种神奇力量，所经过的地方、所做的事情会出现让人感觉不到的积极变化，就如同久旱之后的及时雨，凡是降落的地方，没有人不会感到喜悦。

为了深化仁者之兵的主张，荀子又以先圣先王为例加以论证。上古之时，尧帝讨伐驩兜，舜帝讨伐有苗氏，大禹王则是讨伐共工氏，到后来，商汤王讨伐夏桀王，周文王讨伐有崇氏，周武王讨伐商纣王，这些都不是为了个人或氏族利益，而是"皆以仁义之兵行于天下"。因为圣王兴起的是仁义之兵，所以，近处之人因其和善而感觉亲近，远方之人则因其仁义而产生仰慕，以至于虽有军队，却无须使用暴力就能让远近之人心悦诚服，让圣王的德义传播到四面八方。总之，仁者之兵、王者之师，是通过仁义道德之行让人心服，而不是使用暴力让人表现出表面上的服从。

荀子的这番主张，在一般人看来未免有些书生气、理想化。但是不要忘记，荀子是思想家，不是现实的政治家，他有责任替社会眺望更远更合理的目标。他为世人展示的仁人之兵的力量，尽管连他自己都说是"所存者神，所过者化"，难以一桩桩一件件地历数其具体力量所在，但他对人的内心世界的肯定、对人的道德之心的崇敬，却不失为一位儒家大师的良知呈现。

荀子的另一位弟子李斯也问到同样问题，但质疑的力度更为犀利。李斯在荀子门下学成之后，毅然奔赴秦国求取功名，最终做到了秦国宰相。李斯赴秦，既是对荀子政治学说的肯定，也是对荀子某些观点的否定。李斯与老师的这次对话，对中国古代的政治走向影响深远。

李斯的观点开门见山，显然是荀子的风格。

李斯说，秦国自秦孝公推行"商君之法"以来已经"四世有胜"，有四代君主一代胜似一代，都取得了用兵的胜利。秦国兵力越来越强大，各国诸侯难以有效抵御。其中原因，在李斯看来，并不是持守仁义，而是"便从事"的结果。李斯所谓"便从事"，是指从现实利益出发，需要什么手段和方法，就使用什么手段和方法，并不以任何原则，特别是用仁义道德之类的空洞说教加以约束。在这些所谓"便从事"的手段和方法中，从大处讲，如范雎提出的"远交近攻"，往小了说，也不乏秦国惯用的收买、离间、间谍、暗杀等手段，至于以不择手段的纯暴力获取利益，更是秦国的不二选择，比如长平之战中对俘虏的大量坑杀以及战争中的屠城之类。

在儒家看来，秦国的强大，每一步都伴随着不合仁义的血腥。所以，对于李斯的观点，荀子如同对待陈嚣一样，首先批评道，你所看到的事情，都是肤浅的表面现象。在荀子看来，李斯所说的"便从事"之"便"，是以他国的不便利成就自己的便利，以不合仁义的便利成就自私的便利。荀子主张的仁义之道是"大便之便"，即以天下人的方便成就自己的方便。所谓"大便"，就是符合天下人利益的最大便利。以仁义为政治原则，民众才会从心底里亲近统治者，甚至可以为君而死。正是在此意义上，荀子认为，对于一个国家的军力来说，有没有将帅是次要的，确定国家发展的正确方向才是主要的。

针对李斯所举秦国"四世有胜"例证，荀子有着完全相反的解释。荀子认为，秦国的"四世有胜"并没有让天下之人诚服，而是使秦国经常处在恐惧之中，唯恐天下诸侯合力对付他。秦国看似强大的军队只能说是"末世之兵"，行将走向灭亡的军队，因为这样的军队没有"本统"，即没有符合仁义的思想支撑。荀子的这个断言很具有预见性。不过，在当时形势下，面对秦军的节节胜利，似乎很难说荀子的预言能够应验。但是，从李斯入秦，

汤王画像

到秦王朝灭亡，也不过只有短短的二三十年，秦军的由盛转衰，真可谓是其盛也速，其衰也忽，这不是"末世之兵"又是什么呢？

回望历史，当年商汤王灭夏之后，把夏桀王放逐于鸣条山；周武王讨伐商纣王时，在甲子那天一举击败纣王的大军。乍看上去，好像事情就发生在鸣条山一地和甲子一时，但荀子却指出，这都是"前行素修"的结果，是在一个相当长时期不断积累的结果。夏桀王和商纣王不断积累其非仁义之行，商汤王和周武王则不断积累其仁义之行，成就其仁义之兵，然后才在某一地点、某一时刻，产生那样的结局。秦国"四世有胜"积累的并不是仁义之行，其结局绝不会如李斯设想的那样美好。说到此，荀子非常严厉地训斥李斯说："今汝不求之于本而索之于末，此世之所以乱也。"现在的你，看问题不求根本，而是根据枝节末梢来下结论，荀子认为，这正是当今时代人们的思想之所以混乱不堪的主要原因。

仁人之兵的效用

在与赵孝成王和临武君的对话中，为了进一步说服对方，荀子叙述了仁人之兵或王者之兵的状况和效用。

如果仁人治理十里方圆的国家，百里之内的情况他都会掌握；治理百里之国，千里之内的情况都会掌握；以此类推，如果治理千里之国，四海之内的情况就尽在掌握之中了。仁人治理下的地方，会使民众团结一心，自觉性很高，能够以理性精神注意国家内外发生的事情。具体到仁人之兵，则是无论集合起来作战，还是作战之后解散，都是很讲规矩、很有秩序的。好比那柄著名的莫邪长剑，无物不断，无坚不摧。又如同坚固的磐石，其形状如何并不重要，重要的是什么力量都对其无可奈何。

与仁人相反，那些以强暴手段治理国家的君主，有谁会与他们同行呢？他们的统治最终也脱离不开本国民众，但是，即便是暴君治下的民众，也喜欢在仁人治理下生活，视暴君若仇敌。从人之常情来说，即使是像夏桀王那样的暴虐之人、像盗跖一样的强横之人，也不会为他们所厌恶的人出力，也不会贼害他们所喜欢的人。

仁人治国，国家只会日益昌明，直至迫使诸侯们不得不表明其对待仁人和王者的立场。抢先顺从王者的就会平安无事，后来表示顺从的就会处在危险之中，抗衡的就会被削弱，反对的就会走向灭亡。

既然王者有如此不可抗拒的强大力量和积极作用，现实政治中的人物，不论是一国之主赵孝成王，还是主管军事的临武君，自然就想知道如何才能造就荀子所描述的势不可当的王者之兵。所以，他们在肯定了荀子所描述的王者之兵的大势之后，一起问道："请问：用什么指导方针、什么具体办法和机制，才能训练出王者之兵、打造王者之军呢？"这样的问题，正是荀子上述循循诱导的目的，当然也是荀子最擅长的主张了。

在王者看来，治理一国，军事将领的任用及其作用并不是根本问题。荀子是从国家强弱、安危、存亡的角度认识治兵、治军的问题。一个国家如何才能强、安、存，如何才能避免弱、危、亡呢？荀子列举了具体要求。

国治、国强的因素	国乱、国弱的原因	备注
君贤	君不能	强弱之本
隆礼、贵义	简礼、贱义	强弱之本
隆礼效功、重禄贵节	上功、贱节	强弱之凡
上足仰、下可用	上不可仰、下不可用	强弱之常（下同）

国治、国强的因素	国乱、国弱的原因	备注
好士	不好士	
爱民	不爱民	
政令信	政令不信	
民齐	民不齐	
赏重	赏轻	
刑威	刑侮	
械用兵革便利者	械用兵革不便利	
重用兵	轻用兵	
权出一	权出二	

这个图表一目了然，可能只有某些条目需要略做解释。如"贵节"，是说看重节操。"上足仰"，是说在上位者的典范作用足以让在下者仰慕和效仿。"政令信"，是说国家的政策和法令有信用，不会朝令夕改。"民齐"，是说民众团结一心。"械用兵革"一项，是说武器是否便利足用。"重用兵"和"轻用兵"，是说用兵慎重和用兵轻率。"权出一"，是指君主政令畅通；"权出二"，是指重臣的分量与君主等同，甚至胜过君主，政令出自两个渠道，致使国家治理失去方向。

在荀子看来，这些条目的作用有三个层次，即"本""常""凡"，也就是根本要求、长久起作用的原因和基本要求。根本要求是必须有的，否则国家都无法成立，更不用说建设国家和军队、出兵打仗的事情了。国家建立之后，要建设好这个国家，就必须落实那些能够长久起作用的措施。至于那些基本要求，则是对于治理国家的基础性要求。

上列图表所示，看上去并不都与兵事有关，甚至没有涉及具体的战略动员和战术准备。其实，正如上文一直强调的，荀子的兵家思想是传统的国家战争思想。荀子并不是反对国家要有足够的武备，更不是反对战争，而是强调战争必须建立在国家整体推进、整体强大的基础上，而不是为了战争而战争、为了取得局部战斗胜利而打仗。

为了进一步阐明这个思想，荀子以他对各国的考察了解，列举了若干反面例证。

齐国在治兵上推崇"技击"，这既是一种战斗方式，也是一种管理制度。具体来说，技击就是一种近战搏击之术，要在取敌人首级。根据这一制度要求，不论战斗胜败如何，只要能够得到敌人首级，就会予以奖赏。这种制度实行，使得齐国士兵只擅长个人搏击战斗，如同雇佣兵一样，只计较个人奖赏所得，缺乏整体取胜观念，致使军队整体战斗力不断下降，荀子称其为"亡国之兵"。

与齐国治兵之道不同，魏国采用"武卒"制。根据这一制度，魏国对入伍士兵有着严格要求，特别是对于士兵个人身体条件的规定更是高标准。具体说来，要求士兵穿三层甲胄，挎带强弩和五十支箭，扛着戈，带着剑，以及三天的干粮，每天行军百里。能达到这些条件的士兵，国家给予优厚待遇，即免除税赋、提供住宅等等。这些要求和待遇，肯定能够提高军队战斗力，但麻烦的是，一旦士兵年龄偏高、体力下降，甚至无法参加战斗的时候，这些待遇也不能去除，唯恐影响到军队士气。长此以往，国家税收就很受影响，经济负担也相当之大，显然无法持久坚持。荀子批评这种制度是"危国之兵"，对国家形成了重大危害。

再看当时的军事强国秦国，其做法与齐、魏不同。秦国自然条件差，民生艰苦。秦国统治者利用这一点，明确而严格地执行赏罚制度，吸引人们为改善生活状况而参加战斗。秦国对军功的奖赏最高，不仅有物质奖励，还有社会地位的奖掖。荀子说，自秦孝公以来，惠王、武王、昭王等四代君主都能保持军事强国的地位，并不是侥幸，而是其推行这样的军事制度的必然结果。

荀子认为，齐国"技击"之兵敌不过魏国"武卒"，魏国士兵又打不过秦国锐利之师，但是，秦国军队却无法与齐桓公、晋文公当年有节制的霸主之师相提并论，而齐、晋之师更不是汤王、武王仁义之军的对手。

这是为什么呢？仔细分析齐、魏、秦等军事强国，都是以物质利益的奖赏作为治军的主要手段，这纯粹是国家与个人之间的利益交换，与礼义教化毫无关系，所以，这样的强兵注定只能取得暂时的和有限的胜利和优势。

荀子所肯定的霸主之师的"节制"，是对个人物质利益的节制。确切来讲，不是取消，而是进行合理的节制和安排。荀子认为，使用强制性的功利手段治兵，只能带来一时的变化，而用礼义教化治兵，却能改变人的思想，让士兵从心里与国家利益取得一致，这显然是孔子"以教民战"思想的继续。只有这样的军队，才能战无不胜，才能成为王者之兵。

如果士兵在思想上与国家达到"大齐"，即通过道德教化达到高度一致，这样的军队就能制服全天下；即使"小齐"，也能够让邻国感受到威胁。至于像齐、魏、秦这样利用一定的强制手段，特别是以功利为诱惑而建立起来的兵力，其取胜并没有必然性，胜与不胜，全靠偶然因素。这些国家只能一代强、一代弱，甚至一代存、一代亡，他们之间只能相互压制、相互争斗而已。荀子认为这种兵力是"盗兵"，像强盗一样的乌合之众，是君子羞于去

战国时期骑兵

做的事情。引人注目的是，荀子把秦国的强大兵力也归入"盗兵"之列，从而在这个问题上表明了基本的儒家立场。

在荀子时代，有过一些善于用兵的大将，比如齐襄王时代的田单、楚威王时代的庄跻、秦孝公时代的商鞅，以及燕国的缪虮。这些大将尽管都有为本国建功立业的辉煌，但在荀子看来，他们都是依靠战术在两军阵前获胜，并没有从根本上帮助君主改变一国的军事形势，他们并没有达到"和齐"的标准，只能算是"盗兵"首领而已。如果一定说哪些人还能让荀子有所肯定，那就是齐桓公、晋文公、楚庄王、吴王阖闾、越王勾践等春秋"五霸"之主，他们的军队可以称作"和齐之兵"，但是，他们本人只能说是进入了"和齐"领域，由于没有仁义之兵的思想根基，也只能是成为霸主，不能成为王者。

仁者之师的将军

荀子兵家之道的中心思想是要求一个国家达到仁者之兵或王者之兵的高度，这是儒家军事思想的基础。在与赵孝成王和临武君的对话中，荀子始终把确定一国军事思想放在首位。荀子是政治思想家，可以始终站在国家整体的角度探讨军事问题。但是，作为现实中的政治人物，作为一国的当权者，赵孝成王和临武君在承认荀子所述兵家之道具备合理性的同时，还是想从荀子那里得到一些现实的助益，让荀子讲述一些更为具体的军事思想或军事策略。比如说，在双方对话的后半段，二人一致要求荀子能否讲一讲"为将"的问题，即如何做一个称职的将领。

春秋时期的头盔

在提出对将领的具体要求之前，荀子先申明了作为将领的总体治军和作战原则。作为将领，最大智慧就是能够放弃有疑问的战机，不做有疑虑的决定；军事行动一定要做到不过度，适可而止；处理军务时，一旦做了决定，就不必后悔，因为军事上的成功要受到诸多因素影响，身为将领，做了该做的决定之后，能否成功，只能等待。这就相当于说，只要直道而行，就不必强求一定要出现最理想的结果。这种思路，与荀子理性主义哲学是一致的。

荀子虽然没有军旅经历，但以他的阅历和博识，以他的理性和睿智，还是提出了以"六术""五权""三至"为核心的"为将"思想。

"六术"之"术"，与战国中后期兵家之"术"是有区别的。最明显的区别是并不涉及两军阵前的战斗之术，更没有流行的所谓"诈术"，或称权谋、谋略。荀子认为，作为将军，发号施令一定要严整而有威严，不能随随便便，不可以不讲原则；奖赏和惩罚要有信用，要把相关规定制定在先，不能因人因时而不同；至于安营扎寨、军需储备，则需要周全而坚固，不能出现安全问题；部队行军，不论是进是退，既要稳重，又要快速；对敌情的侦察和了解，一定要深入其内部，派出各路间谍，把各方面情报汇总起来加以比较，最后做出决定；遇到决战时刻，一定要在明白所有情况的条件下做出决断，但凡有疑问之处，就不可以轻率决定。

至于"五权"，是指需要进行权衡处理的五种情形，即要权衡整体情况，不可偏于一隅。那就是，不要根据个人好恶做出取舍决定，不要急于取胜而忽视有可能出现的失败，不要只顾身边情况而忽视外界情形，不要只见利而不见害，考虑事情要成熟，舍财奖赏要大度。

最后是"三至"，就是在三种情况下，可以不听从君主的命令，即所谓"将在外，君命有所不受"。荀子说，宁可冒着被君主杀头的危险，也要做到三件事，一是不可以中断正在完成的战事，二是不可以去攻击不可能战胜的对手，三是不可以欺压百姓。如果是战事正在进行之中，尤其是眼看就要取胜时，更不必因为君主的命令而停止；如果明知对手不可战胜，不必因为君主有令而发动进攻；如果君主下令的战事会伤害百姓利益，就不必执行。

荀子心目中的将军是有原则有修养的将军，不是那种只讲胜负不讲道义的将军，这是与战国中后期兵家在指导思想上的根本区别。很显然，这样的将军是比较书生气的，即后世所谓儒将，但却是荀子思想的自然结果。

对于将军来说，军队有自己的规则，行军打仗也有自身规律，君主的欣赏不能让他欢喜，敌人的行为也不能让他发怒，这样的将军必在事先考虑事情的进退成败，不断强调一个"敬"字，谨慎对待每个环节，始终如一地敬畏一切。传统儒家重视"敬"，这是一种发自内心的真诚的敬重、敬畏。荀子把这一修身美德加在将军身上，强调完成军事任务同样需要以"敬"对待。如果不能"敬"，反而"慢"，以怠慢待之，任何事情都无法成功。

作为将军，谋事要敬，做事要敬，对下吏要敬，对众人要敬，对敌手要敬。对方方面面都要认真对待，保证事事做到位。谨慎奉行恭敬无失的态度，就能做成"天下之将"，即天下所有将领中的将领，能够与神明相通，无往而不利，无战而不胜。

荀子对将军的定义和要求，显然超越了普通战斗中的胜负统帅，在精神上和思想上达到了统领天下的要求。这样的将领，是赵孝成王一类的君主想象不到的，也是临武君之流的将领做不到的。

在这场著名对话中，荀子的最后总结是，当年的周武王兴兵灭商，统帅的就是王者之师。对于那些表示臣服的殷商之民，周武王善待他们，把他们像周人一样看待，还把他们的首领微子分封在宋国。在周王近处，享受到王者善待的人们当然要讴歌周王仁慈，而居住在远处的人们则会不辞劳苦地赶来，愿意接受王者的统治。不论国家远近，王者之师都要让他们享受到安乐，四海之内的人们如同一家人那样地生活，但凡是通情达理之人，都诚心诚意地接受周王的统治。周武王之师，看上去是要使用武力，实际上是让人们心服，这才是"人师"，仁者之师。

荀子主张有诛杀而无战斗。诛杀是根据正义发动的战争，战斗则是为利而战，甚至为战而战。正因战争的性质如此，王者之师就要以

周武王画像

正义让对方俯首，而不会用武力强迫对方。对方如果城池守得严密，说明其内部很团结，这样一来，要进行强攻就失去了正义性。相反，如果敌方上下一心，王者之师会感到高兴，因为上下一心就意味着老百姓过着正常生活。即使是非强攻不可，王者之师既不会屠城，也不会无休止地战斗下去。王者之师的目的，是解百姓于倒悬，而不是逞强。一旦什么地方的老百姓不能接受他们的统治者，王者之师才会到达。

《荀子》中记载的这场著名对话以临武君称"善"而结束，至于赵孝成王和临武君能否真心赞成荀子观点，后人不得而知。不过，在那个时代，要按照荀子"王者之师"的思想改造和建设一国之军，对于诸侯各国都是个困难事情，赵国亦然。以此来看，荀子兵家思想未免理想化程度太高，尽管从中能够看到思想家的执着和儒家学者的高尚品格。真正的思想家不会因为当政者一时做不到就降低标准、改变原则，更不会为了讨好当政者而改变初衷和思想本质。不会的，荀子就是荀子！

第二章　哲学家荀子：
交流思想学术，纵论人性为恶

荀子一生九十五年左右的岁月，以五十岁为界，大致可分为前后两期。由于资料缺乏，前期五十年相对简明，主要是在家乡学习和成长，在思想上则是儒家基本主张的确定。后期近五十年左右相对复杂一些，本书分三个时期予以梳理，其中的第一个时期主要是讲述荀子在赵国和齐国及周边区域，与天下政治、学术的接触、交流和碰撞，以及对天下学术的批判。

第一节　游学齐鲁，申论人性

《史记·孟子荀卿列传》说，五十岁时，荀子离开赵国，离开河东，再次游仕天下，成为非常流行的游学之士中的一员。

荀子为什么离开赵国？为什么在五十岁时才离开赵国？史籍没有明确记载。可以想象，在学术上，荀子思想以儒家正统自居，是不是会受到他所谓的三晋"贱儒"的排挤？在政治上，从荀子的经历来看，特别是做楚国兰陵令的经历来看，荀子也是热衷于做官，有展现其政治抱负的强烈追求，但他在赵国却得不到从政机会，在这种情况下，离开赵国也是情理之中的事情。

初到齐国

荀子游学的第一站为什么选择齐国？

其一，在战国七雄之中，直到战国中期，齐国还是最大的国家，其军事实力未必居于七国之首，但国土面积、人口和物产，以及生产力发达程度、经济发展程度、社会繁荣程度，无疑位在前列。以荀子的学问之深湛和广博，政治理想之高远，首选齐国去游学和游仕，也很自然。

其二，此时的七国虽然都无法脱离国与国之间的战争，但总体上讲，齐国和秦国的形势最好，事实上齐国也是最后一个被秦国灭亡的国家。山东六国在军事上最强劲的敌人是秦国，在六国之中，只有齐国和燕国与秦国没有接壤，受秦军的冲击和苦害最轻，战乱相对较少。但燕国偏居北边，从来没有进入中原文明主流，也不是各国间冲突的主角。所以，综合来看，在山东六国中，齐国社会相对安定，适合学者久居。

齐长城遗址

其三，齐鲁之地是儒家文化的发祥地和大本营，儒家学说又是先秦时期百家争鸣的源头。在先秦时代，要论文化的连续性和按部就班的发展，齐国理所应当排在头一位。七国之中，秦、楚、燕地处边陲，一向被视为蛮夷之地，地处中原的韩、赵、魏，在春秋晋国时代尚能以一个社会整体推进其文化发展，与齐、鲁分庭抗礼，但在三家分晋之后则一落千丈，难以形成整体优势。从历史角度来看，三晋国家虽然有法家、兵家、纵横家、名辩家等大的思想流派发展，也出现了众多一流思想家，但韩、赵、魏的任何一国都无法形成现实的区域文化，更难以聚集起众多学者，无法形成相对稳定发展的文化脉络。荀子长期生活在赵国，最终还是不得不选择离开。齐国凭借孔子儒学开创的齐鲁文化洪流，逐渐成为战国时期中原文明的汇聚之地。荀子首选游学齐国，是一种自然而合理的选择。

不过，在整部《史记》中，虽然对先秦时期主要儒家人物都有传记，但这些传记却都可以称作是《史记》的败笔，一是混乱，二是随意。就说这篇《孟子荀卿列传》，以孟子、荀子为名，但对此二人的记载却少得可怜，而把大部分笔墨用在了司马迁更感兴趣的阴阳家人物身上。据粗略统计，《孟子荀卿列传》全篇两千多字，用来描述孟子和荀子的，每人不足二百字，余下的文字便都去叙说与孟子和荀子不相干的人物。而且，就是这二百不到的文字，也是支离破碎，语焉不详，给后人留下了太多疑惑，致使后世在相关问题上争论不休。

荀子五十岁到了齐国，而这一年是齐国历史上哪一年，抑或是历史上的哪一年，《孟子荀卿列传》却并没有明确交代。《孟子荀卿列传》说，荀子五十岁才开始来齐国游学，接着就说，有邹衍、邹奭、淳于髡、田骈等学者，享有极大名望。最后说，到齐襄王时代，荀子资历最老、最有学术地位。齐襄王认为当时的"列大夫"人数不足，就加以补充，由于荀子地位最高，就让荀子三次或多次担当"祭酒"之职。这里所谓的"列大夫"，就是视同大夫待遇，给有名望的学者以大夫的名号。所谓"祭酒"，就是首领的意思。

细细考量这段记述，混乱、不合理甚至可疑之处很多。按常理，上言荀子五十岁时才开始游学于齐国，末言齐襄王时荀子受到礼遇，那么，中间所述邹衍、邹奭、淳于髡、田骈等人物，应该是与荀子有过交往的人物。但是，孟子与齐宣王、淳于髡是同时代人，《孟子》中记载有孟子与淳于髡面对面交谈，《史记·田敬仲完世家》也称邹衍、淳于髡是齐宣王时代的"稷下学士"，如果荀子与这些人物有交流，那么荀子与孟子就成为同时代之人，其寿数可近二百，显然不合情理。所以，《孟子荀卿列传》这样的记载，不仅不可信，而且使荀子来到齐国的时间也难以确定了。勉强来说，荀子到达齐国的时间，最晚应是齐襄王时代。

齐襄王名法章，是齐湣王之子，公元前283—前265年在位。事实上，荀子在齐国生活时间比较长，也有可能赶上了齐湣王时代，并对这一时期齐国政治相当了解。齐湣王在位时，著名的战国四君子之一的孟尝君田文曾经主政齐国，齐国也曾受到燕国等五国的联合攻击，几欲亡国。荀子把齐湣王列为亡国之主，抨击齐国君臣唯利是图，这也正是齐国当时的政治风气。可惜的是，《荀子》中并没有荀子与孟尝君的交往，如果他们是同时代人，一位是齐国政坛风云人物，一位是齐国学界领袖，相互往来应该是合情合理的事情。

《荀子》中只记载了荀子与赵孝成王和秦昭襄王的会面，没有提及荀子与齐国任何一位君主的交往。《荀子·强国》记载荀子与齐国之相的交谈。这是一位不知名的齐国相国，荀子对其进行了严厉批评，批评其不用贤能之人，只守胜人之势，不求胜人之道。按理说，如果荀子与齐国君主，不论是齐湣王还是齐襄王有过会面的话，《荀子》书中应该有所记载。当然，也可能是《荀子》本有这方面记载，却在后世佚失。不过，与齐国君主相往还的内容如何会佚失得干干净净，却也有些过度蹊跷。综合各种记载，还是认为荀子未曾与任何一位齐国君主有过往还的说法比较可靠。

就上述能够看到的证据而言，荀子在齐国的活动，纵的方面说，应该在社会中下层，横的方面说，应该是在思想学术领域。

稷下学宫

既然《史记·孟子荀卿列传》认定五十岁之后的荀子游学到了齐国，并在齐国都城临淄的"稷下学宫"滞留日久，还曾经多次主持过这个学宫的运作，那就得对所谓"稷下学宫"和"稷下学派"做一个简单了解。

在中国古代思想史上，根据流行已久的观点，没有任何一种学术运动堪与战国中晚期发生在"稷下学宫"的学术活动相媲美，也没有任何一个学术流派能与"稷下学派"相提并论。但是，也没有任何一种学术现象或学术存在竟像"稷下学派"一样，其出现和存在的根据是那样地简单和薄弱，而其真实性和确实性却从来没有受到丝毫再思考，遑论质疑性探究。这项探究工作与荀子的生平事迹有重要关联，势必要对之多下一些功夫，以期加深或确定相关研究和认识。

始于春秋晚期思想界的"百家争鸣"，到战国时代愈加炽烈，而在战国中晚期更是其发展最高潮。从学术史角度观之，所谓各"家"各"派"当然是后人为了解和研究的方便而作的划分，如司马谈《论六家要旨》及刘歆《七略》、班固《汉书·艺文志》等。但不论是司马谈的"六家"之分，还是刘歆和班固的更多划分，其内容都得到了先秦文献的明确支持。对于稷下之学辉煌景象的描述，最早出现于西汉前期中段，即汉武帝时代司马迁《史记》之中。可是，不仅在战国典籍中未有提及稷下之学的，即使在西汉早期典籍中也看不到相关记载。至于"稷下学宫"或"稷下学派"等用词，则是近代人的发明。

一般认为，稷下学宫始建于战国中期齐桓公田午（前375—前357年在位）时期，兴盛于齐宣王（前320—前302年在位）时期，衰亡于齐王建（前264—前221年在位）时期，历时一百五十多年，而荀子正好生活在这一个半世纪的时间之内。根据后世研究者的意见，在这一百五十多年中，当时天下著名学者都曾莅临位于齐国都城临淄的稷下学宫，或作长期学术研究、参政咨政，或作短期逗留、以文会友，近到鲁国孟子，远到赵国荀子，甚至楚国屈原，均曾显耀于此。可以说，这一时代的学者，如果不能到稷下学宫一游，则其学术地位和学术成就便无从谈起。稷下学宫之所以扬名天下，成为度量天下学人是否有资格称为学者的标准，也是因为有太多著名学者辐辏于此。但是，令人困惑的是，被认为凡是在那个时代到过此地并因为在此处的成就而闻名天下的学者，在其著述中，多至十几万言巨著，少到几千言精文，却从不提及"稷下学宫"四字，更不曾如后世学者一样，描述他们在稷下学宫的这段一生中不可或缺的学术或政治经历。

由于战国时期齐国相对安定，可能会有相对较多学者来到这里进行学术探索和交流，但这与形成一个学派或前后相续的兴盛的学术传统还是有所不同，更不用说，这些学者并没有记载过类似事件，更没有学者以稷下之学来命名这场学术过程。

这究竟是为什么？且从事情的源头说起。

"稷下"之"稷"字由来尚矣，甲骨文中即有用为地名者。在先秦文献和出土战国器物中常有"社稷"并举之词，"社"为土地之主，"稷"用《说文解字》的说法是"五谷之长"，也就是五谷之首。"社稷"并举，或指祭祀神主的场所，或指国家政权。据《左传》记载，有许多国家都有地名曰"稷"者，包括齐国在内，也有把都城的某个城门命名为"稷门"。

"稷"和"稷门"虽属专有名词，但在先秦典籍中并没有与这一时期的学术活动有联系。甚至在积极主张"稷下学士"或"稷下先生"的司马迁《史记》中，也从未提及"稷门"二字。把"稷门"与"稷下"联系起来的是司马迁以后的学者。总之，齐国都城临淄有"稷门"当为确说，但临淄的"稷门"坐落何处？则众说不一。一座寻常城门之名，为什么会有这么多不同说法，原因并不复杂。一则因为时代邈远，事情本身就不易说明；再则各家都要为司马迁《史记》所称"稷下"做解释，只能拿最近乎"稷下"的"稷门"加以叙说，以为"稷下"就是稷门之下。

最早出现"稷下"二字的典籍是现存《韩非子》。《韩非子·外储说左上》说，有一位名叫儿说的宋国学者，非常善于辩说，是当时著名的名家或名辩家。儿说主张"白马非马"的观点，就连齐国稷下名辩家（"稷下之辩者"）也不得不服气。然而，当儿说乘坐白马驾着的车经过关卡时，难以说服守关兵卒接受"白马非马"的观点，不得不缴纳马税。

在现存先秦时期史料中，《韩非子》的这则记载是唯一提到"稷下"二字的，按理说是弥足珍贵的，但其中的缺憾之处也很多。首先，《韩非子》这本书并非全部是韩非子作品，而是掺杂了许多秦汉以后各家各派学者增补的内容，尽管后世学者一直在努力把韩非子作品与其他人增补的内容区分开来，但到目前为止并没有取得公认成果。在这个背景下，同时代其他学者和作品从不提及"稷下"，独有《韩非子》在这则故事中提及，也不得不让人有所怀疑。

众所周知，以"白马非马"之说闻名当时的是著名的名家人物、赵国人公孙龙子，世传其所著《公孙龙子》中的《迹府》《白马论》两篇，专说"白马非马"。意思是说，"白马"是指一种具有特定属性的马，白色皮毛的马，而"马"则是指马这种动物的全体。骑着一匹马与骑着一匹白马，肯定不是一回事。从这个角度去看，白马不是马，马也不是白马。这个道理看上去有些无聊，但却揭示了深刻的哲学原理。就物种而言，这是种和属的关系。就事物而言，则是部分与整体的关系。

不过，尽管白马不是马，但却从属于马，是马这个整体的组成部分。哲学上讲，白马可以不是马，但在生活中，白马也是马。在战国时代，各国各地之间设有关卡，过往商品要交纳赋税，马匹也在被征缴之列。辩者过关，或者不愿意缴税，或者想卖弄学问，以"白马非马"之说与关卡上的官兵发生争执，并不是没有可能。但可惜的是，秀才见了兵，有理说不清。官兵拥有武力，还代表国家机器，他们说白马就是马，学者肯定会败下阵来。在汉代，公孙龙子"白马过关"的传说已经很普遍，有好事者以兒说代之，更有人把此类附会故事掺杂进《韩非子》，这种可能性也是存在的。所以，此所谓"稷下"的说法，其可靠性是很可怀疑的。

被认为发生在先秦时代的"稷下"之学，先秦学界没有记载，却在西汉以来大放异彩，这应该完全归功于《史记》。严格说来，大倡"稷下"之学，司马迁是第一人，《史记》则是第一书。

在《史记》中，司马迁把齐宣王描述为喜好游说之士的君主。齐宣王乃好大喜功之主，司马迁选择他来欣赏和招待游说之士，当属颇具慧眼。从齐宣王时代开始，司马迁所列"稷下先生"有七十六人之多，他们都受赐豪宅，享有上大夫待遇。"稷下学士"则是普通学者，或者追随稷下先生，或者享受集体生活待遇，人数有"数百千人"（《史记·田敬仲完世家》）。但是，在相关记载中，《史记》并没有具体指明是哪位齐王招待了哪位学者，或者说重点在表意，而不在意具体的时间地点和人物。这些不明确之处，无论是司马迁的有意或无意，还是《史记》的疏忽或造作，都为后人演绎稷下学派留下了足够空间。另外，在战国时代，尽管齐国是东方第一大国，都城临淄是一流的大城市，但在那种战争频仍的年代，齐国有没有经济实力优待数量如此众多的学者，真是值得提出疑问的。

由于《史记》的倡导，在司马迁之后，关于稷下学派的说法纷纷扰扰，竞相发明，其详尽程度远胜于《史记》。尤其在东汉时期，这方面的述说有三个特点。一是简单重复，即重述《史记》看法，认为确有稷下之学和"稷下先生"等。二是增添，即依据个人推断，为稷下之学增加新内容。三是歧义，即不同于《史记》的说法。这就说明，一方面，后世学者很想弥补司马迁关于稷下学术之说法的不合情理之处；另一方面，由于稷下学术本身缺乏必要依据，后人的论断不免具有随意性，甚至不惜与司马迁的说法相抵触。

在对司马迁《史记》所言稷下学术的描述中，关于"稷下之宫"，后世的描述最为生动。《史记》只说齐宣王赐给"稷下先生"以"列第"，并没有详细说明这些豪华住所在什么地方、规模怎样、如何管理。但在《史记》相应注释中，后人却增加了许多详细说法。

为了附会《史记》的"稷下"之说，后世学者先是把"稷下"与"稷门"联系起来，然后又说这些谈说之士定期在"稷门"之下会谈或辩说，接着又说在"稷门"之下"立馆"或"宫"，逐步把一件不确定的事件描述得有鼻子有眼。到了近现代，更有学者索性以"稷下学宫"为称，以"稷下学派"为说。而实际上呢？从最初的"稷下先生"和"列第"，到最终的"稷下学派"和"稷下学宫"，是经过了好多次无缘无故的跳跃和想象才实现的。

随着近现代考古学的发展，特别是从二十世纪末期以来有关战国时期学术史方面的考古学成就不断涌现，人们都希望在齐国临淄地方的考古发现中找到"稷下学宫"遗址，以彻底断定"稷下学宫"的存在。但可惜的是，迄今为止，这样的考古发现尚未到来。事实上，无论是以齐国的经济能力来说，还是以政治必要性和行政管理的可行性来说，在当时要建造一个能够容纳"数百千"人的"馆"或"宫"，都是有相当难度的，也是不太可能的。即使是让这"数百千"人聚集在一个地方聆听演讲或相互辩说，以当时的技术条件，也是超乎想象的。更不用说，在《史记》最初的描述中并没有提及类似"学宫"的地方。

三为祭酒

在司马迁认定的稷下之学中，"祭酒"这一名词的说法及其确定性是非常重要的环节。《史记·孟子荀卿列传》称齐襄王时荀子在稷下"三为祭酒"，然而，遍览先秦典籍，特别是战国诸子著作，并没有看到与上引《史记》用法相当的"祭酒"一词。在后世解释中，"祭酒"应与某种礼仪有关，但在《周礼》中并无此词，《仪礼》中作为专门用语的"祭酒"一词共出现五十多次，但其用法均指的是某种礼节或某项礼仪中的一个环节，并没有把"祭酒"视为尊号或职务。

以"祭酒"为荣誉称号或尊号者，最早见于汉代典籍。在西汉中前期，"祭酒"只是一种尊号，并没有成为固定官职，并且"祭酒"这个尊号尚未进入学界和学官。到西汉末期，"祭酒"被逐渐定型为一种官职，并且主要使用在学界。东汉以后，"祭酒"一职逐渐从学界演化到政界，前者如《六经》祭酒、《尚书》祭酒、文学祭酒等，后者如司徒祭酒、京兆祭酒、军谋祭酒等。东汉以降，"祭酒"用于官职者愈多，如丞相祭酒、将军祭酒、镇东将军祭酒等，同时，用于学界的官名也越来越多，如儒林祭酒、经学祭酒、史学祭酒等。

综上所述，在荀子时代，或者根本就没有"祭酒"的说法，或者"祭酒"只是《仪礼》所述某项礼仪中的一个环节，而与某个团体的领袖或某种学术活动的带头人是毫不相干的。《孟子荀卿列传》称荀子为"稷下"之"祭酒"，不过是司马迁袭用西汉前期的流行叫法，意欲说明荀子是稷下之学中最重要的人物或学术带头人、学术活动主持者。这就说明，在司马迁为荀

司马迁画像

子写传记时，如果他能确知荀子在稷下作"稷下先生"首领时的具体称号，就不应该使用西汉时代习用的尊号；如果他不能确知，则一方面说明描述者对于他所要描述的对象缺乏详尽了解，另一方面说明被描述的事物本身是不清晰的甚至是不存在的。

《史记》所认定的荀子在稷下"三为祭酒"最为后人称道，被认为是稷下学派曾经存在和辉煌过的最有力证据之一，但事实上却是最有疑点的说法。既然"祭酒"的说法在先秦时代并不存在于学界之中，也不是这个时代的官职，那么，司马迁"荀卿三为祭酒"的说法就值得怀疑。《史记》之说，是认为荀子居"稷下"时，正赶上"稷下"学宫在战国后期复兴，但因为以田骈为首的稷下先生的先辈人物已经去世，就使得荀子"最为老师"，学问最好，威望最高。齐襄王为复兴稷下之学，决定增补"列大夫"的空缺，这当然少不了荀子，荀子因此而"三为祭酒"。

然而，在长达十万字的《荀子》一书中，并未出现"稷下"这个词，也没有出现过"稷下先生""稷下之学"和"祭酒"等相关说法，更不用说荀子的"三为祭酒"了。如果荀子果真在稷下这样一个人才济济、影响广远的思想学派多次担任领袖人物，并且适逢稷下之学的复兴时代，而《荀子》对此事却只字不提，甚至连个暗示都没有过，这的确是让人难以接受的。

换一个角度来说，《荀子》毕竟是先秦时代和早期儒家学派中大部头的著作之一，甚至被认为是先秦思想的总结，那么，对于汉代部分学者推崇的那么重要的"稷下"学派，它竟然没有从学派的角度去论述，没有从领袖人物的角度来阐述，这难道还不足以让人对这一学派的存在产生怀疑吗？《荀子》虽然不是荀子传记，但它对于荀子一生行迹多有叙说，对于荀子在齐国的活动也多有记载。可是，对于荀子在齐国获得的堪称是其一生中最高世俗成就的"老师"地位和"祭酒"职务却只字不提，这未免让人难以置信。

稷下之学

稷下之学的可靠性，亦有赖于司马迁笔下"稷下先生"的确定性和真实性。《史记》虽称"稷下先生"有七十六人之多，"稷下学士"更有"数百千人"之众，但综合前引《史记》相关材料，在这前后一百五十多年里，能确认的"稷下先生"只有邹衍、淳于髡、慎到、环渊、田骈、接舆和邹奭等。其他"稷下先生"只是见诸汉代以来其他记载，如孟子、尹文子、宋钘、田巴、鲁仲连等人，亦可勉强称之为"稷下先生"。总之，加上荀子，司马迁所云数量巨大的稷下学者中，其名姓传于后世者仅十几人。还有个别学者，因为在战国中后期游历齐国，就都被近现代研究者定为"稷下先生"，这显然就更加勉强了。平心而论，对于备受渲染的一个足以左右天下思想形势的庞大学派来说，这样的数量是让人很惊讶的。

"稷下先生"在"质量"方面之逊色同样让人惊诧。《史记》称"稷下先生""各著书言治乱之事"，都有著作问世，但流传于后世的却寥寥无几。《汉书·艺文志》只记载有荀子的《孙卿子》三十三篇、田骈的《田子》二十五篇、邹衍的《邹子》四十九篇和《邹子终始》五十六篇、邹奭的《邹奭子》十二篇、慎到的《慎子》四十二篇、尹文子的《尹文子》一篇、鲁仲连的《鲁仲连子》十四篇，其余有名姓传于后世的几位"稷下先生"并无传世之作。即使是上述流传后世的作品，除荀子著作之外，能让后世看到的其他著作，或者是后人的托名之作，或者是后人辑集的内容相对肤浅的作品。这就告诉我们，若干"稷下先生"的著作之所以少见或佚失，证明他们的个人影响力、著作的深度和传承性，都是相当有限的。汉代学者对稷下学派表现出了过度热情，但他们并没有拿出直接证据，如稷下人物的可靠作品，并对之进行像样整理，来证明这一学派的存在和价值。平心而论，如果他们想证明历史上曾经有过"稷下先生"的话，就不应该使仅存的几种所谓"稷下先生"的著作还一直受人怀疑。令人遗憾的是，汉代学者用力最多的却是把稷下人物的轶事传来传去、添枝加叶而已。

在战国时代，一流的思想家，无论从典籍记载或后世研究来看，他们的生平和思想基本上是清晰可辨的。可是，被汉代以来学者们极力推崇的稷下学者的情形恰恰相反，这同样与一个空前绝后的学术派别的影响力是不相当的。见于《史记》的，荀子材料最多，也相对完整。其他"稷下先生"，则自战国末期以来，不仅史料记载稀少，且各种记载之间相互矛盾之处远胜于同时期其他学者的情形。他们中的每一个人，从名姓到里籍，从生卒年到活动年代，从相互交往到与同时代具有确切纪年的其他重要人物的往还，不仅记载模糊、时有缺失，而且仅有的一些记载之间往往都有相当大的出入。虽然不能据此就说他们都是些子虚乌有的人物，但如果说他们是当时的一些相对次要的人物，则并不过分。这些人是否有实力形成一个影响一个半世纪的学派，或者说他们的事迹和成就能否称作是一个学派的行为，都是成问题的。

汉代学者拼凑的战国稷下人物，由于在当时影响力有限，传世的先秦典籍中很少正面记载他们的事迹和思想，并且每当提及他们时，多半作为反面典型或奇闻趣事来对待。所以，到了汉代，对所谓稷下学派情有独钟的学者们就根据自己的需要，结合传世典籍中一鳞半爪的记载，开始随意构想稷下先生的事迹，品评其思想。结果是，对这些人物的说法自然就是一个人一个样，缺乏起码的一致性。

从整体上来看，先秦思想是中国古代思想史最明晰的源头。由于时代久远，这一时期的思想家及其思想内容在后世必有说不完的争议，这在任何时代、任何地域的思想发展和研究过程中都是自然之事。但是，一个时代的史实，如果当时的记载少且零乱，而在随后时代的叙述中却多且系统，这其中必有隐情。

对于稷下之学的重视，在汉初尚未开始。比如说，贾谊之文屡称老子，却从未提及发扬黄老之学的稷下人物。这主要是由于汉初思想界的斗争尚未展开，黄老之学的主导地位未受撼动，学者们就不必为黄老之学无端张本。然而，从汉武帝时代开始，思想界的斗争逐渐展开。不管汉武帝内心如何，他对儒学和儒生的重视，致使一些对此类儒生心怀不满的学者开始利用各种方式排斥儒学，方式之一就是提高黄老之学的历史影响和地位。为了充实黄老之学，急需从先秦思想中寻找更多思想来源，于是就开始夸大或制造稷下学派。另一方面，强调稷下学派的存在及其在古代受到的上好待遇，恐怕也是在汉武帝思想高压政策之下的士人们的美好愿望之一。

然而，在汉代所能获知的先秦学术史的记载中，可信的人和有分量的思想都有了明确归属。不用说，越是知名思想家，越是难以歪曲和重新定性，所以，汉代学者就选择了战国时代那些不入流的学者。这些学者的共同特征是，到了汉代，其生平和思想既不完全又模棱两可，方便随意解释和利用。同时，这批学者的思想又是被间接传述的，容易形成一种神秘气氛。把他们与更具神秘性的黄帝、老子归为一类，称作稷下黄老之学，显然可以收到相得益彰的效果。但是，汉代学者在做这种历史比附时忽略了最重要的一点，即：因为让这些人物形成一个学派的随意性太强，就失去了起码的可靠性。

　　为诸子分"家"者乃汉代之事。但是，《别录》《七略》《汉志》等在总结和划分先秦诸子各派时，已经意识到有些思想家虽然有过一定影响，甚至在历史长河中留下一定痕迹，但其思想缺乏深度，难以入流，就把他们称为"杂家"。所谓"杂家"，就是杂凑儒、墨、名、法等各家学说，思想散漫无中心，只要能糊弄当政者，得到一些现实利益就足矣。严格说来，他们并不是真正的学者，至多算是当时的"文化人"而已。

　　在战国时代，一般二三流以下的学者为引起各国当政者注意，博取世俗利益，并不在意自己的主张是否具有一贯性。后世所谓稷下先生，更以三四流学者居多，其思想驳杂，实用性极强，很难归入哪一"家"。至于稷下学派，虽为汉代若干学者所造，终究没有得到广泛认可，未成一"家"。汉代学者所认定的稷下先生，不过是在那一时代不同时间段里在齐国逗留过的一些三四流学者。严格来说，他们之中并没有纯粹的思想家，也没有人把做学者、做思想家当作一回事。对于这些学者，单独研究其思想或许有必要，但是，若把他们归入一个学派来看待，则有画蛇添足之嫌，甚至会因为把他们硬性归入一个不曾存在过的或影响力有限的思想学派而产生不应有的负面影响。

　　齐国也许建成过类似后世所谓学宫的地方，但那无非是一个招待来访学者的场所，并且各国都可能有这样的地方。在那个时代，有抱负的知名学者都想在政治上有所作为。如果未获政治重用，而是单纯为稻粱谋，没有一位学者愿意长久待在一个国家，此乃时风使然。也许确有一部分末流学者，或者不入流士人，以做食客、得温饱为追求，但是，对这样的人士，一则没有一个国家愿意长久收留，再则即使有愿意"养士"的政客收留之，他们对一国政治也难以产生真正影响。所谓稷下学宫也好，稷下学派也罢，或者是出于汉代学者的美好愿望，或者是齐国君主曾有过的奢望，或者是齐国历史上昙花一现的政治败笔，而并非历史上确实存在过的事实。

哲学思想

荀子塑像

荀子在齐国是否多次担任"祭酒"，是否是"稷下"之学的领袖，可以肯定，也可以存疑。但是，有一个方面是可以肯定的，即荀子在齐国盘桓较久，与学者们交往也比较多，毕竟齐国是东方大国，战事较少，有更多学者愿意在这里生活。这样一来，荀子在与各家各派学者的交流中，学问不断长进，思想不断提高，他的思想上的最大收获，对后世学术思想影响最深远的人性之论，极有可能在这一时期生发、成形。而荀子对人性问题的思考，对人性论的阐述，又是以他的哲学思想为根基的。

作为哲学家和思想家，荀子明确表达和阐述了自己的哲学理念和哲学思想。荀子闻见广博，思想深邃，最有资格全面总结先秦以来的哲学成就。这个总结的过程，也是荀子哲学思想的形成过程。同那个时代所有哲学家一样，荀子虽然没有去建立明确的哲学体系，但贯彻在荀子思想中的哲学理念，却是显而易见和前后一贯的。荀子的哲学思想，是他的整体思想学说的重要基础。这样一来，在一些地方，当论及一些问题时，荀子势必也会就某个哲学观点、某种哲学理念进行专门论述。

哲学、本体论、认识论这样的概念，严格说是舶来品，是西方哲学传统中使用的概念和范畴，对它们如何定义，也是众说纷纭。用它们阐述荀子思想成就中的某一方面，既有习惯上的考虑，也有特殊考虑。在西方哲学传统中，哲学是来思考一般性的问题的，即哲学不会面对单独的事物，而是要思考事物的形成和变化发展的一般规律和背后原因，甚至是终极原因。即使认为哲学是"爱智慧"的学问，也是强调哲学能够回答各种层面的"为什么"的问题。这个寻求为什么的过程，就是对于世界万物万象的认识过程，而在这个认识过程中发生的所有问题，正是认识论要面对的问题。

人的知识和认识从哪里来？认识的过程如何实现？在探讨如何命名事物的时候，在区别事物同异的时候，荀子对于知识来源和认识过程有着相当具体的说明。荀子说，人们有天官和天君，就可以获得知识和对外界事物的认识。所谓天官，就是眼、耳、鼻、口、四肢等五种身体器官。因为五官是人生来具有的，所以称为天官，即上天生成之器官，或者说是天生的器官。

凡是同类型、同性质的事物，五官对它们的感觉也接近，人就会给它们起一个共同的名字，以方便接触和交流。具体说来，眼睛是观察形体、颜色等等特性的，耳朵是辨别声音的，口舌是品尝味道的，鼻子是分辨气味的，身体四肢是感觉冷热、轻重的，这些感觉汇集一处，最后由心，荀子称之为"天君"加以综合，产生出喜怒哀乐等情感。总之，这些方面的感觉和知觉，就是思想认识的来源。也就是说，一个正常的人，必然会用"天官"接触事情，必然会用"天君"加以认识。这是个自然而然的过程。

荀子既然提到了心，也就是我们所说的心智、思想，就要弄清楚在认识事物的过程中，心能发挥什么作用。古人并没有认识到人的思想过程是用大脑来完成的，而是认为大脑只与眼耳鼻口的运行有关。因为人能感觉到心脏的跳动，在紧张的时候甚至还会加快跳动，古人就误认为人对事物的思考和认识是由心脏完成的，然后自然而然地把思想的过程归之于心的作用。也就是说，古人所谓人心，既指人的心脏，也指人的心智，当指示人的心智的时候，就是指人的大脑产生的思想活动和思想过程。

心智和思想有主动求得知识和发挥认识的作用和功能。心智有要求，耳、目等五官才会去发挥其作用，去听、去看。五官之所得，还要归于心智进行判断。那么，究竟是五官的活动在先，还是心智的要求在先，这本身就是个深奥的哲学问题。荀子没有直接解释这个问题，或许他认为五官和心智的活动都是自然发生的，没有必要探讨孰先孰后。

还有一个重要环节是，五官必须接近或接触事物，才会认识事物。如果五官在接触事物之后却没有任何知觉和认识，或者心智在接收到五官的信息之后没有任何反应，那么，人们就会说，这种人的心智有问题，甚至是缺乏心智的。

就人的个体而言，心与形相对，思想与身体相对，这两者的关系，是人自身最重要的关系。孔子就是把"仁"理解为身心和谐，但传统儒家最终还是把心放在更主动、更重要的位置上，强调人的思想修养和精神境界是人之所以为人的根本。所以，荀子也才认为，心是形的君主，即思想支配着人的身体，心对身体发出命令，决定着人的言行，而不受身体要求的左右。进而言之，思想活动完全自成体系，根据自己的判断行事。荀子比喻说，人的嘴可以被迫不说话，身体可以被迫做出屈伸的动作，但是心智不能被迫改变，心里同意的就会接受，不同意就会推辞。这当然是指内在的决定，不包括表面的应付和推诿。

人的心里所能容纳的事物，思想所能接受的内容是没有止境的。不过，思想也有一个特点，就是接受的事物再多，也能够在无限的差异中找到自己要确定的东西。但是，如果思想在接受了太多东西之后却没有中心，没有专注，就会出现疑惑。也就是说，真正有思想的人，不会随着纷繁的事物而行动，而是一定要运用理性，把握事物原理，这样才能做到兼知万物。

一个能干的农夫再精于种田，也做不了负责农业的官员；一个精明的商人再善于经商，也做不了管理市场的官员；一个工匠再有技术，也做不了管理作坊的官员。相反，有一个人，很可能既不会种田，也不会做生意和制作工具，但却可以管理这三个行业，那是因为，他精于管理这三个行业的原理，而不是精于具体的生产和制作。所以说，精于具体事物生成原理的只能去制造具体事物，而精于相关事物生成之道的人则能够去管理这些事物。这就是说，君子之人精于掌握事物的根本原理，并以此原理去掌握无穷无尽的具体事物。把握了事物的原理才是正道，掌握了万事万物才会明察秋毫，才能充分利用万物。荀子的这种思想，显然是从哲学的角度去评价事物的。也就是说，在荀子看来，只有运用哲学思维，从一般性原理的角度去把握事物，才是对事物的更高深的认识，也是更有价值的认识。

荀子关于心的原理，也是哲学上的认识论的内容。在认识论上，荀子把思想的归纳能力，即把握事物原理的重要性放在头等重要的位置上。根据荀子的天人关系之论，自然与人类，事物与人的个体，是相互独立的。但是，人生活在自然之中，必须认识自然，利用自然。这样的过程是从认识具体事物开始的，但由于外在事物是纷繁复杂、无穷无尽的，所以，人的高明之处，是通过认识有限的具体事物而上升到把握全体事物的原理，即大道，进而从总体上掌握事物运行规律，让外在事物更好地为人所利用。

以道解蔽

既然认识和把握事物要经过很多环节，那么，任何一个环节出了问题，都会形成思想的"蔽塞"。荀子从思想方法的角度出发，很严肃地讨论了"解蔽"的问题。所谓"蔽"就是思想不能通明，被某些观点遮蔽在某个有限或偏颇的地方，用现代哲学的术语来说，就是思想出现了片面性，不能全面而客观地看待问题。荀子也把这样的错误称为"蔽塞"，被片面性和极端主张所壅塞，思想上出了大问题。

人们被某种片面的思想、观点所影响，对公理认识不清，这是一个巨大的缺憾。对于这种情况的出现，荀子先从大的社会背景上加以分析和认识。他认为，当时的天下政治形势是，各国诸侯的政治追求都不相同，各个君主的治国之道更不相同，这使得诸子百家都持有不同的政治主张、思想倾向，结果就造成是与非、治与乱始终处在不断变幻之中。

客观形势的不同，造就了不同的哲学思想，同时，从哲学本身来讲，不同的学者，都把自己的思想看得很高，唯恐听到批评之声。他们都是根据所学所长，去衡量和看待其他思想，又唯恐有别人的思想胜过自己。这样一来，必然会囿于所见，蔽于一曲，自觉不自觉地形成片面认识，从根本上失去了求得正道的机会。从认识事物一般规律上讲，荀子一针见血地指出，如果有一个人，当他认识高度有限，不能很好地辨别是非的时候，就很容易不辨黑白、充耳不闻，那么，当他被某种片面思想所局限的时候，情况只能是更糟。

对于引发片面认识的主观和客观情势，圣人是能够认识到的，所以，也只有圣人才能够避免"蔽于一曲"，不被极端思维和片面认识所左右。那就是，对于任何事物，既不要极端地欲求，也不要极端地厌恶，对于始终、远近、博浅和古今之类的两两相对的问题，也同样不做片面理解和极端追求。这就是要全面看问题，选择适中的权衡之道，也就是大道，后人也称为天理、真理。

人的思想不可以不了解大道，不可以不持守大道。不持守大道，就会不承认大道，并去认同错误思想。按照常理，人们都不会不顾一切地持守错误的东西，也不会禁止正确的东西。但是，一旦被错误思想蒙蔽和左右，就会以错误思想去衡量别人，进而认同不持守大道的人，远离得道之人。所以说，以不符合大道的错误思想衡量人，就会与不认同大道的人一起去议论得道之人。荀子认为，这种倾向或做法，是人们思想混乱，进而是社会混乱的思想根源所在。

所谓大道，其特点就是，本体永恒不变，却能够把握万事万物所有的变化。只根据某一方面或某一事物就下结论，根本不能说明大道的本质。不幸的是，那些"曲知"之人，即喜欢片面看待事物的人，只是看到了大道的某一方面，并没有把握大道的整体，就开始炫耀，用这种片面的东西作为装饰。实际上，这种做法只能是对内扰乱了自己的思想，对外迷惑了他人的认知。他们在上位之时会"蔽塞"在下者，在下位之时则"蔽塞"在上者。荀子断言，这种思维上的偏颇和错误，就是思想陷于"蔽塞"的根源。

人如何才能得道呢？如何以道"解蔽"呢？荀子的答案是"心"。心是如何得道的呢？荀子的答案是"虚壹而静"（《荀子·解蔽》）。荀子所说的心能得道，这个心显然是指人的思想认识。在这些方面，古代思想家的说法还是比较笼统的。这种特点，有其合理之处，也有其不明确之处。合理之处是，人的思想意识确实是非常复杂的，很难做到条分缕析；不明确之处是，以心指示思想意识，有时也会把人的情绪和性格、性情之类的内容掺杂进来，这就需要在认真研读经典的上下文之后再加以理解。

所谓"虚壹而静"，就是未得道者通过坚持思想的兼容性和确定性，以理性精神加以思索，这是唯一正确的求道过程。"虚"就是去掉先入之见，接纳尽可能多的意见。"壹"就是全体和整体性，要求全面看待事物。"静"是要求在得道过程中和得道之后都要保持内心平静。以平静之心对待一切，方能求得大道，求得大道之后，才能进入更高层次的平静。

总之，求道者求得大道的过程是，以兼容性为开端进入求道过程，然后以确定性求得大道的全部，最后以理性加以澄清，明白大道究竟是什么。当然，这样的先后之分只能是逻辑上的。在实际求道过程中，应该是虚、壹、静同时起作用，而在不同的阶段又有所侧重。

通过"虚壹而静"而求得大道，荀子称之为"大清明"的境界。这个境界，荀子描述为万物之形都能看得见，万物之理都能说得清、说得准，以至于无所不见、无所不知，从自然现象到社会治理，再到宇宙规律，都在得道者的掌握之中。由此可见，"虚壹而静"的境界，直可以"明参日月，大满八极"，而达到此一境界的人，荀子称之为"大人"，这样的"大人"，显然是不可能有任何"蔽塞"之病的。于是，荀子的"解蔽"，至此也就大功告成了。

逻辑正名

西方哲学中的所谓逻辑学，在印度佛教是因明学，在中国先秦时代是名学、名辩之学、名实之论，荀子称之为"正名"。不过，古代中国思想史上的逻辑学，或名辩之学，在先秦时代发达之后，即归于寂静，后来虽有因明学的促动，但究竟也没有形成中国本土学问。其中原因，并不是因为先秦有百家争鸣，故有名辩之学，大一统之后便不需要这方面研究，而是因为中国古代思想传统强调力行，言行一致，甚至先行后言，并不重视如何在言语上

孔子真影

取胜。

这并不是说古代中国思想家不讲逻辑，不重视思维清晰有条理，而是这种逻辑性或条理性只需落实在具体言语或学说之中，没有必要作为一种单独的学问去进行专门研究。在具体言说或行动中，思想家更注重情理，而不主张单独论理，或者说，更看重与言语相关的行动的实际过程和结果、事情的实际进展和结局，不主张对言语过程进行抽象论证。孔子说："君子名之必可言也，言之必可行也。"（《论语·子路》）就是反对脱离实际功用的逻辑之学。比如名辩家最有名的"白马非马"论证，在逻辑上讲得通，在现实中却只会撞在南墙上。

当然，不懂逻辑学的概念，未必就是不讲理的人，未必是言语不通达的人。逻辑学是对于情理的一种理论概括、抽象论证，是对于言语中的对与错所做的一种独特审视，目的是让言语更周全、更有说服力。孔子说："辞，达而已矣。"（《论语·卫灵公十五》）语言通达，能让别人听明白就可以了。这本身就是逻辑。总之，农耕社会是最看重实际效果的。在注重实用的时代，空谈逻辑确实难以找到市场。

对于思想家而言，在阐述思想的过程中，言语是否有条理，是否通达，是至关重要的。在先秦时代，思想家很早就注意到了言语中的理论问题、阐述中的逻辑性问题，并且这一派思想家最终形成名家思想。最早的名辩思想家可以追溯到郑国的邓析，然后是惠施，还有墨家后期人物，以及最有名的公孙龙子。特别是墨家《墨经》和公孙龙子的著作，更是这方面的专门学术成果和思想成就。

在儒家传统中，孔子说过，"名不正，则言不顺；言不顺，则事不成；事不成，则礼乐不兴；礼乐不兴，则刑罚不中；刑罚不中，则民无所措手足。"（《论语·子路十三》）意思是说，名称或概念一定要正确，以保证言语通达。

特别是社会管理者，如果不能讲出通达的言语和政令，就无法教育人民、管理国家。这就既强调了言语的逻辑性，也指出了讲求逻辑的归趣是言语的实际应用价值，即社会价值，这一观点被荀子很好地加以发挥。

至于孟子，则是著名的论辩好手，人称其"好辩"，喜欢辩论。孟子的答复是："予岂好辩哉？予不得已也。"迫不得已在哪儿呢？"我亦欲正人心，息邪说，距诐行，放淫辞，以承三圣者。"（《孟子·滕文公下》）不过是想继承先辈圣人的精神，端正人心，止息歪理邪说而已。这同样是强调了逻辑论辩的终极社会价值。

荀子作为先秦思想的总结者，对名辩思想既有深刻研究，也有独到思考，更有专门论述。现存《荀子》中的《正名》一篇，就是对于荀子名辩思想或"正名"思想的全面记载。

荀子的正名思想，其出发点和归宿处依然是社会政治领域，具有强烈的甚至是唯一性的社会责任感。荀子认为应该由王者制定事物名称，确定名称的实际意义，以便使大道能够行得通，能够统一民众的思想和行为。如果王者不对事物的名称加以控制，而是任由某些人利用语辞本身的特点，擅自发明概念和名称，就会扰乱名称的正确含义，从而使人们迷惑，不能正确理解王者之政。

荀子强调，要引导人们以信实为美德，形成诚实厚道的社会风气。正名的社会意义就是让人们诚实厚道，一是一，二是二，比如在诉讼中，不能利用对方言语中的疏漏，进而罔顾事实，从中取利。从这个角度来看，王者之治的核心就是恪守事物的正确名称和约定。

事物发生变化了，就会影响到人对事物的看法。出现了新现象和新事物，如果没有新名称及时跟进，而是用旧名称做比喻来指称，就容易把新旧事物混为一谈，使名称和实际事物之间出现混乱，最终导致贵贱不明，相同和不同的事物没有区别。这样一来，会让人们表达不清楚真实想法，好多事情也不能做到位。面对这种困境，有头脑的人就会站出来区别新旧，制定新名称以指称实际存在的事物，特别是新出现的事物。在荀子看来，这就是新名称之所以会出现的基本原因或深层的学理原因。很显然，形成这样的原因是必然的，不可避免的。这种必然性，既是社会发展的必然，也是事物变化的必然，更是人的思想变化和进步的必然。

荀子认为，人类作为生物体，本来就有天赋的认识能力，加之人们的天官，即所谓的眼、耳、鼻、口、四肢等五官要不断地与外界事物接触，凡是同类型、同性质的事物，五官与它们接近的结果，就是会由心智给它们起一个共同的名字，以方便交接和交流。同时，人的心智也会提出要求，指挥耳、目等五官发挥其作用，去听、去看。总之，事物名称的产生，就是人与事物在接触过程中必然产生的结果，而并不是论辩家或思想家的发明。荀子所说人们有关事物名称的制作过程，其实就是人的思想认识的产生过程。

通过五官与心智的共同作用，人们在区别了事物的相同和不同之后，明白了可以用不同的名称使事物相联系、相区别，就会随之给事物一个名称。但是，那么多事物，需要那么多名称，这些名称或命名有什么规则或规律没有？它们是如何分类的呢？

命名事物的首要原则是，相同性质的事物要有相同名称，不同性质的事物则需要不同名称。有些事物需要有单独名词的名称，有些事物则需要有复合名称，比如马和白马。命名的关键是能够让人听明白，名称之间不相混同就可以了。有时，由于情境需要，也会用单名和复合名指称同一个事物，这也是正常的。比如一匹马，在某种情形下称马即可，在另一种情况下称白马亦可。

万事万物虽然很多，但不能一个事物一个名称，而是需要分类，区分各类事物，制作各类名称。当需要指称越来越多的事物之时，就需要一级一级地从下到上的共名，荀子称为"遍举"。如白马、马、牲畜、动物、生物等等，一个比一个名称更有公共性和概括性，并且还要把原来的名称包括在其中。这样一直向上概括，直至无法再上升，比如到了"物"这个名称，就成为事物最大最高的名称。反过来看，从上到下，或者从共名到别名，也是这样，直到最具体的事物，这个过程就结束了。

荀子对于事物名称或命名方式的思考，也是所谓形式逻辑要解决的问题。从一般到特殊，或从属概念到种概念，或者相反，是命名事物的普遍原则。命名事物的本义是便于说明事物，便于人们相互交流。在这一点上，人类的思维是一致的。

种概念和属概念是相对而言的。"白马"是种概念，是特殊，"马"就是属概念，是一般；"马"是种概念，是特殊，"动物"就是属概念，是一般。荀子所说"推而共之""推而别之"，就是这种认识事物、命名事物的从特殊到一般和从一般到特殊的思维过程。在先秦名家思想家中，只有从荀子的著述中才能看到有关形式逻辑的全面思考。

荀子还思考了名称在命名和使用过程中的变与不变的问题。名称或概念及其所指称事物并不是一成不变的，因为人们对名称或概念的使用，最基本的原则是约定俗成，即被人们的使用习惯所认可，才是名称能否成立的最重要因素。名称所指称的事物也会发生变化。事物发生变化了，原来的名称要不要变化，也是由约定俗成决定的。即使是与社会大势、国家政策法律有关的名称，也要考虑其现实适应性。荀子认为，最好的名称，是那种直截了当、明白易懂的概念。

论辩论说

与逻辑学相关的是论辩及其作用。作为思想家、学者、教师，荀子对于辩说这种说理的手段是非常肯定和重视的。荀子并不泛泛地反对辩说，而是反对言不及义的辩说，以及空洞的为辩说而辩说。

荀子强调，凡是不合乎先王的教诲，不顺从礼义的要求，就是奸邪之言。这种言论在大方向上就出了问题，即便是听上去很有道理，能够自圆其说，在表达上挑不出毛病，君子也不会去谛听，更不会听从。反过来说，君子之言，虽然也注意表达方式和水平，但更看重语言的内容。

对于辩说，一个真正的士人又应该如何去对待呢？荀子明确指出，能够效法先王、顺从礼义，并且与真正的学者为伍的士人，如果不喜好言语、不乐于言说，也算不上是"诚士"，即真诚信实的士人。这是因为，士人不仅要自身言行达到儒家要求的高标准，还肩负着传播道义的使命。如果没有能力，甚至不愿意做大道的传播者，这样的士人即使不是不合格的，也是不完满的。

荀子主张"正名"，从哲学认识论的角度入手，全面探究概念如何产生、如何使用等相关问题，并严厉批判世俗名辩人物的偏颇之论，目的就是要还"辩说"以本来面目。名称正确、概念明确是辩论和说明问题的基本要素，但是，人们不能为了辩说而辩说，辩说必须要有实际意义，在荀子时代，则其社会意义尤其重要。

世事混乱的一个重要原因，是人们的思想混乱。对此，身为思想家的荀子，并不主张用单纯的辩说去诱骗人们，以期统一人们的思想，而是明确主张"易一以道"，以儒家之大道换取民众的思想统一。但是，荀子并没有理想化地主张慢条斯理地说服民众，因为民众的受教育程度，以及紧迫的客观形势都不允许当政者如此从容地去做思想教育和心理说服。所以，荀子主张，英明的君主应该以威势面对民众，用大道引导民众，直接把民众应该做的事情告诉他们，公开把结论告诉他们，然后用刑罚禁止他们的不当行为。这样一来，民众向大道的归化就会如神灵的作用一样快速而见效，根本用不着跟他们用辩说的手段反复讲说。

闻喜县上郭村出土刖人守囿挽车

荀子的如此主张，当然有所谓威权主义倾向，甚至容易导向专制，因为，如何判断民众的接受能力，如何把握禁止民众思想出轨的尺度，是一件相当困难的事情。为了避免因此而走向威权、专制，荀子提出以圣王之道为补救，因为圣王不会为了私意而欺压民众，但是，在现实政治中，这种补救之道往往是无力的。

不幸的是，当时并没有圣王存在，现实更是政治混乱，奸邪之言不断出现。像荀子这样的君子，既无权威压服民众，又不能使用刑罚禁止民众的不当行为，那么，要想完成其负有的社会使命，只能采取辩说的手段。具体说来，事实不能让人们自然明白，就采取直接说明的办法；直接说明还不能让人们明白，就等待一段时间，让人们进行反思；等待之后还不见效，就去努力说服他们；说服也没有效果，最后就采取辩论的办法。在荀子看来，上述四种方法，都是高层次的改变人们思想的做法，是王者之业的开始。

很显然，在荀子这里，辩说并不是一种纯粹的手段或方法，不是为了辩说而辩说，而是要利用辩说阐明大道、明辨是非、得荣去辱。

一般来说，人们都喜欢言说那些他们认可的善良的东西，而君子在这方面尤其积极，因为君子是肩负历史使命和社会责任的人。对于这方面的言语，君子不会有厌烦的时候。在君子看来，把美好内容的言语说给别人听，比赠送金石珠玉更为贵重；用积极向上的言语劝勉人们，比高档服饰更为美丽；让人们听到美好言语，更胜于欣赏动听音乐。由此可见，得体而美好的言语是多么重要。言语不是简单的外表性的表现，而是能够由表及里，深刻表现一个人，影响一个人。

喜欢言语的人是居上者，不喜欢言语的人是居下者。荀子断言，"君子必辩"，但凡是君子之人，必定是喜好辩说、擅长言谈之人。人们都喜欢言说自己看好的东西，君子在这方面尤其表现突出。缺乏修养的小人总是喜欢以偏险的言语压服其他人，君子的辩说则是以其内容符合仁义而占得上风。在君子那里，如果言语不能体现仁道，还不如默不作声。只有在言语符合仁道的前提下，才可以述说。总之，辩说也好，谈说也罢，内容正当是大前提。

作为理性主义大师的荀子，对辩说、谈说，或辩论术同样持有理性的态度。他并没有一般性地反对辩说，而是主张在保证辩说内容的前提下，圣人、君子都应该重视辩说，甚至认为必要的辩说能力是君子的基本才能之一。这比孔子婉转地反对辩说，孟子的不得不使用辩说的态度，明显是一种合理的改进。

先儒人性论

荀子的哲学素养和对辩说的重视，集中体现在他最著名的思想成就，即性恶之论上。

人性论既是荀子思想的重要内容，也是荀子思想的重要基础和必要前提，理当进行耐心细致的分析和全面深入的理解。荀子人性论或者说性恶之论，是荀子哲学思考的成果，也是他分析社会并提出其政治思想的基础。

人情、人的欲望或欲求，是人生的重要支点。总体上来说，人生的快乐与苦难，社会的安定与动乱，都与人的欲求有着直接关联。如何看待人的欲求，是每个哲学家必须回答的问题，也是每种政治理论必须探究的问题。荀子从人性的角度去理解这个问题，其答案虽然不必为所有人接受，但对古代社会的巨大影响，却是谁也无法否认的。荀子的性恶之论，既是原创思想，更是理性思维的成果，其对于中国思想史的贡献，使用任何伟大的言语去形容都是可以接受的。

正视人性问题，是先秦儒家的首创，也是先秦儒家一脉相承的哲学问题。孔子、孟子和荀子都谈人性问题。尽管他们的出发点和结论不尽相同，甚至相反，但对于人性问题的深化，都做出了不朽贡献。孔子是人性问题的提出者，虽然只有"性相近，习相远"（《论语·阳货》）六个字，但却是对人性的最为公允的看法。孔子承认有人性，认为人性是相近的，人与人在人性方面并没有本质区别。人与人的不同，原因不在人性，而在于后天习染。正是后天成长环境和成长过程的不同，才使人与人的不同越来越明显，越来越大。孔子不以善或恶论说人性，是看到了在人性问题上，仅从善或恶的角度下结论，很难说清楚，也很难让人信服，因为善和恶本身就充满难以厘清的变数。

孔子之后，在儒家内部，孟子主张性善论，荀子坚持性恶论。孟子之所以认定人性为善，荀子则认定人性为恶，既与他们的时代有关，也与他们的个人境遇有关。孟子时代战乱相对较少，孟子本人家庭有深厚的母爱，个人虽不得施展其政治志向，但生活境遇较荀子为好，故主张性善，认为人类的希望在于通过教育和说服唤醒人性中的良善之本。荀子生活在战国末期，战争频仍，各方争相残杀，导致所有人朝不保夕，使人性中恶的表现不断加剧。荀子的成长历程未见记载，但作为一介书生，在那样的时代，颠沛流离应该是生活常态，人与人之间以恶相向更是司空见惯。在这种情势下，荀子提出人性为恶，主张以刚性制度约束人性，就成为必然选择了。

荀子主张性恶，认为人性中充斥着各种自私自利的欲望，这些欲望是生来就有的，与后天无关。这样的欲望可以被理解为人的生命力所在，也是人的根本意志所在。这样的欲望本身无所谓善与恶，但是，如果对其不加必要的约束，就必然会走向恶。换句话说，人的善良行为，是必要的外力约束的结果。

确实，现实中的荀子，被时代的混乱、人性的泯灭所震撼，不得不从人性深处寻找原因。受此激发，荀子认识到，不以人性为恶则不足以惊醒时人，更不足以为他的注重礼法之治的思想提供必要的学理基础。

不论怎么说，一方面是人性之恶需要约束和改造，另一方面则是圣人制作了礼义规矩，而把这二者有效结合起来的唯一手段，就是学习。从这个角度来看，荀子主张"性恶"，其真实动机之一也是在主张和强调人们必须进行学习和道德修养，或者说是为人和人类的学习寻求到了一个不可否定的基础和不可回避的理由。为了抑制和消除人间之恶，短期的方法是法律的强制手段，而长期的办法则是学习大道和修养身心。很显然，荀子的人性论或性恶论，同样是儒家和法家思想的有机结合。

人性与人情

　　荀子论说人性，是从宇宙万物的本质说起的，这与他的哲学家身份和注重理性的思想品质是一致的。荀子认为，万物存在于同一个空间，只是形状或外在状态有所不同罢了。对于人来说，万物的存在并没有特殊目的，但却可以被人所利用，这是不能改变的客观现实。人与人是有区别的，但从整体上看，人必须共处，即结合成群体或社会而生存。生存在人类社会中的人们，有共同的追求和欲望，但由于智力不同，实现这些追求和欲望的方式方法也有所不同。这些相同和不同，都是人性的组成部分，即是人生来具有的，不是后天形成的。

　　不论是智者还是愚者，在追求欲望方面是相同的，不同的是追求什么样的欲望，以及如何实现欲望。更糟糕的是，在情势相同的情况下，因为智力有异，如果追逐私利也不会惹祸，放纵欲望也没有尽头，人心就会奋起而争，欲求也就永远不会满足。这就是说，人有共同的欲望，也就有共同的人性，这些都是自然而然的结果。

　　所谓人性，就是人之本性，是人之所以成为人的根本属性，这种不可见的属性与构成人的可见材料相结合，不受外界事物包括其他人的任何干预，自然而然地表现出来的东西，才能称作是人性。用现在的话来说，人性就是人的天然性，其中既有人的生物性，也有社会性，总之，人性就是一个人在没有形成自主意识之前，人自身难以掌握和控制的所有因素对人的综合影响的结果。这其中，人的生物性容易理解，就是生命的获得，用现在的词汇来说就是基因。社会性则容易产生不同意见。比如说，人获得生命之后来到人世间，究竟活到什么地步才算是"人"，或者说，生活到什么程度才算是具备了荀子所指称的"人性"。对于这个问题，荀子本人也没有明确界定，而后人的不同理解更是增加了讨论荀子人性论或性恶论的难度。

　　人性是抽象概念，看不见摸不着。荀子不会注意不到这一点，所以他才说，人性必然要表现出来，或者说，人性是一定要与人身之外的世界相接触的，包括自然界和人类社会，而接触的结果，就会产生对于其他人和外在事物的爱好或厌恶，以及表现出人自身的喜怒哀乐等情绪，这就是情或人情。换句话说，人与外界相接触的结果，就是人性表现为人情。总之，人性本身是看不到的，人们能看到的是人性的种种表现，即荀子所指称的人情。

在荀子看来，人性和人情有欲望是正常的，甚至人性和人情有无限多的欲望也是正常的。人的五官或五体，都要本能地追求美好、追求享乐，比如眼睛要看漂亮景色，耳朵要听美妙乐声，嘴巴要吃美食佳肴，鼻子要闻美味馨香，身体则要追求美好享受。很多人把社会动荡归因于人们有了太多欲望，主张节制人性、减少欲望。但荀子从理性主义出发，认为解决问题应该从正视问题开始，而不应该从回避或对抗问题甚至篡改或消灭问题开始。

人情的本质是追求更多欲望，而不是相反，就算是古往今来道德高尚的圣王也是用财富行赏，用刑杀和罚没财产作为惩罚。荀子甚至很具体地认为，最上等的贤人应该以天下作为其俸禄，次一等的贤人应该以一国作为其俸禄，再下一等的贤人也要以土地和封邑作为其俸禄，而那些奉公守法的普通人则至少要保证他们的温饱。

由人情获得天然快乐的合理性，进一步扩展到社会领域，每个正常人都有理由、有权利获得想要的快乐。比如"贵为天子，富有天下"的情势，即使是圣王，也想一直保持这样的地位，以便管理所有人，而不被任何人所管理。甚至是帝王们豪华的物质生活，以及所能实现的功绩和得到的名声，也是下自普通人、上至王者的共同愿望。

人性"顺是"成恶

世称荀子主张"性恶论"，认为人性为恶，其最经典的表述是："人之性恶，其善者伪也。"（《荀子·性恶》）人的本性是恶的，人的善良表现是人为改造的结果。这也可以理解为，正是因为缺乏人为改造，缺乏某种积极的外在力量的加持，人性才成为恶。

"伪"字由"亻"和"为"组合而成，是所谓的形声字，于是，荀子从会意的角度解释这个字，认为是"人为"的意思。甲骨文、金文"為"（为）

舜帝画像

字基本构形为以手牵引大象，引申为劳作，最终泛化为表示动作之作为。从构形上来看，此字起源极早。传说中的舜耕历山即用象代劳，而舜姓"妫"。这也许说明，在大舜时代，人们已经开始驯象劳作，而有舜一族的劳作和生存因为多赖于象，故姓妫。"为"字的初义是动词，在其字义的衍化发展中，针对某种具体行为的动作逐渐泛化和弱化，才引申出"是""认为""因为"之类的词义。传统训诂把"伪"解释成"矫"，即矫正行为、矫正恶行的意思，这可能更准确、更生动地传达出了荀子的意旨。

荀子对人性内涵的定义是相当复杂的。在他看来，人性问题是一个现实问题，人性的恶或善或其他关于人性本质的定义，是来自人的现实表现，而不是来自概念或理论的推导。荀子从对现实生活的观察出发，指出人生来好利、嫉恶、有欲（有耳目等口体之欲），这些都不是学来的，也不是受自然和社会环境的影响而生发的，因此才能说它们是人的本性，本有之性。

需要强调的是，荀子列举的好利、嫉恶、有欲等三项人性内涵并不完全是生物之性或动物之性，也并不是人一出生就具有的本能习性。所有生物或动物都有生存本能，即出生之后都要吃食，都要保护生命，都喜欢适宜的生存环境。但是，在荀子看来，人不仅要吃要住，要维持生命存在，还有"好利"，喜欢拥有物质利益，甚至占有超过日常需要的利益、财富，即贪婪、贪财。人不仅要保护自己的生命，还要对于厌恶的东西施以打击。人不仅喜欢适宜的环境，还要无度享受，甚至享受成瘾。

人的上述欲求，是生物或动物所没有的，至少不是全部具有的。这就说明，荀子对人性内涵的定义，有自然成分，也有超越自然成分，也可以称作社会成分。但是，人性中的社会成分与成人过程中接受的习染和教育不同，是特指人出生之后还没有形成自主意识之前无意中受到的社会影响。正是在此意义上，荀子才强调说，人性中的欲求是自然而然地形成的，并不需要刻意学习。由此看来，人的本性不同于其他生物的本性，人性和人情也不同于动物本能。人性既有自然欲求，也有超越自然欲求的要求或贪求，这种贪求的部分属于人的社会性。

既然人性中的欲求和贪求是自然而然的，那就无所谓善与恶。那么，人性之恶是如何发生的呢？荀子强调，生来就有的欲求和贪求只是人性之恶的基础，人性必须经历一个"顺是"的过程才能形成其完整的"恶"的表现。所谓"顺是"，就是顺着上述生来就有的欲求，不加以节制或矫正，一任其不断发展，甚至无以复加。

具体说来，如果对"好利"不加约束，由于社会财富有限，就必然产生人与人之间的争夺，直到辞让的表现消亡；如果对"嫉恶"不加约束，人们就会无限度地残害他人，直到忠信的表现消亡；如果对"有欲"不加约束，人们就会不断滋生淫乱，直到礼义文理的表现消亡。

总之，如果顺从人性欲求和人情表现，必然导致无休止争夺，直到不在意礼义大理，使人类生活在无限的暴力之中。到了这个地步，人性之恶才最后形成。荀子所谓"人之性恶"，指的就是"顺是"之后的实际表现。

看起来，荀子关于人性为恶的结论是由三部分组成，一是人性，二是人性向恶，三是人性致恶。

第一，人性之初表现出的是人的生物性，重在体现人的生命或生命力，无所谓善与恶，这基本上是孔子人性观的基础。

第二，人性由"好利、嫉恶、有欲"三者组成，确切地讲，在这个阶段，人性尚未成恶，至多是成恶的基础，或者说至少不是全部的恶，不是恶的整体，类似于孟子"性善论"中的"四端"之"端"，可以说是性恶之"端"。孟子以恻隐、善恶、辞让、是非之心为性善之四端，这四端并不是性善本身。

这个性善之"端"，是倾向、苗头、起始、生长点的意思，如同"四端"本身并不是完整的"善"一样，"好利、嫉恶、有欲"也不是完整的"恶"。

孟子说："凡有四端于我者，知（智）皆扩而充之。"（《孟子·公孙丑上》）这就是强调，只有人所特有的理智将"四端""扩而充之"，才会表现出完整的"善"。孟子的"扩充"，明显就是荀子的"顺是"。

由此可见，荀子以"性恶论"挑战孟子的"性善论"，是在深入研究孟子"性善论"的基础上展开的，极有可能是受到了孟子"性善论"思维或推理过程的影响，或者就是针对"性善论"的逻辑而阐发的。

第三，由"性恶"之"端"出发，同样是在人的理智的推动下，恶之端"顺是"发展，最终形成恶的表现，即"争夺、残贼、淫乱"等完整之"恶"。

根据荀子的性恶论，人并不是生下来就是作恶之人，而不过具有成为恶人的基质而已，类似于有些思想家认为的，这样的基质也许只是人的生命力或生命能量的必要组成部分。这种人性中的恶的念头、苗头或倾向，起初近似于人的自私自利之念、自我保护之心、自我获得之欲、自我满足之乐。个体生物都有这种与生俱来的自我生长、自我保护的意识、冲动或本能，所不同的是，人在这方面表现得更为强烈、更有目的性。

人的这种"恶之端"之所以会出现"顺是"的情形，同样是人的本性的自然发展，也是人性中的内容。当然，这种自然发展，需要在人的社会环境中实现，只有这样，才能不脱离人性的范围。总之，并不需要针对某个个体的外在的刻意引导和强求，"恶之端"会自然而然地"顺是"而为，并最终发展出真正的恶行，完成整体之恶。正是在此意义上，才把这样的恶意和恶行归结为人性的内涵。荀子的人性论，不论是荀子的阐释，还是后人的理解，都离不开人的主体性和人类社会的范围。

对于形成人性的天然基质及其自然发展趋向，荀子并没有表现出厌恶、排斥。荀子性恶论的真正价值，并不是因为人性具有成恶的基质和社会具有助恶的倾向而厌弃人类，而是如何防止和制止"顺是"的情形走向漫无节制，进而实现对人性之恶的矫正或改造，最终利用人性的生命力或能量，使人超越自我、表现善良。如果能够从荀子整体思想的角度去思考他的"性恶论"，应该能够体会到，荀子并不是要掩蔽、贬低甚至否定人性，而是在努力利用人性中的生命力，控制"顺是"的冲动，把人性的力量导向积极和善良。

"人为"节制生善

人性是天然造就的，人情是人性的表现，而欲求则是对人情的回答或呼应。人有欲求的时候，心志认为可以去求得，人情就必然会加以表现。在这个过程中，心志认为欲求可行，并加以引导，这就是人的智慧所在。

即使设置种种限制，人的欲求也不可能彻底去除。欲求是人性之中的东西，是人就会有人性，有人性就会有人情，人情的具体表现就是有所欲求，即使是天子，已经拥有天下了，还是有着不可穷尽的欲求。

人的欲求是不可能完全实现的，但却可以无限接近；人的欲求是不可能彻底消除的，但有头脑的人却可以进行节制。那么，无限接近也好，有所节制也罢，依据是什么呢？荀子认为是大道。大道是调节欲求的最好标准和手段。

事实上，人的所有行动都是要有权衡的，都是有准则的，而大道则是古往今来最正确、最准确的权衡标准。离开大道而随心所欲地选择，结果是祸是福，就很难说了。

总的来说，人有欲求是正当的，而节制人的欲求也是必需的。节制欲求的最佳途径和方法就是遵从大道。在荀子这里，大道就是以儒家思想为核心的思想学说，以及以此学说为指导的具体的行为准则。

为什么要节制欲求？节制欲求的目的之一是让人心不为外物所役使，而是要实现人心役使外物，用现代语辞来说，就是要获得人的解放。人心要有一贯的主张，既不要为外在现象蒙蔽，更不要让物质利益牵着鼻子走。

荀子认为人性为恶，这显然不是他的目的，而只是他提出的一种过渡手段。荀子的人性论，是要在指证人性为恶的同时，还要去矫正和改造人性之恶，最终建成一个仁道盛行的社会。指证是为矫正服务的，指证是手段，矫正才是目的。

矫正人性的途径是师法之化、礼义之导，也就是以教育、教化和引导的方式，用圣人之礼法、儒家的礼义约束人性之欲。我们不能让生来就有的人性之欲毫无节制地顺着它们的自然欲求往前走，而且是要沿着师法和礼义向

荀子画像

前行，即"合于文理"。"文"是文饰，对人来说就是礼义；"理"就是天理，即儒家思想。只有沿着这样的道路前行，才能回归到圣王治下的仁政社会。

荀子的上述思路，就是一方面证明了"人之性恶"，另一方面证明了"善者伪也"。特别是"善者伪"，就是说，要想使人类走向善良，使人类社会回归仁政，必须施以人为之道，也就是师法和礼义。

人之性恶，要通过外在手段，使人的行为端正而善良。比如说，要想使弯曲的木头变直，使钝铁有刃，就必须施加外力，用相应的工具把木头矫正，通过磨砺的手段使钝铁有刃。对于人性之恶来说，这些外在手段就是正当的社会规则，荀子称之为师法、礼义。

君子与小人的区别，从人性的角度看去，就在于能否"化性起伪"，变化人的本性，兴起人为的从善之道。能够化于师法，能够积累修养之功，能够遵循礼义，就是君子；放纵人性和人情，安心于无法无度，违背礼义要求，就是小人。荀子认为，从这个角度看去，同样证明了人性本为恶，善良来自人为的后天改造和修养。

人性如何，是人自身无能为力的，但是，人性又是可以起化，可以改造的。人之情，也不是人自身有意造作的，但却是可以改变的。正如木之弯和铁之钝，其生性如此，无可非议。人应该做的，不是评价其好与坏，而是要设法通过人为的方式（"伪"）对其加以约束和改造，使木变直、使铁有刃，最终发挥其积极作用。正是在日常行为中，在社会习俗影响下，人性会慢慢发生变化。人集中精力去学习，不三心二意，就会不断积累，改变人之情。习俗可以改变人的意志、思想，久居某种环境中，也可以改变人的本质。重要的是，专心于学习，就能与神明通达，与天地齐一。

人情也好，人的喜怒哀乐的表现也罢，必然不能全部释放，即使部分释放，也必然不能全部得到满足，这时候就需要用心志加以考量，考虑哪些人情是合理的、适宜的，哪些是能够得到满足的。

在作了必要的思虑或节制之后，人情就要付诸实施，即把喜怒哀乐表现出来，落实在行动中，这样的结果，荀子称之为"伪"，即"人为"，人的实际行动。荀子更为详细的解释是，思虑不断积聚，直至自己认为合理、适宜，然后付诸行动，最后得以完成，这就是"伪"。

人性相当于是原始质朴的材料，人为则是对质朴材料的加工装饰。如果没有人性，人为的做法便没有了对象；如果没有人为的做法，人性就不能表现出善良和美好。这并不是说人性需要美好，而是说，人为使人性变得美好。人性与人为相结合，才能成就圣人之名，才能完成天下最伟大的功绩。这也就是说，正是因为圣人的努力，人性与人为才能实现完美结合。

对于人性与人为相结合的过程，荀子分析了根源。那就是，天地滋生万物，包括人。万物各不相同，各有特性，当时的人们把这种不同分成阴和阳两大类。阴阳之物相接触、相碰撞，就产生了各种各样的变化。当这样的变化发生以后，圣人以人为的力量和作用，对人性的要求进行调和与调整，最后实现了天下大治。这也就是说，自然界生成了万物和人类，但并不能自动调和人与万物的关系，而只有圣人，才能胜任这个工作。

"善"从何来

荀子思想的伟大之处，在于他既能够深刻认识现实，又能够顺势而利用现实，最终达到为现实有效服务的目的。在人性问题上，荀子力主人性为恶，但是，利用人性之恶、改造人性之恶，却是人类进步的必由之途。荀子所说的人性之恶，并不是说人类因此就陷入无底深渊，无可救药。相反，正是因为人类顺着其恶性前行时遭遇到了种种困难，甚至有可能濒于灭亡，才能使人类真正认识到善的重要，并因此而弃恶从善。

荀子主张人性为恶，也就是说，每个人都是带着生来就有的恶的性情来到这个世界上。既然如此，善从何来？也就是说，如果说人性是恶的，就得说明人的善良行为是如何产生的。所以，荀子性恶论遭受到的最大质疑，就是人世间善的来源和善的产生的问题。对此问题，荀子并不是没有充分自觉。他以疑问者的口气设问："人之性恶，则礼义恶生？"如果说人性为恶，那么，礼义廉耻等美德又是从何而来？荀子给出的答案是，美德或善良的产生有两个原因，一是恶极而生善，二是有圣人创制。前者是理的原因，从学理中推导而来，后者是人的原因，从经验中总结而来。

根据荀子的人性之论，人性和人为是截然不同的，前者是自然生成的，后者是经过人的努力才实现的。圣人的职责或使命就是所谓的"化性起伪"，化改人的天然之恶，兴起后天的人为之善。所谓人为之善，就是制作礼义法度，对人性之恶加以约束和改化。圣人确实与普通人具有共同的人性，但圣人与普通人不同的却是能够起"伪"，去创制礼义法度，去约束人性。

荀子说，礼义美德产生于圣人的人为之功，而不是产生于人性之中，也就是说，礼义之类的美德不是人性中固有的事物，而是从人性之外施加于人性的。从学理上讲，圣人也是人，圣人之性也是恶的。圣人经过不断的理性思考和道德实践，创生了礼义道德和行为法度。

荀子举例说，喜欢得利是人的本性。假如有这么一个人，他有足够多的财产，并且能够分出来给别人，那么，如果完全依据人的本性来分配，因为人人都有好利之心，即使兄弟之间也会出现肆意抢夺的情况。但是，如果依据圣人制作的礼义法度进行分配，那么，即使是素不相识的人之间也会出现礼让的情形。

关于美德或善良的具体产生原因，荀子也做过理论上或学理上的分析和推演。他说，正是因为人性本恶，人们才会去追求善良或美善。从常识的角度来看，人们都愿意获得自己本来没有的东西，比如少浅的时候希望厚实，丑恶的时候希望美好，狭窄的时候希望广大，贫穷的时候希望富有，卑贱的时候希望高贵。总之，对于自己没有拥有的东西，必定会努力去得到。反过来说，如果足够富有，就不会老想着发财；如果已经很高贵了，就不会老想着扩大势力。也就是说，已经拥有的东西，就不会急于再获得了。

根据以上分析，当人性中的恶已经足够的时候，人们就必然去求取善，也就是说，因为人性中一直缺乏礼义，人们即使必须通过艰苦的学习，也一定要获得礼义。但是，礼义并不是人性中固有的东西，也不是人性能够自然顺势生发的东西，所以，必须通过心志的不断思考，才会最终获得礼义。总之，人生于世，本来是不知道礼义的，但是，在现实生活中，没有礼义就会滋生动乱，不懂礼义的人行为就会悖乱无度。反过来讲，有了礼义，人的行为就会有法度，社会就会有秩序。这既是人们不断思考的结果，也是被社会实践证明的事实。这还是说明，人性本来就是恶的，而人的善良表现正是人为努力的结果。

事实上，人性之善与恶的问题，只能从经验的角度加以认定。不过，荀子并不愿意轻易放弃他的理性努力。荀子力图从学理的角度对他的人性观加以证明，然而，上述证明过程依然是经验性的。人们因为缺乏某种东西就想得到它，从逻辑上讲并不具备必然性。进而言之，因为行为悖乱无度就去求取礼义，同样不具备逻辑必然性。荀子或许意识到了这样的难题，所以更多地从经验事实上寻求证明和结论。

从社会的角度去看，尽管个人的欲望是相同的，是自然而然的，但现实却并不能满足所有人无穷无尽的欲望，所以必须对人的欲望加以节制和调整，而这样的责任就落在先代圣王的头上，落在圣人的肩上。

荀子断言，在他生活的时代，人们没有可以学习和效法的大道，思想偏邪，不走正道；人们也没有礼义可讲，行为悖乱，无法治理。这种情形在古代也曾有过。那时，有圣王出现，他们认为人性为恶，并且正是由于人性之恶才导致人们思想偏邪，行为悖乱。为了改变这种状况，使社会得以治理，圣王就制定了礼法和法度，目的是矫正和修饰人性和人情，使其走上正道。因为人性和人情是自然发生的，所以，圣王矫正的手段也主要是对人性和人情加以引导，而并不是堵塞或消灭之。

人之所以能够成为人，主要是因为人有理性，即荀子所说的"辨"，辨别事物轻重，辨别是非曲直。人的理性主要体现在两个方面，一是与动物相比，二是与人性相较。

人与动物都是有生命的生物，但人与动物，特别是某些动物比如大猩猩的区分，并不只是因为人以两足直立行走，以及人的身体上没有那么多的毛发，而是因为人有理性。比如说，动物中的禽兽也存在父子关系，但却没有父子之亲情；也有雌雄之别，但却没有男女之间的礼仪之分。这说的是，人具有理性，使人超越了人性中先天的生物本能。

另一方面，人的生物性中还有一些与生俱来的欲求，比如饥饿的时候需要吃食，寒冷的时候需要温暖，劳累的时候需要休息，以及趋利避害等等，这些人人都有，人人相同，即便是大禹和夏桀这样的圣王与暴君之间也没有这方面的区分。但是，理性的人并不会无节制地、不讲时间地点条件地去追求这些欲求，他们会做出区分，会制定出礼制，会听从圣王教诲。这就是说，趋利避害是人性本有的东西，也是任何人都生来具有的，但是，这并不是人之所以为人的内容。人之所以为人，是要既承认和保留这些东西，又能够超越这些东西。

荀子最后的总结是，君主以此方针治国、治天下，天下各处无不公平合理，天下之事无不办理妥当。这是永世的规则，是天下礼法的关键所在。

人性和人情会使人趋向于恶，特别是"顺是"而行、不加节制的时候。但是，人又是有理性的，而其他生物，包括看上去与人最接近的动物都是没有理性的。人的理性使人认识到，如果不对人性和人情加以节制，就会出现个人之恶行、社会之恶行。但是，或许是由于生活环境或生长历程的不同，有人会产生这种认识，有人则不会产生这种认识，或者只能产生一些相关的模糊认识。再进一步说，有了这种认识还不够，还必须有所行动，才能矫正人性、修饰人情。由此看来，圣人和圣王是有这种认识，并能付诸行动的人。圣人以下的人，则在不同程度上有所认识，有所行动。最低层的人，则是既没有认识，又不会行动的人。最低层的人是人类社会的恶之源；圣人和圣王则是人类社会的善之源。

圣人去"陋"

荀子的性恶之说可谓不同凡响，但也招来了各方面的质疑。事实上，主张人性为善，会遇到同样的困局。这就是说，既然人性是一样的，为什么现实生活中的人及其表现又会那样地截然有别？荀子的解释是，是他们后天的所作所为完全不同。那么，问题又来了，为什么同样是人，他们却有如此不同的后天作为呢？

在天然习性方面，人与人是相同的。荀子举例说，人们都会在饥饿的时候想吃，寒冷的时候想穿，劳累的时候想休息，都是喜好利益、厌恶祸害，这就是说，天然所成的五官感觉和心中欲望基本相同。这些感觉，是人生来具有的，不用学习、不用别人去教就会的，圣明君子如大禹，暴虐小人如夏桀，在这方面也是相同的。

因为后天行为和环境的不同，有人成了尧帝、舜帝，有人变成夏桀和盗跖，有人去做了工匠，有人去做了农民或商人，这又是自然发生的事情，并没有背后的其他力量去左右。荀子强调说，做了尧帝、舜帝就会享受安荣，变成夏桀、盗跖就处于危辱之中；做了尧帝、舜帝就会快乐而闲逸，做了工匠、农夫和商人就会经常处在劳累和烦恼之中。但是，即便如此，却有大多数人做了尧、舜以外的人，而只有极少数人做了尧、舜一样的人，这是为什么呢？荀子的答案是："陋也。"

荀子首先肯定，尧、舜并不是生来就是那样的君子，而是有过复杂的人生经历，不断增强道德修养，然后才有最后成就。因为人性本恶，本来就是小人，如果又生活在乱世，个人生活环境也很差，又不能有好的老师用高尚的思想加以教育，那就只能在人性的基础上更加小人了。

荀子承认，要想成就君子，非"得势"不可，即生存在有利的成长环境中。荀子进一步解释说，这种"势"一定得是那种能够磨炼人生的历程。如果人的一生无忧无虑、吃喝不愁，又遇不到合适的老师，怎么能知晓礼义辞让之类的道德修养呢？到头来也只能把心思都用以口腹之欲上，做个普通人而已。

由此看来，人性如果不加任何约束和修养，就会自然而然地走向小人，即使未必是那种为害他人、为害天下的小人，也会是无所作为的普通人。如果想避免走向这样的结局，就只能寄希望于成长环境的作用了。从个人的角度来看，一定要有历练人的环境和经历，一定要遇到合格的教师，让人学习到圣人的礼义，才有机会成长为君子。这样一来，人要想成为君子，至少从逻辑上讲，只能求之于环境的作用。

不过，荀子似乎并不愿意直接承认人的不同是由于环境的作用，或者说人的不同是从成长环境的不同开始的。如果太强调或太突出这一点，就会削弱所谓"伪"即人为的后天努力的作用。更为重要的是，人是无法决定其成长环境的，如果坚持环境的决定性作用，一个人成长为君子，或堕落为小人，就并不需要自己负责了。

换个角度来说，顺着荀子的思路往下走，就会认为个人的成长是偶然因素作用的结果。当人处在幼小的成长阶段时，无论是智力还是能力，都不可能做出适当而必要的环境选择，更谈不上改变环境。人的个体是在某种人伦环境中成长的，具体的家庭和社会环境，特别是家庭，可以说是代替个体生命做出了选择。从这个意义上讲，个体的人的成长过程并非纯属偶然。从家庭和社会的角度来看，个体人的成长必然受制于某个具体家庭，即某种家庭和社会，在很大程度上会造就出与其相适应的个体，这是人的成长的必然性。但是，就某个个人来讲，在自然成长的意义上，他不可能自己选择出生和成长在什么样的家庭和社会环境中，这是人的成长的偶然性。可惜的是，荀子并没有进行这样的区分，而是统论人的成长受制于外在环境，这就会让人感觉，某个人成为君子或小人，完全是偶然因素造成的。

荀子进一步的解释是，如果有这么一个人，一直吃着粗茶淡饭，就会以为人能吃到的这就是最好的了。突然有一天看到了美食大餐，第一反应会是说："这是什么奇怪的东西！"等他吃了之后才意识到，原来还有更好的食物，结果很自然，如果让他做选择，肯定是要吃美食大餐了。先王的仁义之道与暴君的行径何止是美食大餐与粗茶淡饭之间的区别，而人们却纷纷远离仁义，这究竟是为什么呢？答案还是："陋也。"

那么，这个天下共有之祸患、人间之最为灾害的"陋"究竟是什么呢？

仁者关怀天下，有使命感，喜欢把有益的东西告诉给别人，喜欢给人家讲述做人的道理，指示人生的正确途径，荀子称之为"好告示人"。告示之后，还要不断重复，教导人们去遵循。仁者这样做的追求是，让蔽塞者通顺，让狭隘者宽闲，让愚钝者智慧。荀子说："多见曰闲（僴），少见曰陋。"（《荀子·修身》）可见"陋"的反义词就是"闲（僴）"，"闲（僴）"是宽大、宽广之义，表示人的思想开阔、有见识，那么，荀子所说的"陋"，就是思想狭隘、缺乏见识的意思。这就是说，在荀子看来，当人面临尧、舜之道和桀、跖之道的选择时，正是思想意识或认识水平的"陋"与"闲"发挥了决定性的作用。

但是，问题还在紧紧地追随着人们，不能让人们脱离开问题的困扰。那就是，是什么决定了人的"陋"与"闲"？很显然，到了这个时候，人们还是想知道，同样是人，为什么有人能够成为修为到家的君子，成为深谋远虑的先王，有的人却不能呢？

这个问题，不仅让后人感到困惑，荀子也感受到了极大的压力。

荀子给出的解释是，只有仁者的告示才可以让人去"陋"就"闲"，免除狭隘思想，以宽闲待人，进而接受仁人之道，化解人性之恶，成就君子业绩。也许有人会提出疑问：历史事实所呈现的是，在圣王时代，天下就能得到大治；而在暴君时代，天下就会大乱。这样看来，难道不是说人性的实情就是，既可以为善，也可以成恶，是为善还是作恶，只能随着环境发生改变。对此疑问，荀子试图用反证法予以答复。荀子说道，如果仁人之道、仁人的告示丝毫不起作用，那么，圣王在位有什么益处？暴君在位又有什么害处呢？就是说，圣王在位、天下安定的事实，就是要说明仁人之道对人们是有益处的。同理，暴君在位、天下扰攘的事实，就是要说明缺乏仁人之道对人们是有害处的。然而，从逻辑上讲，这样的反证显然有循环论证的嫌疑，说服力并不太强。

总之，要想改变人性之恶，还得求助于环境，甚至唯一的决定因素就是外在环境。这与孔子所说的"性相近，习相远"是一脉相承的。既然说社会环境，即孔子所说的"习"使人不同，或者用荀子的说法，环境可以改变人性，那么，那种好的环境，那种仁人之道、圣王之世，又是如何出现在某个时代、降临到某个人的头上的呢？这是真正的难题，古往今来还没有哪位思想家能够给出令人信服的答案。

要回答好这个问题，如果过多地偏向人的主观性，则只能是哲学家们主观认定，但是，这样的主观认定一旦无法一步步地加以求证，其最终的说服力就要大打折扣。如果偏向于客观性，则圣人的出现更多地只能求诸环境的偶然，这同样会影响人性观的说服力。无论是主张性善，还是主张性恶，以及其他游移在善与恶之间的人性观，都得面对这样的问题。那么，是否能够找到一个不偏不倚的答案呢？我们只能说，哲学家们还一直在努力着呢！

孟、荀论辩人性

孟子画像

为了更全面深入地理解荀子的人性论，显然不能避开孟子性善论和荀子性恶论的论争。这两位硕儒在人性问题上的尖锐对立，是讨论中国古代思想史上关于人性之论的必有内容。

孟子道"性善"，荀子言"性恶"，或者说孟子主张性善论，荀子主张性恶论，这是儒学史上重要的思想公案之一。对此，后儒往往把关注点集中在这两种人性观的优劣高低上，其实，这种不同思想观点的存在本身，才是儒家思想对中国思想史，甚至对于中国社会发展的真正贡献。从孔子开始，经过孟子，最后是荀子，他们对人性的讨论，正是先秦时代人文觉醒的集中表现。立足于人自身，反思人性如何、人性是什么，也是儒家思想大放异彩的重要原因之一。

孟子先于荀子，二人并未谋面，所以只能在《荀子》中看到荀子对孟子思想的批判。完全可以想象一下，如果此二人能够面对面地讨论人性问题，那必是古代思想史上最精彩的画面之一。当然，难能可贵的是，荀子批判当时任何一家的思想时，都能做到比较全面地引述被批判者的思想。荀子以批判的态度看待孟子的性善论，但从《孟子》中看其对性善论的叙述，发现荀子对孟子原有观点的引述还是相当客观的。

荀子从各个角度批判了孟子的性善论。比如说，孟子认为，人们之所以去学习，学习仁义道德，是因为人性善良，或者说人心和人性生来就是向善的。

荀子不同意孟子的这一主张。之所以不同意，并不是说荀子反对人心向善，更不是反对人们追求善良，而是认为孟子的观点不符合实际，说服性不强，不利于人们真正地向善，不能有效地引导人们去学习圣贤之道。所以，荀子才说，孟子的观点，由于没有弄清楚人性与人为的区分，所以并不是对人性的正确认知。

针对孟子的观点，荀子指出，人性是天然造就的，不是依靠学习和实践才得来的。礼义道德，即人们应该学习的对象和内容，是圣人创造出来的。人们学习了圣人创制的礼义，即仁义道德或圣贤之道，才具备了生存的正当本领，才能做成正确的事情。这就是人性和人为的区分。

根据孟子性善论，人们学习圣贤之道，是由人性决定的，是与生俱来的欲求。荀子则认为，人们学习礼义是人的后天所为。礼是圣人所创制，在圣人创制之后，其他人为了矫正人性之恶才去学习，甚至是被圣人引导去学习。

站在孟子、荀子之外的角度去看他们的人性论，就会发现它们有诸多共同之处。共同处之一是，他们提出人性论的目的都是为了促成人们去学习儒家的圣贤之道，也证明他们都是忠实的儒家思想的信仰者。共同处之二是，他们的人性论，与其说是一种思想观点，还不如说是一种精神信仰。他们的主张都是主观认定强于逻辑论证，实用价值强于知识价值，具有强烈的中国古代思想特色。

既然孟、荀二子的人性论有共同的激励人们学习的目的，为什么还要有性善和性恶的不同主张呢？特别是荀子，为什么不能接受孟子的性善论呢？这是因为，尽管他们都是儒生，都认为人必须学习圣贤之道，但是，因为他们生活的时代不同、成长经历不同、思想体系不同，比如孟子更看重仁政的思想感召力，而荀子更看重现实中强制力量对人们的作用，他们才提出了不同的人性论主张。

性善论的最大问题是，既然人性为善，那么，人的恶之心和恶之行是如何产生的？同样，性恶论也面临着这样的问题。既然人性为恶，人的善之心和善之行又是从何而来的？

孟子认为，现实中的人们虽然有种种恶的表现，但他们的本性还是善良的。也就是说，他们的恶的表现只不过是丧失了善良的本性而已。对此观点，荀子认为是完全错误的。荀子尖锐指出，善良的本性之所以会丧失，就是因为人性是恶的。与其迂回地指证人性为善，还不如直接说人性是恶。

所谓人性本善之说，就是说人生来不会脱离其朴素的先天资质，生下来时就直接表现其善良和美好，不会远离朴质而向恶。也就是说，人性为善，相当于是眼睛生来就能看到事物、耳朵生来就能听到声音一样。然而，放眼现实，现实中人性的表现却是，饥饿时只想吃饱，寒冷时只想保暖，劳累时只想休息。这些表现才是真正的人性和人情的流露。在荀子看来，这丝毫没有人性为善的影子。

现实之中，人的善良表现是，见到好吃的却不敢先吃，这并不是人性使然，而是打算让给什么人先吃；劳累的时候也不敢要求休息，这也并不是人情使然，而是必然要代替什么人这么干。就是说，儿子让父亲先吃、代替父亲劳作，弟弟让兄长先吃、代替兄长劳作，都是与人性和人情相悖而行的。

这些与人性和人情相悖而行的行为，就是孝子的表现，就是礼义修饰的结果，而孝道也好，礼义也罢，并不是与生俱来的，而是圣人创制的。如果顺着人性和人情的要求做下去，肯定不会有对父亲、兄长的辞让，如果辞让了，那就跟性情相悖了。

所以，荀子的结论还是，人性是恶的，那些善良行为是人为的结果。

荀子对孟子性善论的质疑确实是看到了问题的要害，即：既然人性为善，为什么现实中会有恶人和恶行？这只能证明人性非善。但是，如上所述，性善论遭遇如此困局，并不能解脱性恶论的困局，即：既然人性为恶，所有的人都是怀着恶性来到世上，那么，人世间的善良又怎么会出现？

当荀子提出性恶论的时候，孟子的性善论早已享誉天下，至少在儒家内部，在人性问题上，孟子的性善论是占据主导地位的。对于荀子的性恶论，儒家内部不久之后就有不少人提出疑问。不管这样的疑问是出于什么动机，总之，把性恶论与性善论做比较是必然的。

着眼于现实，确实性恶论的解释性更强，而性善论更倾向于一种信仰和善良愿望。但是，在儒家内部，随着汉武帝时代之后儒学思想逐渐占据主流意识形态地位，性善论的信仰也取得了主导地位。作为社会主流意识形态，儒学当然要为全社会传布更多的正面思想，人性为善的主张在这方面无疑更有道德价值，也更方便统治者的政治宣传。

后儒论说人性

在中国古代思想史上，难得有两种非常明确和系统的观点表现得如此针锋相对，并且能够影响一代又一代的思想家不得不在其间选边站队，这就是孟子的性善论和荀子的性恶论。

人们对于人性的极度关注，从根本上讲是由于人的现实表现千差万别。不同的人，不同时代的人，在不同的生活环境下，甚至是在不同的瞬间，都会有悬殊的善恶表现，甚至同一个人，也会在不同时候表现出绝殊的善与恶。对此，人们固然承认环境的重要作用，但人自身的因素也不能不正视。在人自身的因素中，人性的作用可能更具有一般性，更具有说服力，也更具有吸引力。这样一来，从古到今，人性问题就不能不成为思想界常说常新的论题。

如果说孔子在人性问题上有过立场的话，那就是"性相近，习相远"的著名论断。孔子之后，孔门中也有关注人性问题的思想家，即世硕、宓子贱、漆雕开和公孙尼子。他们生活在孔子与孟子的时代之间，是儒家人性论的过渡性人物。其中，宓子贱和漆雕开是孔子直传弟子，世硕和公孙尼子是孔子的再传弟子。在人性论上，他们有共同的主张，认为人性中既有恶的因素，也有善的因素。修养善性，就能成为善人，纵容恶性，则会成为恶人。这种观点，乍看上去是解决了善与恶的来源问题，但从学理上讲，等于什么也没有说，有取巧之嫌，也不足以回答和解决现实中的善恶问题。他们出自

告子画像

董仲舒画像

孔门，是孟子和荀子的前辈学人，但他们的主张显然无法满足像孟子和荀子这样的思想大师的要求。当孟、荀大谈性善或性恶的时候，甚至都没有提及这些前辈人物。

《孟子》中有《告子》上下两篇，详细记载了孟子与同时代另一位著名思想家告子在人性问题上的争论。这场学术争论，在中国思想史上，尤其是在人性论研究史上也占有重要地位。告子主张人性无所谓善与恶，犹如白纸一张。人的善或恶的表现，原因全在于后天习染。这似乎与孔子所说的"性相近，习相远"比较接近。但孔子言说人性，并没有从善与恶的角度立意，所以，告子论人性，既无法超越孔子，也未能说服孟子。

在汉代，最早论述人性问题的是西汉早期思想家陆贾。陆贾的观点是，人性本善，并且每个人都有能力认识到这种礼义之善，也有能力遵循礼义而行。人与人的区别只在于能否实际认识到这种善，以及能否做出善行。所谓性善之人，就是那种并不需要对礼义加以特别认识就能够从善的人。性恶之人也不是对礼义没有认识的人，而是明知礼义，却大肆践踏的人，正好比是恶人未必不知道何为善良、何为罪恶一样。陆贾的人性之说也是想解决善和恶的来源问题，并且强烈地意识到了性善与恶行的冲突。但是，陆贾的人性观并没有得到后世学者的普遍认可，主要还是经不起"为什么"的探问。

汉武帝时期的大儒董仲舒对人性也有论说。董仲舒主张人性、人情两分。人性属阳气，生善；人情属阴气，生恶。这基本上还是上述世硕等人的人性论的翻版，没有根本性创见，也难以获得全面认可。

西汉著名学者扬雄的人性说是"人性善恶混"，人性中有善有恶，关键在于人去修养什么。那么，为什么有人去修善，有人去修恶呢？扬雄并没有进一步说明和论证。从荀子的人性论中已经认识到，这才是问题的关键。

西汉中期大学问家刘向是初版《荀子》的集成者，想必对荀子的性恶论有深刻了解。为避免善恶之争，刘向提出的人性观是，人性为阴、人情为阳，认为人性是不可见的，人情则是人性与外物接触之后的产物。这些观点显然是来自荀子的人性论，并借鉴了董仲舒的观点，但浅尝辄止，并没有切实推进人性论的研究。

东汉学者王充主张"人性有善有恶"，这与扬雄的观点看似相同，实则迥异。扬雄是说，在一个人身上，就混存着善和恶。王充则说，在人的群体中，有的人是善性，有的人是恶性，就如同人的才智有高下之别一样。总体上看，王充的人性论是陆贾和扬雄观点的综合。

王充利用了孔子讨论人的才智时的说法，即"中人以上，可以语上也；中人以下，不可以语上也"（《论语·雍也》），认为孟子的性善论针对中等才智以上的人，荀子的性恶论说的是中等才智以下的人，扬雄的善恶相混之说的对象是中等才智之人。王充的结论是，这些观点作为教育的基础理论还可以，不见得是恰当的关于人性的论述。很显然，王充的人性论是想和稀泥，目的是调和他所了解的不同的人性观。不用说，在这样的指导思想之下，同样很难得到一种世人所认可的人性论。

看起来，从孔子到王充，在七百多年的时间里，关于人性问题的讨论在思想界并没有取得一致意见，孟子和荀子关于人性善和人性恶的两面大旗，也始终在高高飘扬着。平心而论，这与荀子思想对汉代的巨大影响有着直接关系。直到唐代，随着理学思潮的逐渐开始，人性的问题再次受到重视，荀子的性恶论也才受到理学思潮的普遍反对。这其中，唐朝后期著名思想家韩愈的观点尤其具有代表性。

韩愈著有《原性》一篇，认为"性也者，与生俱生也。情也者，接于物而生也"，这显然是荀子的观点，说明韩愈对荀子的人性论是很重视、很了解的。在韩愈看来，人性有"三品"，三个层次或品位，即上、中、下。上

韩愈画像

品为善，下品为恶，中品可能导向上善，也可能导向下恶。这又近乎扬雄和王充的观点。与人性相对应，人情也有"三品"。人性的内容就是仁、义、礼、智、信，"三品"就是对于这五项内容的不同程度的认同。人情的内容是喜、怒、哀、惧、爱、恶、欲，"三品"就是对于这七项内容的不同程度的把握。显而易见，韩愈力图综合各家之论，弥合在人性问题上的不同主张。但是，他的如此繁杂的综合把问题弄得更为复杂，反而不及孟子和荀子那样的主张更加鲜明和有力。

孟子主张人性为善，无非是想让人们发挥其善性，乐于为善；荀子主张人性为恶，无非是想让人们化解其恶性，勤勉于行善。可以说，此二子的说法虽然不同，但目的是一致的，即教人如何向善。历史地来看，只是随着儒家内部理学思潮的不断流行，性善之说与理学思想相表里，逐渐成为人性说的主流，荀子的性恶之论才受到理学家们的持续攻击，而对其应该进行的认真了解和思考也就变得越来越少了。

宋代儒生，即所谓的理学家们，虽然力主孟子的性善之说，最终还得对于恶的来源有个交代。于是，他们不得不把人性划分成义理之性和气质之性，认为前者是善的来源，后者是恶的来源，这明显是兼容并取了孟子和荀子的相关思想。

荀子思想，特别是他的性恶之论，正是因为其大胆放言，直指人性中最明显的弱点，才让人难以完全接受，也才在思想史上掀起巨大波澜。到了清代，随着宋明理学受到越来越多的反思和批判，一批有影响力的学者在考订《荀子》文字的同时，深入思索荀子思想的真实含义，才逐渐使人们对于荀子思想的理解归于理性。

孟子之所以主张性善，目的是勉励人们为善；而荀子之所以主张性恶，目的是疾愤人们为恶。不用说，如果以孔子的"性相近，习相远"为标准，性恶与性善之论都是极端主张。如果认为人性为恶，上善者则无从谈起；主张性善，则下恶之人没有了来处。正是被善、恶的来源所困，韩愈才提出性三品说，以为上等之善人和下等之恶人无法改变，而只有中等之人才可以随着环境而发生改变。这种折中之论，虽然比孟子和荀子的观点更具有解释性，但也不能化解人们在人性善与人性恶的问题上的总体困惑。

总的来说，孟子的性善之说更容易获得人们的认可，而荀子的性恶之说则难以得到广泛支持。荀子之所以力主性恶之论，是由于他对自己的时代疾愤过度，甚至没有感觉到性恶之论太过偏激。

不论是主张性善，还是主张性恶，并没有不同的取向和目的。这是因为，即使人性为善，也不能因此而废除对人的教化；如果人性为恶，那就更要依靠人为的方法对恶行加以匡正。所以，孟子和荀子的人性论的指向是一样的，只是其论证方法有所不同，甚至各执一端而已。如果以孔子的人性论为标准，所谓"性相近"，说的是人性既有善也有恶；所谓"习相远"，是说通过后天的学习和习染，人们才会表现出善与恶的不同。

为了解决人世间善与恶的来源，有没有必要在人性问题上做文章？甚至可以说，有没有必要提出所谓的人性问题？即使真的有人性和人情的问题，有没有必要确定人性为善或为恶？通过学习和思考荀子的人性之论，完全有必要提出类似的进一步的思考。

第二节　批判乱象，评说百家

真正的思想家是最具有批判精神的。特别是身处社会大变动大转型时期，没有批判现实的精神，思想家就难以建立起思想体系，更谈不上提出系统的社会改革方案。荀子时代，中国社会处在何去何从的十字路口上，甚至是中国历史上最大、最重要的十字路口上。荀子以其十足的理性主义精神，深厚的哲学基础，全面观察和思考社会现实，不能不对一些非理性的社会现象和思想问题进行思考，并在必要时提出批评甚至予以鞭挞。

如果说五十岁之前的荀子专注于在家乡做学问，深研传统儒家思想，那么，当他五十岁之后来到齐鲁之地，开始与天下学者和学术进行交流，进而游历天下时，才真正观察并认识到了学术之乱象、社会之乱象。这些乱象的最终祸害，是对于儒家理想的治国之道，对于儒家所追求的仁政和圣王之治的干扰和破坏。于是，荀子勇敢地以正统儒者身份，站在传统儒家立场，以深刻的批判精神，进入广泛的批评领域，对于种种社会和思想乱象，进行了持久的、毫不留情的批判。

鞭挞矫饰

众所周知，任何时代、任何时候都不乏寻求生活捷径甚至投机钻营之人，特别是在社会动荡时期，人们在无法把握自身命运的时候，自然会专注于一些偶然现象，在意事物之间的非理性联系。比如说，在荀子时代流行的思想中，会把人的相貌与人的遭遇联系起来。有人声称，看了人的身高长相等，就能知道其未来吉凶。这类"相人"之人有着广泛市场，被世俗称道。但是，荀子明确表示，这种"相人"的准确性并不可信，古往今来不曾存在，学者也从来没有肯定过。

人的吉凶祸福，人生的价值和遭遇，从根本上讲并不是由外在相貌决定的。一个人如果有修养、有思想，即使相貌很差，也不妨碍其成为君子。相反，一个人就算相貌堂堂，但如果其思想有问题，修养不对头，就会成为小人。相貌、身高等外在情形如何，与人生的吉凶祸福没有必然联系。

古来圣贤中，尧帝、周文王、孔子身材高大，大舜、周公旦、子弓则是身材短小。春秋末期，卫国大臣公孙吕身长七尺、脸长三尺，却因为贤能而名震天下。楚国大臣孙叔敖秃发瘸腿，却长修文德，使楚国称霸天下。楚国名臣叶公子高（名诸梁）身体瘦小，连衣服都撑不起来，却能平定白公之乱，安定楚国，立下大功。由此看来，人的外形、相貌如何，能说明什么问题呢？人们是根据他们的思想高度和历史贡献，还是根据他们的相貌美丑，进行评说呢？

外形可观、相貌姣好之人，是
不是就是天然的贤人呢？在远古
时代，有名的暴君夏桀王和殷纣
王据说都是身高伟岸，相貌堂堂，勇
力可敌百人。可此二人结局是什么
呢？他们都是亡国之君，死于非命，
受到全天下谴责，甚至后世之人凡
是用恶人做比喻的时候，都会提及
他们。荀子一针见血地指出，之所
以会有如此结局，与他们的外貌无
关。他们身为一国之主，从来不接
受正确意见，以至于思想低下，没
有高远见识和高尚见解，这才是这
些暴君身死国亡的根本原因！

周文王画像

令人遗憾的是，那些头脑错乱、举止轻浮之人，都在追求以奇异的服饰
和女性化的姿态表现自己，原因是这样的人在普通人中间很有市场，以至于
妇人都想嫁给他们，年轻女子更喜欢跟他们交友，甚至还有很多人抛弃了家
中亲人而要去追随他们。这充分说明，社会风气之劣，已经到了病态地步。
面对如此严峻情势，荀子表现出了知识分子应有的社会责任和道义担当。他
明确指出，对于那种以外表矫饰为追求的病态之人，从君主到普通人，都羞
于与他们相往还，更不用说任用他们为官。就是在推不开的亲情面前也难以
接受他们，至于为朋为友，更是要远离这种人。作为崇尚礼法的儒士，荀子
甚至认为应该把这种人交给司法机关严治其罪，直至把他们押上刑场，当众
惩罚，让全社会引以为鉴。

荀子分析了那些病态之人产生的原因，认为不完全是因为他们的容貌让
他们走上邪路并受到惩罚，而是因为他们见识有限，思想水平低下。荀子一
生致力于学术研究、思想论议、兴办教育，重要目的之一就是要提高全社会

的认识水平，避免让人们陷于愚昧之中。

非十二子

身为儒士的荀子，其思想受到后世部分儒生的大力反对，主要问题出在三个方面。一是荀子主张性恶，二是荀子重视法治，三是荀子对当时其他各派，包括儒家学派重要人物予以了毫不留情的批判。荀子对孟子等儒士的批判，主要出现在《荀子·非十二子》的记载中。所谓"非十二子"之"非"，就是批评甚至否定的意思，"子"是指有代表性的思想家。

学术界通常认为，荀子是先秦时代学术思想的总结者或终结者。在荀子时代，以及荀子之前，起始于孔子和孔门的春秋战国时代的所谓"百家争鸣"，到荀子时代臻于高峰。荀子本人游历天下，与各家各派思想都有过正面接触，对它们有相当深刻的理解。在《非十二子》这篇堪称不朽的檄文中，虽然被时弊所激，荀子用词不免尖酸苛刻，但揭示的问题却是发人深省的。事实证明，荀子对各家各派思想要点的把握，基本上也为后世所认可。

在批判十二位思想家之前，荀子开宗明义，对他们的思想动机，以及他们的思想所造成的危害加以概括。荀子认为，他们借口矫正时弊，用光鲜的言语掩饰邪说奸言，其目的却是扰乱人们的思想，欺骗愚昧无知之人，以便从中得利，但最终结果却是让人们失去了正确认识时势、实现天下大治的机会。

这著名的"六家"十二子，十二位先生和思想家，究竟是什么样的人物？他们的思想特色又是什么呢？且看荀子的严苛批判。

第一家的思想特色是享乐主义，代表人物是它嚣和魏牟。这一派的主要表现是，思想放纵，行为随意。荀子认为，他们的如此行为与禽兽无异，也难以使天下政治走上正轨，更谈不上社会安定和国家大治。当然，就其思想形成和言语表述而言，荀子也承认"其持之有故，其言之成理"，立论有根据，表述有条理，足以让不明就理的普通人接受为合理主张，甚至还会有所追随。正是因为这种思想"欺惑愚众"，对普通人的欺骗不容易被识破，所以，荀子并没有深责那些追随它嚣和魏牟的人。从后世来看，这派思想既没有思想上的先辈，也没有流传下来，甚至这两位思想家究竟是什么人，史籍中也没有明确记载，致使人们也只能从荀子的此番批判中知其一二。要之，这是一派尽管在当时颇有影响，却也是转瞬即逝的思想现象。

第二家的思想特色是苦行主义，代表人物是齐国的陈仲子，也称田仲子，以及卫国大夫史鳅——以性情耿直而闻名的史官。他们的主张和表现是，努力克制自己，远离现实社会，宁肯独自吃苦受罪，也不与腐败的当权者同流合污。特别是陈仲子，出身贵族，却隐居世外，不肯与父兄共事，《孟子》对其行迹有详细记载。在那个时代，上层社会奢侈糜烂的生活是造成社会矛盾的主要原因之一，但如果因此而采取与现实社会不合作的方式，甚至以极端清贫的生活排斥社会，虽然其思想主张也能达到"持之有故，言之成理"，但最终效果也会是"欺惑愚众"，并不能达到改造社会，使国家达于大治的目的，所以也受到荀子的严厉批判。

第三家的思想特色是功利主义，代表人物是稍晚于孔子的墨家创始人墨翟，以及宋国人宋钘。这一派主张，治理国家和社会，应该从功用原则出发，看不到眼前实际收益的活动，比如祭祀、乐声、礼仪等就是毫无价值的奢靡浪费。荀子认为，这种过度俭约的主张，无法从思想深处提升人们的认识和境界，无法从根本上扭转和提高社会风气，而只能使社会不讲等级，没有分工，从而失去了进取的活力和必要的管理。当然，这样的思想同样是"持之有故，言之成理"的，但本质上也仍然是"欺惑愚众"的，对社会发展的负面影响胜过正面作用。

第四家的思想特色是法治主义，代表人物是赵国人慎到和齐国人田骈。依法治国是那个时代普遍缺乏的，后来秦国之所以取胜他国，就是在法治国家的路上走得更好一些。但荀子在此批判的法治主义思想，与依法治国的精神并不相符。荀子认为，这一派思想虽然主张法治，但却以无法而终。原因是，他们不喜欢根据实际情况修改以前的旧法，而只是关注制定新法。他们制定新法的原则是，或者片面遵从在上者的意见，或者片面听从在下者的想法，所以总是达不到预期效果。如荀子所批判的，制定法典很快，有时甚至一天的时间就能完成，但在落实的时候却往往不切实际，根本达不到治国安邦的效果。严格说来，这是为立法而立法。事实上，正如荀子所言，在法家人物中，慎到更强调君主之"势"，这使得法的精神更倾向于君主的主观意愿，从根本上讲就是不得治国之要领。而田骈的法治思想则更倾向于黄老之术，流于空疏高远，也不符合战国后期各国征战天下的需要。所以，虽然这二位的思想也能达到"持之有故，言之成理"的学术高度，但当面对现实时，仍然是"欺惑愚众"，不能得到各国当政者的实际重视。

第五家的思想特色是诡辩主义，在当时称为名家或名辩之家，专门从分析概念、辨明曲直入手，等到受到君主的肯定之后，再发表政治主张。这一派的代表人物，是春秋早期郑国的著名学者邓析和战国中期著名政治家惠施。身为儒士的荀子，明确主张效法先王，遵从礼义。以这样的儒家标准衡量名辩家，他们既不符合儒家的基本要求，还喜欢玩弄偏邪的概念，提出怪诞的学说。他们虽然下了很大的功夫，至少在分析词句、思考问题方面很有成就，但他们努力分析和思考的内容却不合实际，不是时势急用的东西，所以，不管他们下多么大功夫，他们的主张也不会成为治国纲纪。其实，史籍记载的邓析和惠施的思想观点还是比较多的。邓析是郑国名人，专门替人打官司，以其名辩家的智慧寻找法律漏洞，但当政者认为这种做法很危险，便找借口治了他的死罪。惠施在韩国当政多年，颇有政绩，但未能有效阻止韩国的颓势，其主张也最终被君主弃用。这样的表现显然还在荀子批判的范围之内，即"其持之有故，其言之成理，足以欺惑愚众"，必须予以否定。

以上荀子批判的是五家十子，第六家是儒家的两位大师，总成六家十二子。由于批判儒家的分量比较重，也相对重要一些，所以需要单独加以说明。在此还需要强调的是，荀子对十二子的非议或批判，不仅表现了荀子的思想立场，也为后世了解六家十二子提供了重要史料。事实上，荀子的批判是否合理或正确并不重要，重要的是任何思想的进步必须以对其他思想的了解和掌握为基础。

批判子思孟子

第六家也是有争议的一家，即以孟子和子思为代表的战国中前期儒家思想。子思是孔子的孙子孔伋，应该与孔子晚年收授的弟子同龄，但令人奇怪的是，在《论语》中并没有子思的踪迹，而在战国前期以来的许多典籍中，特别是在《孟子》中，子思却是重要人物，并且被孟子崇敬为师，尽管二人因

子思画像

为时代相隔的关系未能谋面。传统儒家认为，就个人比较全面地传承孔子学说而言，子思是第一人，孟子则是通过子思而发展了早期儒家思想。孟子本人也是如此认为的，所以，荀子或荀子后人在此把子思和孟子放在一起进行批判，也是基本符合事实的。

荀子对子思和孟子的批判，明显在内容上多于对其他十子的批判，在分量上也更重一些。子思和孟子虽然是公认的儒家人物，但荀子对他们的思想表现很不满意。在荀子看来，他们的思想尽管也是效法先王，但却简略而不得要领，原因就在于他们虽然志向远大，却是思想庞杂，没有中心。为了克服这个毛病，他们以"仁义礼智信"等五种行为概括孔子思想，但这是明显的以偏概全，既不能说服别人，也不能自圆其说。面对别人的批评，他们也只能强词夺理地说：这才是先辈君子的思想。

荀子对子思和孟子思想的批评是相当严苛的，丝毫不留情面的。其实，这与其说是荀子对子思和孟子思想的批判，不如说是荀子思想与此二子思想的不同。荀子的儒家思想非常强调与社会现实相结合的实用的形而下的一面，此二子的思想更偏重于理论的形而上的一面。这本没有高低对错之分，只是各位思想家面对的时势及对时势的不同认识而导致的思想重点的不同。但是，由于荀子面对的政治形势更为急迫，所以，他对此二子的批评不得不表现出少有的疾风暴雨式的猛烈。

在严厉指出子思和孟子思想的错误之后，荀子还痛斥了他们造成的现实

危害。荀子不无忧虑和愤慨地指出，他们的错误思想，子思首倡，孟子发扬光大，此后的儒生目光短浅，只知道埋头追随，以为孔子和子弓所倡导的儒家思想就是这些内容，对此，荀子直斥为"是则子思、孟轲之罪也"，以"罪"来给子思和孟子的思想定了性。

孟子和荀子都是儒学史上的大师级思想家，在先秦儒学发展进程中，孔子、孟子和荀子，其重要性和思想贡献是不言而喻的。孟子生活在战国中期，荀子生活在战国晚期，面对不同时势，自然有不同的现实感受和思想选择。在后世，孟子思想更多的是影响知识分子的世界观和人生观，而荀子思想则更多地影响了政治和社会现实。从思想史角度来看，确实难以对他们二人思想做出高低之分。

《荀子》一书表现了醇厚的儒学思想，其文字明白畅达如《孟子》，而其内容之丰富则令人流连忘返。可是，为什么韩愈认为荀子思想是"大醇小疵"，大的方面没有问题、小毛病不少呢？可能有两个原因。一是孟子主张性善，荀子认为性恶；二是孟子尊崇王道，看不起霸道，而荀子则力图在王道和霸道之间寻找一个可以接受的平衡之点，换句话说，对霸道有一定程度的肯定。很显然，因为与孟学的上述不同而批评或贬低荀学，是对荀子思想的肤浅理解。孟子遵循孔子教诲，不称道齐桓公和晋文公式的霸业，而在荀子看来，孟子的主张未免不切实际，因为在荀子时代，霸主之业正是当时所缺乏的有效的救世之道。荀子的王霸思想非常切合实际，如果山东六国能够遵从其言，完全可以避免覆灭于秦国的结局。总的来说，在孟子、荀子的时代都不可能出现儒家所定义的王者，这时候，退而求得霸主，应该是他们的共同意愿。只是由于时势不同，二人采取了不同的实现途径，但"救弊扶衰"的总目标还是一致的。

从思想史角度来看，荀子思想的根本精神还是儒家的，与孟子的思想分歧，也不足以把他们以儒或非儒作区分。只是站在荀子立场上，孟子思想未免不切实际、空洞无物，这才让他发出了猛烈的批判之声。

那么，在名声大噪的十二子遭到严厉批判之后，有谁能够挑起思想界的大旗，并在那个纷乱的时代给人们指出正确的思想方向呢？荀子既然敢于批判，也敢于肯定和遵从。

到了荀子时代，结束社会混乱、天下政治一统，已经摆上各国政治日程，也为有远见的知识分子所肯定。荀子心目中的圣人，即能够为天下人指明政治方向的人，首先要能够让天下言行一致、上下一致，这才是"至顺"之道。这样的圣人，引领时代潮流，不仅能使上述六家思想退出历史舞台，他们自己也会成为各国诸侯择贤任能的不二之选。

可惜的是，仅仅是有思想的圣人，极有可能是在野人士，因为思想与现实总是有矛盾的。荀子得出这样的结论，固然有历史事实依据，但很大程度上也与荀子的个人经历有关。仕途上的荀子最高做到楚国兰陵令，虽然达到了"盛名皇乎诸侯"，但却远未达到让诸侯"莫不愿以为臣"的高度。好在荀子并没有因此而沮丧，而是积极地肯定像大舜、大禹之类的古代明君才是"圣人之得势者"。当今时代的志士仁人，得势之时就应该效法大禹、大舜，不得势的时候则效法孔子、子弓（即子夏），首要任务是消除各种有害思想的影响，这是仁人的根本任务。身为那个时代负有使命感的知识分子，端正一个时代的思想是最根本的治国之道。荀子考察过当时所有诸侯国，并与多数诸侯国的当政者甚至君主都有过面对面交流。通过这样的考察和交流，他深刻认识到，不管是弱国强国，都在治国之道上有问题，所以他才说，只有完成了端正治国之道的仁人之事，才能充分显示出圣人治天下的事实。

抨击墨法黄老

除了在《非十二子》中的集中批判之外，在《荀子》其他篇章中也有对当时学术流派进行的其他视角的批判。比如说，对于墨子的墨学思想，对于老子的道家思想、慎到的法家思想、宋钘的黄老思想，荀子也从这些哲学思想不利于治世的角度加以批判，其中的老子思想，并不见于《非十二子》。由此可见，所谓《非十二子》并不一定是一篇独立的文章，而只是刘向在编辑《荀子》时的个人主张。总之，荀子批判天下学术的议论和观点，有可能是集中撰写所成，也有可能是在论及不同的主题时散见于各处的。

荀子认为，与大道相比，万物的存在原理只是其一部分；与万物的存在之理相比，具体事物、具体问题的道理也只是一部分；与某个具体问题的道理相比，愚昧之人的观点也只能算是一部分。这是荀子整体的哲学观念，是对于物之理，或者是说对于大道的整体看法。荀子哲学要表达的是，以人的智力和认识能力而言，要想认识和把握大道，简直就是无穷远的距离，基本无法实现。人要越过对一物的认识，然后达到对万物的认识，最后才能达到对大道的认识。很显然，这是人的智力不可能实现的事情。荀子不无讽刺地指出，那些自以为"知道"的人，自以为了解和把握了大道的人，其实都是些"无智"之人，没有头脑，缺乏常识。

荀子的这些观点，主要是针对当时一些哲学家或思想家的。他们声称掌握了大道，然后以他们事实上的"一偏"之见去说服当政者，愚弄普通知识分子，甚至欺哄民众。这都是不可取的，是危险的。

荀子批判说，慎到的思想只看到了谦退于后的长处，没有认识到占先的长处。作为统治者，如果只是谦退，不思进取，被统治者就不知道往哪里去，国家也会失去发展方向。老子的思想只是强调委屈而得全的好处，不去肯定伸展进取的好处。一味地谦退，社会各阶层就会没有贵贱区分，人们也会失去进取的动力。墨子则是只认为取齐趋同有益处，不认为存在差别也有益处。过度强调同一，政令就无法施行，奖赏和惩罚就无法分开，无法发挥作用。至于宋钘，只认识到人们欲望少的一面，没有认识到人们欲望多的时候，这样一来，就不能以足够的物质利益吸引普通人从善建功。

很显然，荀子评价哲学的标准，并不是这些哲学思想在学理上如何正确，而是它们是不是与社会现实相协调，直至相违背、相冲突。乍听之下，荀子的这种观点明显带有苛求的性质。哲学就是哲学，为什么一定要与现实挂上钩呢？荀子这样做岂不是多事？但事实上，这些哲学家并不是现代意义上做学问的哲学家，而是在那个时代有着现实政治追求的哲学家。上列四位哲学家，慎到、老子、墨子、宋钘，都有从政追求，甚至有过从政经历，这样说来，荀子批判他们的思想缺乏现实性，就是非常中肯的了。

就算观照现实是多余的，那么，从纯学术的角度来看，荀子以"蔽于一隅"为出发点，对墨子、宋钘、慎到、申不害和庄子的思想又进行了批判。

墨学追求极端的功用或实用，完全以追逐实际利益为目的，反对一切与生产生活没有直接关系的文化精神性活动。荀子断言，墨学就是被粗浅的实用所遮蔽，而不了解礼仪之文的作用。

宋钘认为人并没有多少欲望，从而并不主张用适当的欲望调动人们的积极性。荀子认为这是宋子被他本人欲望较少的事实所遮蔽，以一人之见代替所有人的愿望，从而低估了实际的物质所得对人们的激励作用。

慎到信奉法治的作用，反对任用贤人，甚至认为大臣根据其德行而施政是对法治的损害。荀子认为这是只看到了法治的确定性，从而鼓励人们只要想办法敷衍法律即可，从而忽视了贤德的全面性和道德修养的深沉作用。

申不害是战国前期在韩国做过相国的法家人物，推崇君主统治术的作用和效率，而荀子则批判其忽视了普通人的智慧和灵活性。

惠施是战国中期有名的名家人物，善于论辩，荀子批判他的思想过度注重逻辑推论，而不太顾及实际事物的复杂性。

最后是著名的后期道家人物庄子，崇尚自然之理，主张因凭自然之理就是王道，反对人为的改造，所以荀子批判其不注重活生生的人生现实。

什么情形才是未被极端或片面思想所遮蔽的呢？在荀子看来，那就是孔子的思想境界了。孔子既有仁者的道德高度，也具有智者的思想灵活性，他的治国之术足以与先王之道相提并论。孔子以一家之言而实现了周详大道，一旦能够有机会指导社会实际，肯定不会受制于某一方面的不足。孔子的修养可以与周公等量齐观，其名声可以与尧、舜、禹等三王并列。孔子所有的这些成就，都是因为他的思想和为人有"不蔽"的优长之处。所谓"不蔽"就是不因为重视某一方面而忽视了相反的另一方面，不会因为一时之用而忽视了长久之用，如此等等。很显然，这样的评价是相当崇高的。

对于孔子以来所谓百家思潮流行的实际，荀子进行了全面梳理，在肯定各家学术之长的同时，重点批判了他们的学术之短。从上文叙述来看，这些学术流派的代表人物是：它嚣、魏牟、陈仲子、史䲡、墨翟、宋钘、慎到、田骈、邓析、惠施、孟子、子思、老子、申不害、庄子等人，至少有十五位之多，并且代表了百家争鸣中几乎所有的重要思想派别。后世很多学者都曾批判荀子缺乏气度，即对于孔子和子夏之外的所有思想学派都提出了尖锐批评，但却没有注意到，荀子能够如此去做，其前提是对于这些思想学派的重视与学习研究，甚至其中有些学派的思想观点，正是有赖于荀子的批判才得以更多地被保存下来。从这个角度来看，能够研究他人的思想并提出明确的批判意见，才可以说是对于他人的尊重，而荀子的这种精神，在同时代的其他思想家那里是不多见的。

事实上，在思想家灿若群星的先秦时代，像荀子这样能够对百家思想都有深入研究和批判的思想家并没有第二位。对此，有人以为这就是《史记》所构想的荀子在齐国稷下"三为祭酒"的结果。但是，上述荀子批判的十五位思想家之中，真正属于司马迁认定的所谓"稷下学者"只有宋钘和田骈二位，其他思想家，从春秋中期的邓析、墨子和老子，到战国后期的惠施和庄子，都不在所谓"稷下学宫"之中。这其中，最受荀子重视的，更不是他有可能在齐国面对面的人物，而是稍晚于孔子的墨子及其思想。

论析儒墨之争

在先秦百家争鸣的时代，儒、墨之争，即儒家和墨家在思想领域的争鸣，是思想和社会领域的一件大事。这既是百家争鸣的重要内容，也有力促进了全社会的思想发展和进步，并对中华文明的进程产生了积极的推动作用。

这场有着深刻内涵的思想之争出现在战国前期，兴盛于战国中期，在战国末期的荀子时代，依然有墨家思想的影响，所以荀子才会不遗余力地对墨家思想进行批判。

墨家出自儒家，但其具体出处和过程却不甚为后人所知。从墨家创始人墨子（翟）

墨子画像

开始，就对儒家进行了明确的思想攻击，包括对孔子本人的批评和诋毁。更重要的是，墨家思想只针对儒家思想进行批判，并没有提及儒家之外的其他思想派别。因为墨家出自儒家，他们对儒家的批判不仅全面而犀利，而且影响巨大。这样一来，儒家主要人物，特别是孟子和荀子，不得不把对墨家思想的批判和反击作为一项重要任务来做。孟子和荀子之间虽有思想上的差异，但他们有一个共同之点，就是在对天下各家思想都予以批判的同时，以专门的力量，包括在他们的书中有专门章节，对墨家思想进行了严厉的全方位抨击。

在荀子看来，墨子之学是天下"公患"，即认为全天下普遍性的思想混乱有墨学的责任。全社会普遍存在的思想方面的问题，是各种思想混乱表达的结果。造成这种思想混乱的因素中，墨子思想是一个重要方面。在荀子的言语中，似乎墨学是唯一因素，但综观《荀子》全书，荀子其实是认为，造成这种思想混乱的思想派别是很多的，比如他所批判的"十二子"。在某些场合，只是叙述上的方便，荀子才将墨学说成罪魁祸首。

墨子主张"非乐"，禁止一切与物质生产无关的娱乐或享受，认为此类活动是天下思想混乱的原因。墨子主张的"节用"，去除一切与物质生产直接无关的费用，认为没有实用价值的支出是天下陷于物质匮乏的原因。荀子解释说，这样评说墨子之学，并不是有意诋毁，而是事实如此。为此，荀子不得不进行一番详细解说。

荀子对墨学的具体批判，首先从经济方面入手。

墨子代表以小手工业者为主体的社会下层劳动者的利益。在墨子看来，社会下层的贫困生活是由社会物质总量的不足和社会上层的穷奢极欲造成的。他们一方面以"非乐"的主张反对社会上层的奢侈生活，另一方面以"节用"的想法试图相对增加社会物质财富。对此，荀子提出了明确的反对意见。荀子认为，天下有足够的土地，能够生产出足够的五谷、水果、蔬菜和飞禽走兽，这其中只需要人们"善治之"，遵循这些物产的生长规律、付出必需的辛劳，就能得到足够收获。换句话说，只要认真组织生产，生产者足够勤劳，天下物质财富不足的状况就不会出现，墨子担心的财富总量不足的

襄汾县征集战国时期之采桑人物圆壶及细部

问题是过度忧虑。

人类发展史已经证明，除了某些不可抗拒的严重自然灾害的偶尔来临，在正常情况下，所有的物质匮乏都产生于人祸，而不是天灾。特别是那种较长时期的物质短缺，更是人为的结果。荀子提出了一个朴素的公理，即天地既然创生万物，就会有足够的衣食让他们生存下去。这样的公理虽然难以在学理上加以证明，但却表达出一种积极的生命观和生活态度。荀子首先从经济上证明墨子思想的偏颇，最后落脚在揭示墨子在思想观念方面的偏执和固陋上。

物质生产和分配是社会生活的基础，生产的多寡和分配的合理与否，不仅会影响人们的生活质量，还会影响人们的思想观念，进而影响社会的思想走向。荀子在批判了墨子的保守和偏狭的经济观念之后，进而批判了墨子的经济观对治国之道的消极影响。

根据墨子诸如"非乐"和"节用"的主张去治理天下也好，治理一国也罢，首先会出现社会物质供给不足的问题，使人们的正常物质欲求得不到应有满足。在这种情况下，统治者或社会管理者将不能提供足够的物质手段对人们的劳动或功绩进行奖赏，这样的社会必会缺乏活力，陷入死水一潭的境地，完全谈不上发展和进步。进而言之，根据墨子的同样主张，如果以创造尽量多的社会财富的名义要求社会的管理阶层与普通劳动者一样地去从事生产活动，那么，社会管理者的职能和职责将无法贯彻和实施，这样的社会将陷于无政府状态，最终会彻底破坏社会生产活动，这显然与墨学最终的设想背道而驰。

当然，荀子反对墨子式的禁欲主义和苦行精神，并不是主张无限扩展人们的不合理欲望，更不是助长社会上层的穷奢极欲。从荀子的理性精神出发，不过是对于社会财富的存在和生产持有一种基于理性主义的乐观精神。人们只要合理组织、有序生产、勤勉劳作，一定会生产出足够多的财富；只要以王道主导社会发展方向，以必要的法制约束社会成员的行为，以合理的方式分配社会财富，完全没有必要走上墨子式的"非乐""节用"之途。

在荀子看来，推行儒术，以儒家思想治理社会和国家，将会出现物质财富和精神财富双丰收的局面。人们既有物质生活保障，也会有与之相称的精神生活享受，这是一个和谐有序、可持续发展的社会。而推行墨家主张的结局会是，天下人越是追求节俭，越是缺乏财富，相互争斗也会愈演愈烈，既不能保证必要的物质生活，更不能得到高尚的精神生活。儒家是物质和精神两得，墨家是两亡。

这就是说，长期来看，保证了必要的物质生活，才会得到适宜的精神生活。如果片面节制物质生活，不仅物质生活得不到保障，精神追求也无望实现。其实，儒家在保证人们物质生活的过程中，是有精神追求在其中的，这就是儒家的礼。儒家之礼既保证人们物质生产过程，也保证人们的精神享受过程。相反，墨家反对一切精神生活享受，以一味追求满足人们的物质生活为动机，到头来却是"两丧"，两方面都无法成功实现。为了物质而物质，不管是节俭的，还是奢华的，都是无法实现的。

儒家非常重视对墨家的批判，甚至孟子和荀子这样的大儒都以专门的思虑应对墨学的影响力，确实值得深入思考其缘由。这其中，最重要的原因莫过于墨家虽然主张入世，但却代表社会下层或至多是中下层的物质利益，容易站在当权者的对立面。代表普通劳动者的物质利益，最能打动和号召数量庞大的中下层社会成员，形成广泛影响力。墨者也寻求入仕做官，但作为社会中下层，做官的机会极其有限。而一旦入仕不成，墨家就容易站在当政者的对立面，成为社会批判者。墨家这种政治品质，本质上与儒家不同，甚至完全对立，这样一来，儒家不遗余力地批判墨家就是自然而然的事情了。

进而言之，儒家思想与墨学之外其他各家各派的分歧，只是对于同一问题的不同看法，而在维护现存秩序，进而成为当政者一员的问题上，却都是相同的。墨家则不然。墨家虽然不主张武装夺权，但对于现实的政治秩序，虽然不能说全盘否定，也至少是批评多于赞扬、否定重于肯定。可以说，在墨家的天下里，不会有儒家的地位，反之亦然。这样一来，儒家视墨家如洪水猛兽，也就可以理解了。

第三节　天人有分，畅叙人群

中国古代所谓天人关系，荀子称之为"天人之分"，并不等同于现代所谓人与自然的关系。就天人关系而言，古人心目中的"天"，既包括大自然，也包括人之外的万事万物，以及人们所能感受到的外界的一切力量，特别是在古人眼中相对神秘的某些力量。古人心目中的"人"，既指人的身体或肉体，也指人的思想，特别是人的主观意愿和近似直觉的感受。确切地讲，天人关系中的天与人，既包含物，也包含理。天与人的关系，既是外物与人的物理关系，也是天之理与人之道的关系。

古代中国天人关系的基础，是人的生存状况与大自然的关系，这是人类在每一时刻、每一时代、每一地域、每一场合都会遇到的问题。只是由于越往古代、越往上古，人类越是容易强烈地感受到自然环境和外在事物对人的影响。

中国古代哲人很早就开始思考"天人之分"。不同的哲人，思考的程度不同、角度不同，结论也有所不同。到了荀子时代，由于现实的政治和社会因素对人的影响越来越深入，人们对天人关系的思考就变得越来越理性了。在荀子思想中，这样的思考达到了一种前所未有的成熟性和系统性，因而具有划时代意义。

对于人类来讲，需要面对的无非就是外界与自身两大部分。在荀子时代，人们已经认识到，外界的一切自有其规律，人类无力改变、无法左右，也就没有必要去过多探究，更没有必要去干预，那么，人类生活的重点应该是自身的存在与发展。对于人自身发展的思考和探究，也是荀子天人观的主要组成部分，当然更是荀子思想体系的有机组成部分。

明于"天人之分"

根据亲身经历、亲眼观察，加上哲学思考，荀子清醒地认识到，所谓天理或天道并不直接与人们的生存和发展状况相关联，大自然有其清晰的与人事活动无关的规律或轨迹。同样的，无论人们的日常生活，还是国家和社会的进退存亡，也都有其规律，长远来看也不与自然规律相衔接。至少在荀子时代，人事活动并不能够影响自然现象。那些不检讨自身，一味地把不幸遭遇归咎于上天的人们，就成为荀子批判的对象。

人类对外在世界的敬畏由来已久，这种敬畏，并不会因为人类生产能力的不断增加和经济社会活动的不断加强而有所减弱。相反，人类在自身生存能力加大的同时，更感受到了外在世界无比强大，也更加深刻地认识到了遵循自然规律的重要性。

上天的运行有其规律，这些

尧帝画像

规律不会因为唐尧的英明而存在，也不会因为夏桀的暴虐而不存在。有人认为，人的吉凶祸福都是天定的，人力无能为力，荀子对此并不赞成。他认为，人们如果付出足够的正确努力，就能得到吉福；如果胡作非为，就会遭遇凶祸。确定吉凶祸福的既不是自然的力量，也不是人的愿望，而是人能否顺应天道，也就是能否遵循自然规律。荀子的这些认识，是他理性主义思想的光辉展现。

一个国家，如果不断加强农业这个根本，并且节俭日用，大自然就不会吝啬，就不会让人们陷于贫困；有了必要的物资储备，在适当的时节举行各种社会活动，上天就不会让人们遇到麻烦；遵循大自然的规律，不胡作非为，人们就不会遭遇祸患。从长远来看，水旱之灾并不能使人陷于饥饿，天气冷热并不能让人患染疾病，那些千奇百怪的事情也不能让人遭遇凶险。外在规律只是人事成败的一个方面，它既不会主动地，也不会单独地对人事产生作用。人事与自然规则能否协调，才是成败荣辱的最终决定因素。

与此相反，如果荒废农业、日用奢侈，上天也无法让人富有；不做储备、行动不合理，上天也无法保全任何人；背离自然规律、妄乱行事，上天就不能让人们获得吉祥。这样一来，甚至在没有水旱之灾的正常年份人们也会遭遇饥饿，天气没有冷暖变化人们也会染病，没有奇怪的突发事情人们也会面临凶险。

这充分说明，人们如果能够遵循规律、勤勉做事，就会一切顺利，否则就会遭遇祸殃。长远来看，人的一切遭遇都是人的主动性和客观规律同时在起作用，人们完全没有理由埋怨上天。

战国后期哲学家庄子认为，明白上天与人类的区分，就可以说是"至人"了。"至人"是庄子哲学的重要概念，讲的是修养道家思想所能达到的人生最高境界，其核心内容是要求人们完全顺从自然规律，反对任何形式的人为。甚至在社会生活领域，庄子也强调崇尚自然之理，主张因凭自然之理就是王道。对此，荀子并不赞成。荀子批判庄子不注重鲜活的社会现实，不去努力利用自然规律为人的生活服务。

天有天的运行方式，人有人的生存方式。即使天道会影响到人道，那也不是天道有意作为，更不是上天的刻意安排。在这样的前提之下，人只要认识天道，并遵循天道行事，就会获得理想的正常生活。所谓"至人"，字面意思就是思想认识达到顶点的人。荀子的看法是，真正达到顶点的思想认识是明白"天人之分"，而不是像庄子思想那样，让人道完全顺从天道。

荀子主张的"天人之分"，指的是天有天的规律，自然界有自然界的运行规则，而人有人的生活方式。人固然要遵循天道，但天道的背后并没有任何力量，天道也没有主观意愿，更不会为了方便人或克制人而存在。人世间政治上的得与失、社会的治与乱，与大天、四季、土地这些人之外的事物有关系

禹帝画像

吗？显然没有。荀子的根据是，日月星辰的运行，庄稼在四季的生长和收获，人们与土地的关系，在大禹时代和夏桀时代完全一样，一样地表现和发生作用，但人世间在大禹时代是大治之世，在夏桀时代是大乱之世。这就说明，上天和天道并不能决定人世的治与乱，人世的治与乱就在于人本身、社会本身。

荀子举例说，流星坠落、树木作响，人们看到、听到之后会感到害怕，实际上这并没有什么，这些都是自然现象，只是人们不常见到而已。限于当时的知识进步和科技发展程度，荀子对于此类反常现象虽然不能给出具体的正面解释，但他从天道的角度加以理解，认为对于此类事情感到奇怪是正常的，感到害怕就不对了。

从常理来看，日食月食、风雨不调、怪星偶现，这是什么时代都曾有、都会有的事情，但是，在君主英明、政治平和的时代，这些事情再多，也不会影响社会的运作和人们的生活。可是，在君主昏暗、政治险恶的时代，即使这样的事情无一出现，也无助于改变人们的困苦处境。对于自然怪象和社

会治乱的关系，荀子提不出所谓科学解释，但他依据历史经验而提出的这种推理方式也是很有说服力的。即使是在科技发达的现代社会，还是有许多人们无法解释的自然现象，对此，根据常理就可以推断，根据常识就能够理解，完全没有必要做出片面的神秘解释。

根据荀子的观点，在人们能够看到的事物中，来自大自然之中的怪事怪物并不可怕，而最可怕的是"人妖"，即由人造作而生的妖孽之事。

第一类是经济方面的，如不重视农业生产，粮价飞涨，百姓饿死于路旁。

第二类是政治方面的，如法令不明确，政策不合时宜，官员失职渎职。

第三类是社会方面的，如社会不崇尚礼义，家内家外没有区别，男女淫乱无度，父子之间缺乏信任，上级与下级相互乖离，致使外寇入侵等灾祸一并来到。

荀子主张，因为人力达不到，致使发生像牛马相生、六畜作妖之类的不常见之事，这确实让人感觉奇怪，但并不值得害怕。万事万物之中发生的怪事、出现的怪现象，传统的经书根本不去提及。那是因为，没有实际用途的辩论，不影响人们正常生活的所谓明察，在正常情况下确实没有必要去理会。但是，着眼于现实，作为理性主义大师的荀子，对于那些无法解释的自然现象，在指出其整体上与人间事物没有直接关联的同时，也承认它们会对人们的思想形成一定程度的冲击。对于这种思想冲击，不能简单地加以否定，更不能完全禁止，而是要加以引导，并尽可能地发挥它们的积极作用。

比如说，雩祭之礼有着悠久历史，是有名的祈雨仪式。有人问荀子：雩祭之后就下了雨，这是为什么？荀子不乏机智地回答：不举行雩祭也会下雨的。事实上，并不是每次雩祭都能祈来雨，并不是每次下雨都是雩祭祈来的，雩祭与下不下雨并没有必然联系。就如同发生了日食和月食之后人们总要想办法补救一样，有了大事会用卜筮做决定一样，其实人们并不是认为从中能得到什么，而只是一种文饰手段。文饰什么呢？日月食之后的补救措施，是想让人们从惊恐中尽快恢复过来，不是想证明日月食真的能够影响到具体事情；用卜筮决疑，对外只是想动员人们赞成此事，对内是想获得心理安慰，其实，应该如何做事，人们心里是有数的。

荀子一针见血地指出，对于这类做法，君子明白那只是起到文饰作用，老百姓则会认为是神灵在起作用。真正的吉凶并不在于神灵如何发挥作用，而是如何对待神灵。君子明理，知道所谓神灵只是神道设教，国家举行祭祀活动，目的只是团结民众、鼓舞士气、引导教化，一句话，那是一种宣传和教育手段，并不是认为真的有神灵在事物背后发挥作用。在远古时代，统治者或许故意不让民众知道实情，但随着社会的文明和进步，应该让越来越多的人明白这个"文饰"的本质。作为思想家，荀子认为他就有这样的责任。

长于"知天而用"

天的运行既然有其常规，并且与人和人事有职分之别，那么，人类要想在天底下生存和发展，就需要"知天"，了解天到底是怎么回事。

斗转星移，太阳和月亮轮流出现，四季更迭，寒来暑往，风雨雷电，这些自然现象按理说都有发生的规律，只是人们对这类规律并不完全明白，而只能看到结果。对于这样的过程和结果，荀子称之为"神"，义取神秘莫测，而当时的人们常用"神"这个词来形容那种难以解释但却能够感觉和观察到的神秘而强大的力量。荀子强调，作为人类，完全接受这种现象的存在即可，没有必要去穷究原因。这种态度，与当时自然科学的发展水平有关。与其花大力气研究那些"无用"的事情，不如更多地关注人类社会的现实问题。

知天的目的在于用天，"不与天争职"的目的也是在利用天为人服务。不过，荀子所说的"知天"，与现代科学意义上的了解和利用大自然明显不同。荀子的知天，在于了解自然事物和自然现象的现状，并承认这种现状是人不可以改变的，也是没有必要改变的。荀子所谓用天，就是适应自然事物和自然现象的本来状态，相应地做出人的选择，制定人的做法，让人的做法最大可能地利用自然本有状态。从大的方面来讲，现代自然科学也应该是这样的态度，但由于技术进步，现代科学可以在更深的层次上、在更高的高度上了解自然，在更高的水平上顺应自然。当然，现代自然科学发展所造成的对大自然的破坏，当是另一个问题。相对而言，荀子的态度更为理性一些。这主要与他那个时代对自然的认知水平和理解水平有关，甚至可以说荀子的这一态度是由农耕社会的根本性质决定的。在以农耕经济为主的社会条件下，对大自然的深入了解和过度开发是没有必要的。

总之，着眼于现实，对于那些人事所不能左右的事物，头脑清醒的人是不会去思考它们是为什么，更不去思考如何去改变它们，而只想着如何顺应和利用而已。对于天象，只要做到能够预见就可以了；对于地物，能够知道适宜于栽种什么就可以了；对于四季，遵循它们的规则就可以了；对于阴阳，跟上它们的节奏就可以了。当政者委派专人观察自然现象，而自己守护好人道就可以了。荀子的这些看法，基本倾向是所谓经验主义式的。如上所言，在荀子所处农耕时代，对于自然现象和事物，最有效的办法是经验主义式的观察和应对，而企图弄明白经验事物和事实背后的原因，既没有可能，又没有必要。荀子以理性主义对待这些情形，可以说是对当时流行的一些神秘主义思想和愚昧迷信做法的反对。

与其成天思索着如何崇拜上天，不如积蓄万物，加以裁制和利用；与其赞颂上天，不如去想着如何利用自然规律；与其等待季节的到来，不如提前做好准备；与其一味积累物资，不如利用自然的功能制造更多东西；与其思考如何得到东西，不如管理好已有的东西不要失去；与其希望大自然生成某些东西，还不如认真对待已经生成的东西。如果撇开人的能力和努力，却去思考上天如何如何，就等于是抛弃了万物的本有情状。换句话说，人只要动员自己的力量，去充分利用上天已经生成的东西，利用人们已经掌握的规律，并去尽力做事，就已经足够了。那种等待上天赐予一切，或者强求上天迎合人的愿望，都是不切实际的空想，注定一无所获。

荀子所谓"用天"，就是主张充分利用自然规律，充分利用大自然和外界已有的一切，既不必探究那么多为什么，更不要寻求改变自然之事。这在当时的农耕文明社会中是一种非常切合实际的主张，并且也主导了此后两千年中国农业文明的自然观念和社会观念。

孔子说:"天何言哉?四时行焉,百物生焉。"(《论语·阳货十七》)人无法干预自然及其规律,最好是努力做好自己的事情。荀子在孔子思想的基础上提出"知天"和"用天"的思想,在当时社会条件下更为合理,更为实用。

人以群分,组成社会

人类是群体生物,是生活在由个体组成的社会中的特殊生物。在当今时代,人类个体生活在社会中,似乎是自然而然的事情。但是,在人类之初,社会如何产生,维系社会的规则如何出现,在人类社会形成过程中发生的一切,对于生活在后来社会中的人还有什么影响,这些都是千百年来人们从未间断过思考的问题。特别是对于思想家来说,这更是一些重大问题。对于这些问题不能提供明确答案,通常来讲,他们的思想就是没有基础的、无法立足的。

荀子的思想也不例外。

通常认为儒家思想是最入世的,最关注现实社会的。确实,在先秦儒家思想发展进程中,孔子、孟子和荀子既是哲学家,也是中国历史上最早的社会学家。他们身处华夏文明的成长和定型时期,能够自觉地从社会的角度观察人类生存状况,并提出了相关思想,是中华民族走向文化自觉的关键一步。他们最早认识到,人类的生存有赖于组成社会,人类社会的发展和进步有赖于自觉的社会分工。如果说人类组成群体或社会多多少少还有一些自然选择的话,并且史料的记载在这方面也比较稀少,那么,社会分工的出现,就完全是人类的自觉选择了。

荀子认为,人类以群居的方式生存,进而组成社会,是符合人的本性的。万物存在于同一个空间,只是每个事物的外在形态有所不同。人也是如此,内在性质相同,外在形态有异。尽管人与人之间有区别,但从根本上讲并不相互排斥,而是需要共同相处,结合成群体或社会而生存。由此看来,人类为了生存,先天地、本能地群居而处。人类的群居生活,是人生来具有的特性,不是后天形成的。

缘之于先天原因，人们不论是智者，还是愚者，在追求欲望方面是相同的，不同的是追求什么样的欲望。假如在相同情势下，即使智力不同的各种人，追逐私利也不会惹祸，放纵欲望也不会有尽头，那么，人心就会奋争不已，最终是所有人的欲求都得不到满足。在这种情况下，智者就不能发挥其才能，也不能建立功业，不能把自己与普通人区别开来。如果智者不能跟普通人相区别，社会就无法形成等级，那么，君臣之道就无从谈起。

君臣之道是一种特殊的等级关系，其核心是管制。君主不能管制臣下，上级不能管制下级，社会之中就没有了规矩和规则，各种弊害就会随之出现，各种人等也会纵欲无度。如果资源无限，能够满足人们所有欲望，也就不会有冲突、争斗和弊害，但事实上却是，人们的欲望基本相同，并且主要集中在有限的若干方面，而现实中的资源和利益根本无法满足所有人的要求，形成欲望不断增多、利益不断减少的局面，到了这个时候，为了满足欲望，人与人之间的争抢、争斗就势所难免了。有了冲突甚至争斗之时，还没有规则，没有君臣之道，人类就不会踏上文明之途。

在荀子的社会思想中，"分"和"群"是两个关键概念。任何一个人类个体离开群体是无法生存的，既然个体无法单独存活，就得群居而生。不过，群居并非自然杂凑，而是要讲究"分"。这个"分"字的本义并不复杂，就是分别、分开义。但是，在荀子的使用中，这个概念比较复杂。"分"与"份"可以通用。从群体来看，"分"是群体的规则和分层；从个体来看，"分"则是个人的地位和责任。所以荀子才说，在群体之中，"无分则争"。群体没有规则，个人不明身份，就会产生无穷无尽的矛盾，发生争斗在所难免。人们不能不群居，但群居又会产生争斗，这是人类面临的两大难题。要解决这两个难题，荀子提出"明分使群"，首先组成群体，然后在群体中辨明个人的身份和地位，确定个人义务和责任。

比如说，国家应该制定法律，禁止人们"拾遗"，即把捡到的无主之物归为己有。制定如此法律的目的，是不让人们习惯于获得不应该得到的东西。所谓"无分"，就是不应当；"无分得"就是不当所得。在荀子看来，作如此的禁止，并不是全在于"拾遗"之物本身，而是关乎天下之治。坚持有

"分义"，全天下也能治理好；抛弃"分义"，即使是家庭中只有一妻一妾，也会混乱不堪。所谓人有其分的思想并不是无目的地限制人们做什么，而是要求人们应该去做什么，所以，荀子才在"分"字之后再加上"义"字，强调人有其分是大义的要求。

为了强调人类组成社会的重要性和必要性，荀子从不同的角度，用不同的方法，多层次地加以论述。

在群体中，如果强者胁迫弱者，智者威吓愚者，在下的民众违背在上者的命令，年轻人欺凌老者，老者和弱者就会有丧失生活资养的忧虑，壮年之人则会挑起纷争之祸。在这种情况下，人们都会厌恶和远离吃苦劳累的事情，喜欢追逐功利，最终会使所有人失去适当的社会地位。换句话说，就是人人都把做事视为祸患，都去争功夺利，就会造成社会混乱。这就好比是，男女要想实现和合之好，形成正当的夫妻关系，就要依据嫁娶之礼进行。如果不依照礼仪，男女之合就会出现问题。或者说，视礼法为无物，只想争得自己喜欢的美色，相关祸患就会出现了。

在孔子和孟子那里，只是强调了社会分工的必要性，并没有探究其来源。荀子则指出，在世间万千事物中，水和火之类的事物能活动、有气息，但没有生命；草木有生命，但没有知觉和意识；禽兽有知觉和意识，但没有理性，不能分辨是非对错。与所有这些事物不同，人既有气息，也有生命和知觉，还有理性，所以是天下最可宝贵的。

人的最可宝贵之处，是他的理性判断能力。那么，这种人所特有的理性判断能力宝贵在什么地方呢？即荀子所说的"义"的价值是什么呢？

荀子继续举例说，同样的是生物，论力气，人不如牛，论奔跑，人不如马。可是，牛和马却被人所驱使，这又是为什么呢？在荀子看来，就是人能够自觉地组成群体，牛马却做不到这一点，其他不及牛马的事物，如上述草木水火就更不用说。在这里，荀子所说的"群"，大致相当于现在所说的社会，人类社会。也就是说，人的理性能够使人认识到集体的力量、社会的力量。

为什么只有人才能组成社会，荀子认为，这是因为人能够为自己定位，即"分"。如前所言,"分"与"份"有相通的意义,在荀子政治思想中,专指人的社会地位,以及与社会地位相关的职责、职分。那么,人类又是怎么想起为每个阶层、每个个体确定其社会地位呢?荀子认为是人能"义"。义者,宜也,即每一个处在特定地位的人知道应该做什么、不应该做什么。

总之,人之所以能够组成社会,并高贵于其他万事万物,可以从正反两个方面加以理解。

从正面来看,根据理性而区分合适的社会地位,人类社会就能和睦,和睦就能团结如一,团结如一则会产生源源不断的力量,最终使社会的合力增强,能够胜过其他事物,只有这样,人类社会才能得以生存和发展。而生存和发展的具体表现,就是生产生活合于四季等自然规律,万物都能够恰当地为人所用,天下之人都能够获得应当得到的利益。

从反面来看,人如果不能结合成社会,就无法生存下去;即使组成了社会,如果没有确定恰当的社会地位和社会分工,相互之间就会纷争不断。一个纷争不断的社会,必定是一个混乱的社会。社会混乱的结果,就是人们之间离心离德。一个离心离德的社会,肯定是一个赢弱的社会。一个赢弱的社会,是谈不上胜过其他事物,谈不上万物为我所用的。因此,人类社会是一刻也不能离开礼义的,也就是不能离开根据理性所制定的社会规则的。

君子有智,制定规则

事实上,由理性而产生规则,是个由抽象到具体的过程,其间是需要一个本质飞跃的。人类最初的群聚而处,与其他群居动物一样,只是为了生存,这基本上是源之于生存本能,并不需要特殊的社会原因。人类群居之初,也许像许多其他群居动物一样,会根据个体体力不同,自然形成一些规则。但是,这样的规则只能保证有限群体的存在,且因为产生于生存本能,所以,一经形成,是不可能发生改变的,更不会产生不断的改进和提高。在这种前提下,加之群居生物必然会有的纷争和混乱,就使得这样的群体难以不断壮大,遑论控制其他生物和生物群。但是,在所有动物中,独有人类超越了本能规则，以人类理性的不断完善为思想基础，以劳动技能的不断提高为经济基础，走上了一条由"义"到"分"的社会进步的大道。

根据以上分析，不依照"分"行事，各种纷争和祸患就会蜂拥而至，人们最初想依据群居而生活就会成为泡影。为解决这个关乎人类生存的最重要的难题，那些大智慧的人就挺身而出，提出了"分"的观念，并让人们依据"分"来行事。换句话说，基于理性的社会礼义规则是怎么产生的呢？在荀子看来，这个问题很简单，那就是由君子根据现实需要制定出来的。

根据荀子的观点，人类的现实需要至少有两种情形，一种是基于生物本能的需求，一种是基于人类理性的需求。生物本能的需求自然生发，不需要特别的人或人群去制作，也不会轻易发生改变；人类的理性需求不会自然生发，而是需要有人制作或制定，更需要不断改进。所以，这样的"义"是怎么产生的？就成为荀子关注的重要问题。

从哲学和逻辑上讲，用类别统摄杂乱，用整体统摄部分，这是荀子关于社会管理思想的哲学基础。反过来讲，没有部分，就不会有整体；没有各个方面最初的无限多的杂乱，也不会形成最终的分门别类。事物总要有起初和完结，但具体到社会的发展，这样的生成和完结并不是一个个简单的、个别的事件，而是一个首尾相衔的过程，既有始有终，又无始无终，荀子形象地把它称为"环"。个体有完结，由个体组成和接续的社会却不可能完结。个体经验和思想的传承，是形成社会之"环"的核心。认识到这个"环"的存在，是人类理性的显现。然而，这种理性能力，以及由此理性能力而认识到社会需要管理的过程，却并不是每个人都能拥有的。简单来说，只有君子之人才有这方面的能力，并能完成这项使命。

天地是生命的开始，礼义是治国的开始，君子则是礼义的开始。荀子在此所说的"始"，是开端、基础和根本的意思。没有礼义就不可能治理好国家和社会，这是人们的共识。但是，礼义这种客观需要是如何产生的，则容易使人们陷于争议之中。在荀子看来，君子之人就是礼义的创制者。君子通过观察、学习、思考，在有了相当的积累之后，为社会制定了礼义规则。这就相当于是"天地生君子，君子理天地"，君子来自人类社会，又反过来去治理社会，在这个意义上，君子可以与天地并立为三。在与人相关的事物中，君子就是统领。在人与人的社会关系上，君子就相当于民众的父母。

"君子"一词的本义是国君之子，最初仅指某种特殊身份的人。在上古时期，文化和礼义规则制定被社会上层垄断，相对来讲，所谓有修养的人更多地存在于社会中上层。这样一来，"君子"就逐渐兼有了政治地位和道德修养的双重含义。到了孔子时代，由于社会中上层特别是社会上层的政治地位不断变化，这些人群的道德水准不断滑坡，所以，孔子在使用"君子"一词时，有意淡化其社会地位，同时强调其道德地位，这在《论语》所载孔子言语中有着明显表征。在孟子那里，这种倾向仍在继续。荀子在此所使用的"君子"一词，同样是更注重其道德价值和社会意义。"君子"不仅早就与国君之子无缘，就是其特殊身份和社会地位，也在无形之中消失了。

君子制定的礼义是什么呢？荀子坚持儒家基本主张，认为礼义的根本是人伦之德，即君臣关系、父子关系、兄弟关系和夫妇关系。此"四伦"是人类社会得以存续的基础。确定这样的基础，既是社会存在的必然，也是社会发展的必需，所以称之为"与天地同理，与万世同久"。在"四伦"确定之后，人际关系的其他方面才能走上轨道，直到社会分工的定型化，即农、士、工、商的分层。值得注意的是，秦汉之后的中国社会以士、农、工、商的顺序描述社会阶层，荀子的表达则是"农"在"士"之前，强调农业是基础，文化建设是在经济发展的基础上形成的，这在逻辑上讲是相当合理的，说明荀子认识到了中国农业社会的本质所在。

为人类制定礼义的君子，荀子称为先王和圣王，是从历史发展的角度提出的名号。如上所言，在上古时代，特别是在文明初创之际，君子的道德修养和政治权威是合而为一的。那么，君子、圣人、圣王制定礼义的动机或原因是什么呢？在荀子看来，还是来源于现实的需要。

荀子把社会的形成和社会规则的制定归功于君子，与他把制定规则约束人性之恶的功劳归之于圣人，是出于同样的思路。这就是说，在社会发展进程中，荀子更看重个人的作用，当然是那些有特殊德性、特殊才能和特殊贡献的个人。这与荀子时代注重个人、关注个性解放的风尚相一致，也与荀子理性主义的思想品格相一致。

有分有势，贵贱有等

荀子反对后天的平均主义，主张"有分有势"，即社会阶层和社会成员之间要有合理的等差和差别。平均主义听上去很有气势，很有号召力，但在现实中是难以实现的，特别是在荀子时代，生产力不很发达，交通困难，社会公共资源相当有限，不可能平均满足全社会成员的需求，更不可能平均满足个人的所有欲望，这是"有分有势"思想的经济基础。

从哲学上讲，还有"维齐非齐"的规律，强调表面上的整齐划一并不是真正的齐整。尤其是对于一个社会来说，真正的齐整是动态平衡，只有动态平衡才能使社会产生力量、保持活力。长期来看，平均主义式的"大锅饭"不仅无法释放群体中应有的活力，反而会抑制个体的积极性和创造力。至于荀子所依据的"天地上下有差"的观念，则是一种相互作用的自然哲学或经验哲学，虽然缺乏思辨性，但在当时还是有相当强的说服力的。这是"有分有势"思想的学理基础。

一个正常的社会，既不能都由发号施令者或管理者组成，也不能都由一线劳动者组成，二者合理比例的组合，才是合理而有生机的。这是"有分有势"思想的社会基础。

根据上述分析，荀子明确提出，如果所有人地位一样、要求一样，必然会因为部分人得不到需求而产生争执。有争执就会有混乱，混乱无度则会让社会走上穷途末路。君子之人比普通人更早地、更深刻地认识到了这样的结局，并对此忧心忡忡，这才去制定礼义，根据一定的规则将社会分层，让每个人都能合理地归属于某个层级，形成有效的社会分工，达到安定社会、共同发展的目的。当然，这样的规则和划分并不是随意的，也不是随机的。

传统儒家非常崇信人群中的亲疏远近、贵贱轻重之类的等级区分，认为这是保持社会活力和社会成员上进心的必要保证。在孔子儒学之前，这样的等级已经存在，甚至可以说是自有人类社会以来就已出现，那么，儒家强调这一点又有什么特殊意义呢？意义就在于，这样的等级是先天的，还是后天的？是不可改变的，还是可以改变的？

在先秦时代，家天下的观念深入人心，前世或前辈的功业是可以为后人带来福祉的，这就是西周之前占据绝对统治地位的政治世袭制，当然还有相应的经济利益。但是，随着春秋以来经济社会的空前发展，世袭制逐渐成为社会发展的掣肘。以孔子为首的儒家集群对此最为敏感，因为世袭制对于像孔子这样的有德有才却没有直接的家族背景的人最不公平，所以他才不断寻求改变这种保守的政治制度的良方。孔子基本上提出的是折中方案，一方面承认享受前世利益的"故旧"之人的所在，当然强调这些人必须具备起码的道德修养。另一方面，孔子大声疾呼给予那些没有丝毫前世福荫的有才有德之人以必要的政治待遇。就是说，着眼于现实，孔子既承认先天的社会等级，也倡导后天的社会等级，并且在这个过程中给予人的后天努力以更高的评价和定位。

到了荀子时代，旧的世袭制已经彻底崩溃。虽然家天下的观念仍旧被认可，但从天子、诸侯以下，上自卿相大夫，下至平民百姓，至少从道理上讲都有机会凭借其才能和业绩得到社会地位和等级。荀子无疑是把握住了这样的社会变化的节奏，全面提出了"贵贱有等"的政治主张。

在荀子关于社会等级的思想中，"尚贤使能"是基础和前提，即使是天子和诸侯，也必须是有修养和有才能的人。同时，贵贱有等级，亲疏有分别，长幼有秩序，使得社会等级的观念由先天条件升至后天要求，荀子认为，这是先代圣王制定的社会秩序。荀子这么说，当然有理想化的倾向，是为了现实需要而推断的情形。

如果能够做到尚贤使能，主上就会有尊荣，臣下也会很安分；做到贵贱有等级，政令就会通行无阻；如果亲近者和疏远者有分别，祖上的恩惠就能够顺利得到颁赐，不会出现悖乱；如果长幼有序，事业就能快捷成功，不断长进。亲疏有分可以保证家族内部，特别是统治集团内部的安定；长幼有序可以保证人们在适当的年龄去做适当的事情，以便取得成功，不到年龄者则可以有充分的时间打基础、做准备。

荀子的关于社会等级的思想是相当周全的。所谓仁者，就是以坚持社会等级为仁慈；所谓义者，就是以社会等级为适度；所谓节操和忠诚，也是用适当的社会等级表现人们为何而死、因何而通达。可以说，贵贱有等的思想，是儒家面对社会现实时提出的理性的治理方针，甚至是圣人治下所能达到的理想社会的基础性政治观念。

直到今天，恐怕还是关于社会平等的思想更有号召力，而主张社会等级的思想一直以来总有让人羞于公开倡导的倾向。在荀子时代，中国社会适逢文明荟萃，大多数思想家生活在社会中游，一般也不公开主张后天的社会等级观念，这样一来，荀子的社会等级思想就显得更加孤独。但是，这样的孤独，在今天看来却是非常不同凡响的。

荀子"人有等分"的社会等级思想，是既承认人的先天不同，更关注人的后天努力，特别是后天的道德修养。这样的思想理念，是先秦儒家思想在社会领域最有成效的主张。孔子和孟子的思想更多的是向社会上层争取权力，特别是参政权力。到了荀子时代，普通士人参政已经不是问题，而真正影响学者们发挥其政治影响力的，一是旧时代遗留下来的不劳而获的无德无能者阶层，二是混迹于从政阶层中的缺乏修养的末流学者。荀子提醒当政应当根据尚贤使能的原则造就一个积极向上的有分有级的社会。这一思想不仅充满了理性精神，也充满了现实针对性和有效性，并影响甚至主导了秦汉以后中国古代政治的发展。

君子小人，社会分工

在自觉主张社会分工的问题上，先秦儒家功不可没。早在孔子那里，已经不认为把人们简单地分为统治者和被统治者就算大功告成了，而是认为，要想使社会有活力，有发展和进步的前景，必须有更合理和细致的社会分工，以使人人有事做，有适合的事情做，并从做事之中获得应得利益。

人与人的区分，除了先天生理因素之外，从个人奋斗的角度来看，并没有与生俱来的高低之别。每个人当然出生在不同的社会阶层，但这并不妨碍人们在本阶层内通过后天努力所获得的改变，直至突破本阶层的限制。在此意义上，人们在社会意义上的不同，完全是来自后天因素。人与人之间更根本的区分，在于后天生长环境和个人努力程度的不同。

通过后天努力的过程，人与人之间的先天区分是可以有变化的。当孔子说"君子谋道不谋食"（《论语·卫灵公十五》），以及孟子说"劳心者治人，劳力者治于人；治于人者食人，治人者食于人"（《孟子·公孙丑下》）的时候，只是强调了社会的分层和分工，并不是说某些人生来就是什么样的，更不是说这样的分层和分工是不能改变的。

荀子继承了儒家群体有关社会分工的主张，并以他的理性精神加以进一步的理解、分析和论述，使先秦儒家关于社会分工的思想更为系统化，更为合理化，也更易于在现实中操作执行。任何新思想的出现对社会观念的变化都是有影响的，尤其是在人类文明的早期阶段。先秦儒学对社会分工思想的鼓与呼，置于人类文明发展的进程中来看，其价值更是不可估量。

荀子关于社会分工的思想，是从人必须组成社会的认识角度入手的。人类要想生存和发展，必须组织"群"，即组成社会，以群体的力量应对生存和发展过程中的所有问题。在组成群之后，这个群还不能一盘散沙式地存在，而是必须有相对稳定的规则，以便产生必需的凝聚之力。在这些规则中，最基本的是"分"。群体中的人们如果找不到合适的位置，就会产生无原则的纷争，纷争的结果就是群体的混乱无序，混乱无序持续下去，就是人类的穷途末路。正是在此意义上，荀子才强调说，"无分"是人类的大害，"有分"则是天下人最大的利益所在。

在荀子时代，人的社会分工和阶层区分基本上是相同的。那么，社会分工或阶层区分的关键是什么呢？荀子认为是人君，即君主。在荀子时代，天下的无序状态达到极致，非常需要强权介入。在国家层面，秦国以武力统一天下的事业做得有声有色。在社会层面，特别是在知识分子的追求中，则更企盼威权的作用。荀子所谓的"美天下、安天下、贵天下"，就是想从社会层级的构建方面，在人们的观念中，树立起人君的威权，由人君以下，社会各阶层各安其事，从而达到"仁"的境界。当然，这样的人君必须是有修养的称职的君主。仁是一种和谐的境界，但这种和谐不是均等，而是有序的差等。所谓"维齐非齐"就是这个意思。

先王倡导仁义，为的是建立一个合理有序的等级社会。社会均等的思想听起来很诱人，但千百年的人类实践下来，证明那只可能是一种理想境界，在荀子时代，有理性的思想家们更不会去追求这样的空中楼阁。着眼于现实，他们更希望有一个讲求仁德的君主管理社会。

对于讲求仁义的君主，人们对他的要求是掌握治理国家之理、裁断万物之理，进而养护万民、统一天下，让全天下合理得利。为此，人们才允许这样的君主衣重色、食重味、制重财，并听从他的管理。这不是单纯地让他过上优渥生活，而是对他有着重大而明确的要求，让他担负巨大责任。要让他的知虑足以治理天下，让他的仁厚之德足以安定社会，其道德表现足以化育百姓。总的来说就是，对于这样的君主，一个社会"得之则治，失之则乱"。

归结起来，对君主、仁人的要求，是他们的智力和德行。百姓之所以供养他们，甚至为了保护他们不惜出生入死，也是想依赖他们的智力和德行。也就是说，君主、仁人的价值，在于他们的以智治国和以德治国。他们的治国之道和道德修养是社会最可宝贵的财富。

所谓"君子以德，小人以力"，是社会的整体分层，即管理层和劳作层。君子以德管理社会，普通人之力有待于君子之德而成功，社会群体有待于君子之德而达到和睦，甚至人们的寿命也有待于君子之德而实现增长。对于人类社会而言，特别是对于组成社会主体的普通人而言，"天地生之，圣人成之"。有君子、仁人的管理在，父子之亲、兄弟之顺、男女之欢、少年之成长、老年之养，才都不会成为问题。

在君子与小人的社会分层中，虽然荀子强调了小人的顺从地位，但在二者的关系中，荀子明确指出，处在主动地位的君子，并不可以随心所欲，而是要做出表率作用。

厚古薄今是中国古代学者的批判主义传统。这种传统源之于对不合理现实的观察和批判，并且把批判矛头直接指向当政者和最高统治者。即如荀子所言，正是统治者的横征暴敛及其他种种不合理的统治之道，使普通人的生计难以维持；正是统治者政治品德的无限堕落，使得臣弑其君、下弑其上，普通人更是把德行抛在一边。要实现有效的社会分工，首先要厘清君主的职责。君主既是享有最高政治权力的第一人，也是树立社会道德风尚的第一人。

所谓社会分层和分工，并不是无原则的天经地义的事情，而是有条件的一种社会存在。要使社会正常运作，除了树立社会分工的观念之外，还需要有具体的社会分工主张。对此，荀子认为至少应该有三类人，或者是三种社会阶层。

首先是农夫众庶，这是社会的基础阶层。组成这一阶层的人数量最多，主要从事农业生产劳动，给社会提供最多和最基础的生存需要。其次是将帅之人，即国家公务人员，他们是政府的主要组成者，管理农夫众庶，使社会保持应有秩序，维持政府运作。最高和最重要的阶层是圣君贤相。他们是社会大方向的把握者，要过问社会上的所有事情，管理社会中的所有人员，更重要的是，当社会遇到自然灾害时，他们要保证老百姓能够正常生活。

综上所述，荀子关于社会分层和分工的思想，既是对于传统儒家相关思想的继承和发展，也是他那个时代关于社会治理的最先进的理论。之所以说荀子思想是影响秦汉以后中国社会最有力的思想，就是因为他在理性主义观念的指导下对于中国社会走向的深入观察、合理分析和明确指示。正如一再强调的，先秦儒家大师都是中国社会最早的社会学家，荀子更是成就最高者。荀子从天人关系入手，通过对于人类社会组织的必要性和有效性的论证，最后归结于社会分层和分工。荀子社会学思想的理论价值和历史地位昭昭可见，需要更加深入的理解和研究。

第三章　政论家荀子：
通观天下政治，融合儒法王霸

　　荀子一生所见所闻极广，为先秦时代所仅有。荀子五十岁时离开家乡赵国，到达齐国。齐国是大国，不与强秦为邻，政治形势相对稳定，社会生活相对安定，各色人等都来这里寻找政治机遇甚至生存机会，也是很自然的事情。荀子在齐国与各种人物相往还，也是正常事情。不管荀子是不是长期待在稷下讲学或论学，也不管他是不是做过所谓"稷下学宫"的领袖人物，但最终还是离开了齐国。《史记》记载，荀子被人进了谗言，不得已而离开齐国。荀子在齐国没有找到理想之地，没有做成理想之事，只能到其他国家再做尝试。

　　离开齐国之后，荀子到过赵国、楚国和秦国，尽管很难确定具体时间。相对来讲，荀子游历秦国是其一生中的重大事件，在秦国的见闻对荀子思想的影响也非常深远。《荀子》中的《强国》篇记载了荀子入秦的全过程，其叙述之详尽在《荀子》所述事件中绝无仅有，可见这个事件在荀子一生中的重要程度。

　　荀子游历过的主要诸侯国中，在秦国的收获最大。虽然无法确定荀子游历秦国的具体时间，但从情理上分析，特别是从荀子思想的发展过程来看，很可能是荀子除楚国之外游历的最后一个国家。离开秦国，荀子就到了楚国，在兰陵以寿而终。

战国 带漆鞘铜剑

岳麓书院所藏楚剑

荀子思想深受此次秦国之游的影响。

一方面是因为，此时的秦国，其发展道路不仅不同于山东六国，而且远胜于山东六国。另一方面，秦国自战国中期商鞅变法以来就遵从法家思想，其高速发展肯定与法家思想有关。在秦国，荀子亲眼见识了法家思想对现实的巨大作用，这促使他不仅要深入思考法家思想的里里外外，而且要与他的儒家世界观进行更现实、更深入的比较。

对秦国的实地访问，对秦国政治的亲身体验，特别是与秦国君臣的深入交谈，使荀子认定，儒家和法家思想并不一定是完全敌对的思想。从治国理政的现实效果来看，这两种看似对立的思想完全可以融合起来，共同造就一个安定发展的社会。

第一节　会见秦相，臧否秦政

在秦国，荀子会见了相国范雎。范雎本是三晋人氏，因为在魏国受到政治迫害，不得不逃往秦国。这也被后人用来比较三晋政治生态的恶劣与秦国政治的开明。范雎受到秦昭襄王重用，受拜为丞相，封以应地，号为应侯。范雎受封应侯、任秦国之相在秦昭襄王四十一年（前 266 年），至秦昭襄王四十八年（前 259 年）辞相国之位，荀子访秦，应该在这个区间之内。至于荀子访秦与范雎是否有关，史籍并无明确说法。

理论上讲还有一种可能是，当荀子到达秦国时，范雎已经不在秦相之位，但根据《史记·范雎列传》记载，范雎是在极大的政治压力下辞去相国之位。范雎为了辞相去祸，不惜自称病重，为的就是远离秦国政治，在这种情况下，他又怎么胆敢与荀子进行私人会面，并讨论秦国政治呢？这在古代专制政治下是万难发生的事情。所以，荀子见范雎，理应于范雎在相位的时候。

秦国考察

荀子与秦昭襄王和范雎的著名对话，就发生在此次访秦期间。在这两场对话中，双方表面上都是客客气气。在《荀子》的记载中，秦昭襄王和范雎都认真听取了荀子意见，但还是无果而终、各行其道。原因很显然，就是孔子所说的，"道不同，不相为谋"（《论语·卫灵公十五》）。

荀子与范雎会见时，范雎问荀子："入秦何见？"在秦国都见到了什么？这个问话虽然看上去很简单，但内涵却是非常丰富的。

首先，此所谓"见"肯定不止于眼目所见，而是包括了观感。其次，既然包括观感，当然就有挑战甚至"拷问"荀子及其思想的意思。

荀子周游各国，力图用他宗从的儒家思想改造天下，但依照世俗标准，结果一无所获。范雎肯定了解荀子的遭遇，也明白荀子儒家思想的主要取向，认定儒家在治国理政方面远远不是法家的对手。

荀子来到秦国，这是并不喜欢儒术的范雎主政的秦国。范雎有信心认为秦国远胜山东六国，当时的形势也已呈现出秦国一统天下的趋势。所以，范雎真正想知道的是，荀子入秦所见，在治国理政方面，究竟儒家与法家孰强孰弱。

既然范雎的问话绵里藏针，荀子的答复也是柔中带刚。

荀子以空间和时间相结合的方式介绍他的入秦过程和观感。

荀子首先从空间开始，对秦国地理形势做了总体判断。荀子说："其固塞险，形势便。"秦国地势险要，关塞坚固，比如地处秦国与山东六国分界处的函谷关就易守难攻，是秦国在保证自身安全的同时又能威胁六国安全的天然便利条件。这是荀子刚进入秦国时的直观感觉，但跟范雎说这些，也有一些压制的味道，即告诉秦国人，他们在军事上占优，一定程度上与天然形势有关，这让秦国人的后天优越感会多少有些消减。

进入秦国之后，"山林川谷美，天材之利多，是形胜也。"映入荀子眼帘的是广袤肥沃的渭南大平原，农业条件非常优越，物产丰富，这是经济发展的基础。秦国四处征战，非有足够的军需补给不可，除了夺取他国之产，秦国自己的生产所得是基础。秦国人常以其农业丰产为傲，但荀子也是强调了自然条件的不可忽视的作用，当然也有打压秦人的意味。

说了自然条件之后，荀子话锋一转，开始谈到了人文。他说："入境，观其风俗，其百姓朴，其声乐不流污，其服不佻，甚畏有司而顺，古之民也。"在秦国境内看到的民风民俗是，老百姓非常质朴，他们听到的声乐很正统、不浪漫污烂，他们的服装很正规、没有奇装异服，对官吏也很敬畏、很顺从。荀子认为这是很有古风的民众。

这里的重点有二。一是说老百姓的生活是被动接受式的，是整齐划一的，这包括能听到的声乐，直至日常穿戴。二是在严格管控之下，老百姓自然很胆小温顺，核心是"畏有司"，惧怕地方政府和基层官吏，一旦被认为不规矩，就会招来大祸。从后世历史来看，在君主专制制度下，地方官员只有严酷对待百姓，才能保证自身安全。在秦国专制制度的锻造初期，荀子就敏锐地观察到了这一点。

谈了老百姓，接着就是各级官员和官吏。荀子说："及都邑官府，其百吏肃然，莫不恭俭、敦敬、忠信而不楛，古之吏也。"在地方官府中，也就是基层政府中，各级官吏都很严谨肃正，对待公事很尽职尽责，工作态度也非常好，荀子也是认为大有古代官吏的风范。从秦朝治国理政的后续发展特点来看，基层官吏的作用至关重要。荀子先形容是"肃然"，正面理解是守规矩，反面去看就是太死板，缺乏主动性和灵活性。

与山东六国相比，秦国遵循法家理念，严格立法，努力建设法治国家，这是其合理而有效的一面。但是，就算是当代社会，立法也有诸多未尽之处，古代社会就更不必说。面对这种情形，就需要地方基层官吏视具体情况调整法制的执行力度。不过，从荀子的描述来看，秦国地方政府中的官吏循规蹈矩有余，主动灵活不足，法律的执行，必然是越往下走越严苛，官吏只对法律规定负责，无视具体的、特殊的情况。比如导致秦朝末期农民大暴动的陈胜、吴广起义，直接原因就是基层官吏的"恭俭、忠信"。戍边的役卒，因为遭遇大雨，道路难行而误期，按理说，面对这种人力不可抗拒的困难，误期可以原谅。但是，基层官吏并没有这个权力，致使这些戍卒不得不在被杀与杀他之间进行选择。

进入秦国国都咸阳之后，荀子同样很注意观察其士大夫，即国家机关人员和高层官吏的表现，当然荀子与这个阶层的人也有所往还。"入其国，观其士大夫，出于其门，入于公门，出于公门，归于其家，无有私事也；不比周，不朋党，偶然莫不明通而公也，古之士大夫也。"让荀子非常感慨的是，秦国的士大夫们离开自己家之后，就是去单位上班，下班之后径直回家，不到外面办私事，也没有官员个人之间的聚会交际，更谈不上结党营私。也就是说，官员都是全身心地处理公家之事，完全没有时间，应该也没有胆量，去做别的事情。荀子认为，这也很有古代士大夫的作风。

荀子处处说秦国有古风，从整体上看，应该是对秦国政治的婉转批评。与六国相比，秦国其实是最不尊崇古代政治的国家。在《左传》《国语》的记载中，没有哪个诸侯国的朝中士大夫能够约束自身到这种程度。生活就是两点一线，与低等动物本能式的生活方式无异。这只能说明，士大夫们处在朝廷严密管控之中，行为不敢有丝毫差池，以免引来无端灾祸。对于这种情况，荀子何尝不想直接提出批评，但由于摸不清身为丞相的范雎的底数，所以只好以古人古风加以掩饰。

《左传》作者左丘明画像

再进一步，荀子"观其朝廷，其间听决百事不留，恬然如无治者，古之朝也"。在朝廷之上，这些官员每天都会处理完所有应该处理的事务，而且显得一点儿也不紧张、不忙乱，犹如古代的朝廷一样。这应该是说，荀子有机会参观秦国朝廷的议事办事过程，当然有可能是像范雎这样的高官的有意安排，甚至有可能是秦昭襄王的吩咐，以便让荀子见识一下秦国政治的格调。

这里透露出的最重要的政治信息是，朝廷中的士大夫如同地方官吏一样，也是以办事为主。尽管效率很高，当天事当天决，但只能听从上命，并无多大自主权，所以被荀子委婉地形容为"恬然如无治"。"恬然"就是很轻松的样子，君主如何决定就如何办理，不必费心思，就好像"无治"，即没有做什么事情一样。事实上，儒家理想中古代朝廷上的"恬然无治"，更多的是形容君主。君主只负责国家大方向、大政策，具体事务则任用贤能宰相组织百官完成，所以君主才能"弹鸣琴而治"，听着音乐就把国家治理好了。现实中的秦国，君主掌握一切，贤能如范雎，不久之后在秦昭襄王的猜疑中也不得不主动请辞。很显然，说秦国朝廷大臣"恬然无治"，更多的是讥讽和批评。

秦政长短

在描述秦国政治、社会、人文过程中，荀子屡称"古"之如何如何，人民是"古之民"，公务人员是"古之吏"，官员是"古之士大夫"，朝廷是"古之朝"，这看上去是在真诚地赞美秦国社会，因为儒家思想是充分肯定古代社会的积极价值的，这会让范雎之类的人更容易接受荀子的观点。但是，如果一个国家一切皆古，则极有可能并不具备现代性和先进性。荀子以秦为"古"，并不一定是肯定秦国是上古黄金时代之"古"，而更有可能是说秦国是保守落后之"古"。

对于秦国社会、秦国政治的优长之处，荀子表面上给予了充分肯定。荀子认为，秦国的官员，看似闲逸，却把国家治理得井井有条；法条看似很简约，其实很详备；不劳烦百姓，却大有成功；这是治国的最高境界了。所以，荀子最后总结说："四世有胜，非幸也，数也。"秦国自秦孝公以来的四代君主在与山东六国的对垒中不断取得胜利，并非侥幸，而是必然。

秦国走过来的路，特别是在荀子时代，动员全国力量四面出击，把山东六国打得首尾不能相顾，能说不劳烦百姓吗？近些年来不断出土的秦汉竹简中，秦国和秦朝的法律条文既多且繁，能说是简约吗？秦国一切由君主决定，官员进退生死都掌握在上级手中，下级完全唯上，看似很省心，其实内心能不紧张吗？所以，秦国达到的大治，本质上是强制。所谓详备，本质上是烦苛。所谓有功，本质上是百姓甚至官吏的牺牲。

果然，荀子随后就深刻指出，上述秦国政治、秦国社会的优长表现，只是立足表面现象和限于某一特定历史时期的成就，从更深沉的意义上讲，秦国无疑是令人忧虑甚至让人感到害怕的。为什么这么说呢？荀子的答案是，如果以仁者之政治、王者之功名为标准来衡量，这时候的秦国、这个样子的秦国，差得还远着呢！至于其中的原因，荀子明确指出，是秦国专崇法家，而排斥儒家，没有儒家思想发挥作用的空间。

荀子的总结是，完全尊崇儒家思想，就可以实现王政；选择性地尊崇部分儒家思想，至多实现霸政；如果完全排斥甚至反对儒家思想，就只能灭亡。荀子断言，这样的政治现状，这样的认识，是此时秦国上下所缺乏的。

应该说，就国别而言，秦国政治受到当时思想家最多的重视，荀子也不例外。因为各国国势衰微，只有秦国国势不断上升。这不仅表现在军事上，也表现在国内政治上。形成如此局势的原因是什么？荀子在思考之余，亲自去到秦国，作实地考察，并与秦国君主和丞相都有过面对面交流。事实上，就对荀子政治思想的影响而论，秦国政治的影响力也远大于其他各国政治。所以，必须认真了解和思考荀子对于秦国政治的评说，以及根据秦国政治而进行的政治思考和阐发的政治思想。

荀子思考秦国政治的结论是，"力术止，义术行"，即长久看来，强力之术、强权政治是行不通的，而仁义之术、礼义政治是行得通的。为什么这么说呢？荀子的解释依然起点宏阔，充满了说服力。

荀子说，要论以武力打击他国的能力而言，秦国与当年商汤王和周武王的力量差不多；要论已经占领的地域之广大，秦国与当年舜帝和禹工不相上下。这两方面的长项，都是一国强大的外在指标。然而，让荀子忧虑的是，尽管秦国外在指标很高，甚至高过了古代圣王，但秦国却并没有得到真正的安宁，而是经常处在深深的忧虑之中，唯恐山东六国联合起来发动进攻。应该如何化解这种忧虑呢？荀子给出的答案是，"节威反文"，节制威强之外力，返归礼义之内力。

荀子提出的总体要求是，任用仁厚、诚信、德全的君子治理天下！具体步骤是，让这样的君子参与国政，端正是非，治理曲直，处理秦国国都咸阳的政治，也就是全面掌握秦国政治。顺从者加以任用，不顺从者予以处理。这样一来，以秦国现在的实力，即使不向各国发兵，也能够政令通行于天下。针对秦国的对外政策，荀子认为，与其不断扩张其领土，不如设法增强各国对秦国的信任更重要。说这话的背景是，秦国在对外扩张的过程中，很重要的一个手段就是轻诺寡信。

由此看来，荀子之所以奔赴秦国，除了考察秦国政治之外，也可能有过在秦国从政，以便扭转秦国的政治方向，甚至利用秦国的力量统一天下、实现王者之政的想法。但是，通过与秦昭襄王和范雎的交谈，以及对秦国现状的观察思考，荀子最终意识到这只能是他一厢情愿的美好愿望。所以，在与秦国君臣交谈之后，荀子毅然离开了这个让他充满纠结的国家。

荀子不是帝王将相，甚至不算是严格意义上的政治家，但他以自己的学识和理性思考，洞察人性，明白事理，在秦国走向最顶峰的时代，就预见到了秦国政治的结局。荀子离开人世不久，秦国就统一了天下。但是，不可一世的秦王朝，存在了也不过十七年，这与秦王、范雎和李斯等秦国政治家预期的秦国政治的远景相差何止千万里！

秦朝灭亡之后，中国古代政治不得不走上荀子设计的蓝图，特别是西汉的政治制度，遵循的正是荀子思想。当然，所谓遵循荀子思想，也不是说完全遵循荀子理想的政治模式，而是指接受了荀子推崇的儒法融合、礼法共治的治世之道。荀子主张的儒法共存、礼法兼济的思想影响，在唐王朝达到高潮。随着时间推移，随着宋代理学对荀学的不断排斥，法制在治理国家、管理社会中的比重逐渐降低，中国古代政治也走上了愈发明显的下坡之路。可以这么说，两宋以来荀子思想影响逐渐淡化的过程，也是中国古代社会走向衰败的过程。毫无疑问，这个过程是相当值得后人深思的。

第二节　论辩秦王，褒贬儒生

荀子思想的主体是儒家思想，荀子则是大儒，无论在他的时代，还是在中国古代思想史上，荀子的儒士地位是不可动摇的。荀子的儒家思想也是相当全面的，有对儒家思想的坚持和弘扬，也有对儒者本身，对儒家这支队伍的全面认识和评价。

《荀子》的分篇分章出现在西汉著名学者刘向的校书之后，而并不是出现在荀子手中。西汉后期，刘向奉旨校书，把散乱的荀子言论编成最早的《荀子》版本，但并没有荀子论儒者的专门篇章。可是，令人意想不到的是，正是在与一位对儒者缺乏好感的大国君主的对话中，荀子系统论述了儒者的地位、作用，以及不同层次的儒者的表现。这位君主，就是秦始皇的祖父秦昭襄王，《荀子》中称秦昭襄王。荀子得以面见秦昭襄王，也许还是由范雎所引见，但史籍对这个问题并没有明确记载。

在秦国的实地考察和访谈，对荀子思想触动很大。真正的思想家，他们的

秦始皇画像

思想并不完全是在书斋里思索出来的，而是在与现实的激烈碰撞中逐渐形成的。在秦国的所见所闻，使荀子见识到法家思想之效力的同时，更加深入思考儒家思想的价值，重新对儒家思想在现实政治中、在历史洪流中的作用进行定位，最终使自己的儒家思想登上一个新台阶。

儒者有益国家

荀子与秦昭襄王讨论的主题是"儒效"，即儒生和儒家思想对国家到底有无现实效力和实际益处。

秦国自秦孝公时推行"商鞅变法"，到秦昭襄王已经是第四世。经过半个多世纪的持续"变法"治理，秦国已由战国前期的中等国家发展成为从战国中后期开始傲视山东六国的大国。秦国在政治军事上的崛起确实与儒学没有明显关系，所以，秦国上下一向认为儒学无益于治国，秦昭襄王也不例外。所以，当秦昭襄王与荀子见面时，就直截了当地问荀子："儒无益于人之国？"（《荀子·儒效》）是不是可以说，儒学对于国家并无益处？

荀子的回答也在人们的意料之中。

荀子以善辩著称，秦昭襄王当然不是其对手。对于荀子的一番辩白，秦昭襄王最终也只能称"善"。不过，口头表示同意是一回事，实际采纳却是另一回事。荀子眼见与秦昭襄王意见不合，对秦国的政治方向也不赞成，自然就不会在秦国谋求政治发展，只能选择离去。可是，秦国以至秦朝的政治发展结果，却没有出乎荀子的预料。

儒家思想的价值，以及儒者的价值，是个千古难以说破的问题。不同的时代背景下，不同的评说者和认识者，总是有着不同观点，甚至是截然相反的观点。荀子游历秦国，荀子与秦昭襄王的对话，就生动反映了这种状况。

秦昭襄王的观点很鲜明，他对荀子说"儒无益于人之国"，多半注释家习惯于在秦昭襄王的话语之后使用问号，意思是秦昭襄王还不能肯定儒家和儒者是不是无益于国家，所以才请荀子予以解释。实际上，直接使用句号也无妨。秦昭襄王既对儒家思想不感兴趣，同时又用法家思想把秦国治理得井井有条。这个时候，他很肯定地说，"儒"无益于当时的诸侯之国，也是顺理成章的事情。

对于秦昭襄王之问，荀子是有充分心理准备的。秦昭襄王知道荀子之所学，也知道荀子的主张，因为荀子的朋友范雎就在秦国朝廷之上，他在向秦昭襄王介绍荀子的时候，重点肯定是介绍荀子的思想和主张。在这种情况下，秦昭襄王还要明确否定儒家的价值，也是想知道一下，荀子心目中的儒家到底是个什么样子。所以，荀子就平心静气地向秦昭襄王全面介绍了儒家的主张和儒者的表现，于是才有了荀子非常著名的一段对儒者的论说。

荀子以他的深厚学养和非凡气度，给儒者下了一个明确定义。荀子告诉秦昭襄王说，儒者效法先王，隆崇礼义，身为臣子是谨慎的，对在上者是极度尊敬的。荀子如此开宗明义，主要是因为他面对的是一国之主，而且是强大且不乏暴虐的秦国君主。荀子以儒者谨守礼义等级为开端，是宣示儒家的政治立场，直接回答儒家是否有益于国家的问题，以便让秦昭襄王能够安心倾听荀子接下来的主张。

身为秦国君主，评价一个人或一种人的有益与无益，当然首先是指政治上的。所以，荀子针对性地展开论述了儒者在一个国家的政治价值。荀子指出，一位儒者，如果君主任用他，他就会是一个称职的官员；如果不能被任用，就会是一个安分守己的老百姓。即使穷困潦倒，也不会为非作歹，而是仍然坚守着大义；即使无人理睬，照样坚持为百姓着想。一旦地位升高，做个王公贵戚也没有问题；若是地位下降，做一个社稷之臣，也会是国君之宝；再往下降，隐居民间，也会赢得人们的广泛尊敬。为什么会是这样呢？荀子的答案是，"贵道诚存！"所谓"贵道"，是以道为贵，推崇大道；所谓"诚存"，是诚实立身，信用长存。有这两项原则，所谓"儒者无益"的说法就不攻自破了！

为了证明自己的观点，荀子以孔子为例，证明身为普通人的儒者，其道德影响力会有多么巨大。孔子五十多岁时，曾经在鲁国从政五年，官至司寇，大抵相当于国家的司法负责人。荀子说，在孔子即将出任司寇的时候，鲁国民风就开始发生巨大变化。有沈犹氏，在市场上卖羊，以前总会故

孔子为司寇画像

意在早上让羊多喝水，以增加羊的体重，现在听说孔子要做司寇，马上停止了这种不道德的造假行为。又有公慎氏，马上休掉了妻子，因为其妻行为不检点。还有慎溃氏，因为生活奢侈，超出了法度的规定，便仓皇出逃，迁徙到其他国家去了。还有，鲁国市场上贩卖牛马的往往集体哄抬物价，现在也马上收敛了。孔子邻里的年轻人们，打上鱼之后，也不再平分，而是给家中有老人的多分一些，以尽孝养之道。这些改变，固然与司法长官的权力有关，但荀子认为更重要的是孔子是讲求道德之人，人们预期他掌权之后，肯定会把他的道德原则普遍推行到鲁国社会，这才提前改变其行为，以免到时候遭遇不必要的尴尬，甚至受到惩罚。

以上事例说明，正是因为孔子坚持了儒者的做人标准，才导致鲁国风俗好转。也就是说，作为臣下的儒者，既能提高一国的政治水准，也能改变其社会风气。

当荀子讲明了上述事实和结论之后，秦昭襄王马上追问："然则其为人上何如？"所谓"人上"，是指做一国之君。假如儒者做了国君，他会做些什么呢？

荀子宣称，一旦儒者做了君主，其影响力是广大无边的。他内有意志，外修礼节，会用严格的法度管理官员，用忠信爱利对待百姓。在得天下的过程中，即使通过做一件不义之事、杀一个无罪之人就能实现目的，这个天下也不应当得到。这份信义，通行于普天之下，能使天下之人都来欢呼应和。这是因为，儒者的最终追求是让自己的好名声大白于天下。在他已经统治的区域内，人们万般歌颂他；在他还没有实现统治的地方，那里的人们都不顾一切地奔他而来，使四海之内的人们如同一家人在一起生活，凡是通情达理之人无不顺从他的统治。这样的儒者，荀子尊称为"人师"，即人类的师长！

说到这里，荀子反过来问秦昭襄王，像这样的儒者，做人臣时是那样，做君主时是这样，怎么能说他们是无益于国家和社会的人呢？秦昭襄王只好服软，以"善"字结束了这场论争式的对话。

看起来，要想证明包括儒者在内的某种类型的人们是否有益于国家和社会，主要得用事实说话，而不是求助于烦琐的论证和说教。特别是在面临社会危机的时代，更需要展示人的实际作为。荀子深明这一点，就从儒家的创始人孔子说起，分各个层面讲述了儒者对于国家的实际功效。尤为重要的是，荀子要说服的对象是君主，而且是讲求实际的秦国君主，这就更需要以儒者的实际作为来证明自己的观点。

荀子对儒者的这番"定义"明确而有条理，叙述过程坚定而有自信。他面对的是秦国君主，而此时的秦国正处在征服六国前夕的力量上升期，对仍然在山东六国有相当影响力的儒家思想显然是不屑一顾的，甚至是有明显敌意的。此时的荀子，距离五十岁时离开赵国已经有三十年左右，他所坚持的儒家思想在与各国政要和各家各派思想的交锋之后虽然有所改进，比如对法家法治思想的适度认可、对兵家思想的深入研究等，但是，他的基本的儒家立场却更加坚定，对儒家思想的信仰更加牢固。就算面对强秦君主的质疑，他也能够从容应对、笃定立场信念。在这样的背景下，再来欣赏荀子对于整体儒者集群的深入思考，就显得更有意义了。

儒士自有品类

荀子是孔子创立的儒家思想的继承者、发展者，是真正的儒者。说孔子创立了儒家学派，并不是说孔子在世时就有意或刻意建立一个思想派别，并称其为"儒"，而是说，孔子思想奠定了后世所称儒家的思想基础，是儒家思想的源头，孔子与门下弟子及其他思想追随者形成了最早的儒家集群。

不过，就是在孔子时代，对于"儒"的定义尚在众说纷纭中。《论语》中的孔子只使用过一次"儒"字，那是在《雍也》篇，告诫弟子卜子夏"汝为君子儒，无为小人儒"。这给人的感觉是，做个"儒"并不是不可以，只是要做"君子"儒，不要做"小人儒"罢了。不过，既然"儒"可以分为

《论语》书影

"君子儒"和"小人儒",那么,"儒"的基本内涵应该还是比较中性的。因为,在先秦之后,特别是汉武帝"独尊儒术"以后,"儒"就是个神圣的名词了,不会再有"君子儒"和"小人儒"之类的区分了。

实际上,到了荀子时代,"儒"字的中性特征在荀子笔下并没有根本改变。尽管荀子在与秦昭襄王的论争中肯定了儒者的价值,但综合荀子对儒者的看法,在他眼中并不是所有儒者都是一样的,更重要的是,也并不是所有儒者都能够有益于一国的。在秦昭襄王这样的君主面前,荀子是为整体儒家争地位、争面子。而当面对现实的儒者时,在荀子看来,他们的才能和品格是有高下之分、可褒可贬的。对于形形色色的儒者,孔子不过是两分,即君子儒和小人儒,荀子则更进一步,作了更细致的划分。

荀子褒扬了"大儒",荀子眼中的大儒是儒者的最高端,无论其道德修养,还是各种实际能力,特别是治理天下的才能,都是至高无上的。身为大儒,如果得到治理天下的机会,就会成为圣人。

荀子从比喻入手描绘大儒,先要告诉人们,大儒能做什么。

在古代,有两位尽人皆知的能人,即周穆王时代的造父和夏代的羿,前者是公认的最善于驾车之人,后者是最负盛名的射手。荀子强调说,要想真正领教他们的才能,就必须给造父准备好车马,给羿准备好弓箭。同样,所谓大儒,就是最善于调治和一统天下之人,若要见识其才能,至少要给他们提供百里之地。百里之地是周文王和周武王建功的基础。这就是说,如果条件合适,大儒就能够建立像周文王和周武王一样的功业。在荀子时代,所谓战国七雄的土地都在方圆百里甚至千里之上,但天下混乱、战事连绵也达到了无以复加的地步。期待大儒出现，甚至把大位让给大儒，没有任何一个时候比那时更让人感到迫切。

在描述了大儒能够完成的功业之后，荀子接着描述了大儒的主要特征。大儒，即使极度穷困潦倒，王公大人也无法获得大儒那样的名声；即使只有百里之地，千里之地的诸侯也不是大儒的对手；至于惩罚那些暴虐的国家，一统天下，更是无人能及。总之，用后世儒家的话来说，大儒就是治国、平天下的最佳人选。

大儒的现实表现是，言行有规矩、守礼法，不做令人遗憾的事情，处理危机、应付事变的办法很恰当，紧跟时势变化，不论做什么，都会遵循大道。大儒的行为，最关键的是"其言有类，其行有礼"，这是做人的最高境界。言有类，是指当说则说，说则适当；行有礼，是指行为遵循儒家思想，而儒家思想正是大道的体现。

大儒效法儒家崇敬的先王，统合于儒家的礼义制度，以儒家思想对待万事万物，以至于符合仁义的事物，即使是在鸟兽之中也能辨别。因为有儒家礼义的统摄，即使奇异事物突然出现在某个地方，大儒也能从容应对。由此可见，在荀子那里，大儒的形象之崇高，已经到了有些神秘的境地了。

尽管言行无可挑剔，大儒毕竟也只是个体的人，只能决定自己的言行，并不能时时刻刻左右时势，所以总有"穷""通"之时。在儒家理念中，所谓"通"，就是政治上的通达；所谓"穷"，是指政治上的穷途，没有施展政治才能的机会。在对大儒家的描述中，荀子专门讨论了"穷、通"问题，因为在这个问题上，大儒最容易受到人们非议。包括荀子在内的大儒，在他们生活的时代基本上是不得志的。他们自己也经常在这个问题上陷入两难，苦苦挣扎，很难给世人提供圆满解释。

在不得志的时候，因为无所作为，大儒会受到俗儒的讥笑。在他们政治通达的时候，英杰之人也会受到教化，猥琐之徒只能逃之夭夭，持歪理邪说者会感到畏惧，那些曾经瞧不起他们的人则深感羞愧。大儒通达的时候要把自己奉献给天下，困穷的时候则坚持原则、爱惜"大儒"的名号，直至"天不能死，地不能埋"，即使身处桀王和盗跖那样的混乱时代，也只有像孔子和子夏这样的大儒，才能始终坚持自己的立场。

荀子时代之前，同样身为大儒的孟子就对自己提出过类似要求。孟子的说法是，"穷则独善其身，达则兼济天下"（《孟子·尽心上》）。尽管荀子不同意孟子的"性善论"，但在儒者的基本操守上，这两位大儒的原则显然是一致的。正是这种一致性，才使儒家思想有了一脉相承的发展。

当荀子讲述大儒的精神和品格时，必是热血沸腾的。确实，在荀子时代，眼看儒者的精神正在被埋没，如果没有这样的气势，儒家思想就会遭到灭顶之灾。正是因为有了像孟子和荀子这样的大儒的坚持，儒家思想才能如浩荡洪流，在历史长河中永流不绝！

为了确定大儒的地位，证明大儒的作用，明示大儒的能力，荀子以周公旦的事迹为例，专门讲述了"大儒之效"，即大儒的实际功效。

周武王灭亡商朝，建立周朝，但周武王在西周王朝建立不久之后即去世，而当时的周人并没有建立起稳固的政权。这时候，有名的周公旦，也是周武王的一位弟弟，挺身而出，担当起了稳固政权，进而建立政治制度（即"周礼"）的责任。但是，这时候出现了大问题，那就是，继承王位的是周武王的儿子周成王，而周成王此时还是个少年，没有能力掌控大局。所以，周公旦在西周早期主持大局的做法，在历史上一直有种种说法，最主要的是摄政说与篡位说两种截然不同的观点。

周公旦画像

荀子主张摄政说。他认为，周公为了完成周武王未竟事业，保护周成王地位，就代行周天子权力。这个时候，有多种势力背叛周天子，想乘机夺取权力，所以，天下人并不认为周公旦是贪取天子位置。这些反对势力中，在周人内部是周武王的另外几个弟弟，主要是号称"三叔"的管叔、蔡叔和霍叔，在外部则是殷商遗民中那些不服从周人的力量。周公旦毅然剿灭"三叔"，把叛乱的殷商遗民迁离原住地，同时进一步实行封建之制，建立了七十一个新诸侯国，其中周王姬姓独占五十三国，对此，天下之人并不认为周公旦偏心。

更为重要的是，在执政过程中，周公旦并没有忘记教导周成王，让周成王逐渐认识和学习治国之道。当周公旦把上述大事完成之后，周成王也到了成人年龄，于是，周公旦顺利地把政权归还给周成王，自己则回到了大臣的位置上。

在荀子看来，周公旦只是摄政，即代行天子之政，并不是真正成为天子，即不是篡夺天子之位，这也是传统儒家的观点。但历史上确实还有篡位说，认为周公旦篡夺天子之位，把周成王放逐到某个地方。到后来，只是由于天下人反对，迫不得已之下，周公旦才把政权还给周成王。此类说法荀子时代已经不少，所以，荀子才大声地为周公旦作辩护。

周公旦是周礼的制定者，周礼是孔子思想的政治基础，在儒学发展史上，周公旦也被视为儒家思想的重要源头之一。荀子在此把周公旦称为大儒，从思想文化发展的角度来看，是完全合理和正确的。

武侯祠藏匾"伊周经济"

在谈及人的修养时，荀子有过民、士、君子、圣的四类区分，只是这四类之分的侧重点在于世俗行为或成就。在论及儒者的时候，荀子又从对儒家思想的理解和遵循方面入手，把人分为俗人、俗儒、雅儒、大儒。

什么是荀子眼中的俗人呢？他说，不学习儒家思想，没有端正义利之辨，只看重物质利益，这就是俗人。通俗一些来说，俗人就是不学习、无头脑，只顾获得钱财的人。应该说，看重钱财是没有问题的，关键是不学习，没有培养出正确的义利观。这样的俗人，人们一目了然，荀子对他们也是一笔带过，认为不值得深入分析。

　　荀子对俗儒的批评甚至攻击，是从他们的穿戴开始的。在荀子看来，俗儒穿着肥大的衣服，扎着宽厚的腰带，戴着高峻的帽子，看上去像个儒生的样子，但他们的内心却完全等同于世俗之人。他们在学问上只是约略效法一下先王，但其结果却足以扰乱正常道术。对于当代之事，他们视而不见。他们醉心于学习儒家之外的各种杂学，而不去把《诗经》和《尚书》之类的儒家主要经典放在学习的中心位置。就是已经到了这步田地，他们还是不知道自己错在哪里。所以，荀子对他们的思想作了这样的总结：他们的言论已经与墨子之说无异，而他们自己却无法区别；他们只是利用先王之名混吃混喝，却还扬扬得意；他们追随在达官显贵之后，丝毫不敢表现自己的意志。

　　荀子对俗儒的愤怒，从他使用的批评性文字上看，可以说已经达到极致。如同任何杰出的思想家一样，对他们形成最大伤害的并不是那些公开与他们对抗的反对派，而是本派之内的那些似是而非的投机钻营者。俗儒就是这样的一些人。他们穿着儒者服装，口中讲说的也是儒家语言，但他们的行为却完全是另外一副模样。他们这样做的最大恶果，是败坏了儒家思想的真正价值，损坏了儒家学者的真实形象。对他们表达愤怒，进行批评，可以说是做到什么程度都不算过分。

　　俗人和俗儒都是反面教材，荀子接下来描述的雅儒则是如下形象。

　　雅儒的表现与俗儒正好相反，他们效法后王，主张以制度规定一切，尊崇儒家礼义，重视《诗经》和《尚书》等儒家经典。不过，严格说来，雅儒虽然已经拥有了儒家的经世大法，然而只是心中明了，却无法用以济世。更重要的是，凡是儒家思想没有讲到的地方，以及没有实地了解的事物，他们就无法去规范了。他们的优点正如孔子所说，"知之为知之，不知为不知"（《论语·为政》），对于不知道的思想和事物，不自欺，也不欺人。他们尊崇贤人、敬畏道法，一切言行不敢怠慢。一句话，雅儒只是儒家思想的遵循者和实践者，而并不是儒家思想的推动者和创造者，即保守性有余，主动性和创新性不足。雅儒虽然远胜俗儒，但与大儒还是有着明显差距的。

　　无论从人生经历来讲，还是从学术历程来看，荀子都是非常注重实效的。在上述与秦昭襄王的对话中，荀子不仅介绍了儒者的思想，还强调了儒者的实际能力，以及任用儒者之后产生的效果。当他比较了俗人、俗儒、雅儒和大儒的思想和修身之后，也指出了这四类人对于现实的不同作用。

荀子断言，任何一国的君主，如果任用俗人，即使是万乘之国也会灭亡；如果任用俗儒，万乘之国也就仅能自存，不会灭亡而已；而如果任用雅儒，千乘之国可以平安无事。如果任用大儒呢，即使百里之地，也能持久发展。

荀子以此使用的万乘、千乘、百里等说法，与春秋时代万乘代指天子、千乘代指诸侯、百里代称大夫的封地等用法不同，指的是一国本有的力量。"乘"是指四马所拉战车，一国的军事力量足以代表该国的强大与否。拥有万乘之军，力量应该相当强大了，但在俗人和俗儒手中，不是灭亡，就是苟存。千乘之国虽然力量不及万乘之国，雅儒却能保证其平安，证明雅儒的才能远在俗人和俗儒之上。至于大儒，即使只有百里之地，也能使其长久生存。再进一步说，大儒还要经营这百里之地，直做到天下人听从一个号令，让诸侯称臣。如果大儒能够在万乘之国主政，就能在很短的时间内称霸天下。很显然，这其中的不同，并不完全在于外在的物质力量上，而更在于人的道德修养和真才实学等内在方面。

从荀子对上述四类人的论断中能够得到一个重要信息，那就是，在荀子政治思想中，并没有形成明确的大一统理念。他经常提到的"一"，并不是如秦国后来灭亡六国后的大一统，而是一种思想上的统一。荀子主张的王政，也只是强调王者治理天下的方法是以德、以文治国，而并不是政治上和疆域上的一统天下、建立一个集权和专制国家。

对于儒者，除了俗儒、雅儒和大儒的区分之外，荀子还使用了"小儒""陋儒""散儒"和"贱儒"之类的说法。通过对荀子所用此类概念的了解，可以更全面地获知荀子对"儒"的认识和评价。

荀子是在无情的比较中让人们认识小儒的。不及小儒的是众人。众人自私自利，却还希望让人们认为他们大公无私；本来行为低下，还希望人们认为他们很有修养；本来非常无知，还想让人们认为他们是智者。高于小儒的是大儒：思想达到了大公，行为表现出了足够的修养，思想通达、知法知类。小儒介乎众人和大儒之间：努力克制私心，才能达到大公；克制私欲，才能表现出修养；有智慧，但只有勤学好问，才能获得必要的才能。

所谓陋儒，是指这样一种儒生。他们既不愿意向贤才学习，又不能遵循儒家礼法，只能做到杂学杂用，表面化地读一读《诗经》《尚书》之类的儒家经典而已。这种态度和做法，即使穷其一生地学习，也只能做一个鄙陋的儒生而已。

"小儒""陋儒"之外，还有"散儒"。荀子的说法是，那些推崇和遵循儒家礼法的儒生，虽然不明白礼法的缘由，也可以称之为法士，奉法之士的意思。可是，如果不能推崇和遵循儒家礼法，即使能明白礼法的道理，也只能做个散儒，也就是散漫之儒。这是在说，对于儒家的礼法，能言不如能行。既能奉行，又能明其所以然，应该是最理想的境界。但如果一定要在二者之间做出选择，中国传统思想认为行动在先。知与行之间是不能分离的，特别是对于能知而不能行的人，荀子更是激烈反对。能知不能行，就等于是不知。后儒主张"知行合一"，可以说就是针对荀子所言"散儒"式的儒生而提出的。

"小儒""陋儒""散儒"之外，还有"贱儒"，即荀子明确指出的子张氏之贱儒、子夏氏之贱儒、子游氏之贱儒。对于贱儒，荀子是最为反对的，并因此不惜点出名姓进行批判，而且这些名姓还与孔子弟子有关，可见对于荀子来说，这类儒者已经到了不可不说，甚至是无法忍受的地步了。

所谓某某氏之贱儒，其实是指这些人在荀子时代的思想传人。子张是孔子弟子颛孙师，而子张氏的传人，只讲求儒生的表面文章，注意儒家式的衣着和言谈，甚至行走的样子都要模仿儒家推崇的古代圣人。荀子的

子游画像

言下之意是，这类人的真实行为肯定没有达到他们所效仿的圣贤标准。子夏是孔子弟子卜商，而子夏氏的传人，也是刻意模仿儒生的外表，在衣着和表情上下足了功夫，以至于整日表情严肃，以不言不语表现其深沉，这在荀子看来并不是修身真正到家的表现。子游是孔子弟子言偃，而子游氏的传人，本来就是不劳而获之徒，却还找借口说，君子是不必亲自出力的，而在荀子看来，需要不需要用力，并不是君子与小人的区别。

荀子所提子张、子夏、子游，正是孔子晚年的三位杰出弟子，加上曾子（曾参），后人称为"孔门四杰"，是孔子思想的主要传人。根据《论语》记载，这四位都有不凡的思想和突出的行为。子张之学立意高远，专求卓越；子夏之学稳扎稳打，专求实效；子游之学高屋建瓴，专求创新；曾子之学注意实践，专求守成。

很显然，三类"贱儒"的表现，与他们的思想先人，即子张、子夏和子游的思想特点是息息相关的。也就是说，"贱儒"们的所作所为，正是孔门三杰的思想滑入极端的结果。或者说，三杰的思想固然高明，但其后人一旦把握不得当，就容易滑至荀子所言"贱儒"的思想偏激、行为怪诞的泥淖之中。

荀子当然不是批评孔门三杰，但由于他们的思想传人，至少是部分思想传人，并没有把握住三杰的思想精髓，这才跌入"贱儒"行列。子张的追求卓越，容易导致形式主义；子夏的追求实效，容易导致装模作样；子游的追求根本，容易导致不做不为。由此看来，荀子对"贱儒"的批评虽然在言语上难免刻薄，如同他对于其他丑恶现象的抨击一样，但实际上却是抓住了问题要害，对于孔门之学的偏学末流，做出了精到的判断和批判。正如荀子随后分析的，圣人的表现与"贱儒"相反，其行为看上去很飘逸洒脱，但本质上并不懈怠和懒惰；看上去忧劳不断，但却不松弛和散漫。圣人能够做到宗从大道的本原，并根据不同情势做出应变之举，即使是有所委曲，也非常合乎事物的本有规律。

荀子是儒者，也非常看重这样的身份，所以才对那些有儒之名而无儒之实的各种"非儒"进行尖锐批判。人们不禁要问，既然儒者有高下之分，那么，儒者的基本含义是什么呢？

根据荀子的描述或定义，身为儒者，一定要学习儒家基本经典著作，认同儒家所肯定的圣贤之人，遵循以孔子思想为核心的儒家礼法，并且要把这些修身所得推广到现实之中，而儒者本人，则必须要有积极投身现实政治的追求。只是在这个过程中，受主客观因素的影响甚至制约，必然会发生种种不到位的甚至扭曲现象，比如言语与行为的脱节、有意无意的误解、力不从心的遗憾，等等，结果就出现了诸如俗儒、小儒、散儒、陋儒、贱儒等不尽如人意的儒生。荀子之所以明确地从儒生群体中把诸如此类的儒生分离出来，目的并不是为分离而分离，而是让儒生警觉，不要在成长过程中滑入可能的邪路上去。

第三节　王政霸政，人治法治

人类文明肇始于文化认同，或者说文化自觉。在诸种文化自觉中，政治文化是排在第一位的。此所谓政治文化，就是人类意识到对自己的约束和管理，以及对这样的约束和管理需要一定之规。在这方面，华夏文明是相对早熟的。诚如荀子已经认识到的，先贤先圣们从远古时代开始就认识到"群"的必要性、社会的必要性，并由群体性的社会演进到国家，形成具有鲜明特色的中华政治文明。

到荀子时代，政治文明已经渗透到社会生活的每个角落，在农耕社会经济基础上，政治生活高于一切。对于非体力劳动者而言，政治生活也是他们的唯一追求。所谓诸子百家，说到底都是为了参与政治文明而出现的。百家之学说都是围绕着国家政治生活展开。更为重要的是，如果说荀子时代之前的政治发展方向还不甚明朗的话，那么，到了战国末期荀子时代，天下归于一统的结局已经不可避免。所不同的是，这样一个即将到来的一统究竟应该是一种什么样的形态。

在这样的时代背景下，荀子政治思想呈现出两方面特色，一是对国家政治的肯定和重视，二是对于一统天下的展望和设想。在具体政治实践方面，荀子首先分析了种种国家形态。应该强调的是，这里所说的国家形态，是荀子时代特有的，与现代意义上的民族国家有明显区别。区别之一是，这些国家有着基本的文化认同和价值取向；区别之二是，这些国家都有一统天下的愿望。也就是说，这些国家是生活在不同地域的同一类人，他们都在奔向同一个目标，而相互间所争所斗的，不过是谁先到达目的地而已。

君子治国

对于国家政治本身，荀子有系统认知。在荀子之前，先秦时代思想家基本上都有这方面的观点，但尤以荀子的认知最为系统。

国家是什么？在荀子看来，国家是天下最可以利用的事物，相应地，一国之主就是天下最可利用的位势。拥有一个国家，是人世间最大的资源。如果能够用大道管理一个国家，这个国家就会得到最大的安定，最大的荣耀，也会把世上所有的美好积聚起来。相反地，如果不能够以大道领导一个国家，就会遭遇到最大危险，最大累赘，有这个国家还不如压根儿就没有这个国家。甚至在一些极端情况下，身为君主，就是想做个普通老百姓都没有机会了。

春秋战国时代，有籍可查的极端政治事件中，身为君主，其下场真是还不如普通百姓。春秋首位霸主齐桓公，死后无人收尸，尸体腐烂后蛆虫都爬出了房间；武功盖世的赵武灵王，却得到了被困饿死的结局。至于因为君主的无道而使国家和百姓遭殃的事件，更是数不胜数。所以，荀子不得不强调，君主虽然可以占据天下最有利的势位，但这样的势位并不能自动导致国泰民安。要想实现国泰民安，君主也能安然处位，必须遵循大道。

中国古代往往以"重器"或"大器"来形容国家的重要性。器者，物也。国家是天下最大的器物，也就是说，国家是人类生存的最重要的保障。荀子说，国家是天下的大器，是重大的责任所在，一定要放置在一个合适的位置上，一定要为国家选择最佳的治理之道，否则就会有危险，就会无路可行，最终走向灭亡。荀子所说的把国家放在合适的位置上，并不是指君主能够占有土地就万无一失了，而是说他们必须选择正确的治国之道，选择胜任的治国之人。

荀子清醒地认识到，治理国家需要持久用力，不断更新求变。由于种种原因，国家也会出现问题，甚至破败，但这并不是本质性的改变，只要认识到问题所在，下决心改正，就会保持千岁之国。尽管时间不能永恒，人生也不能长生不死，为什么还会有千岁之国呢？荀子回答，那是因为有千岁之法和千岁之信士的存在。王道就是千岁之法，能信守千岁之法的人士就是千岁之信士。一个国家，交给能够坚持礼义的君子去治理，就会成为王者之国；交给端正诚信之士治理，就是霸者之国；交给喜欢阴谋诡计的人治理，就会成为灭亡之国。

在当时农耕社会背景下，人们普遍推崇人自身的能力和决定性作用。因为在农业生产活动中，一分耕耘就会有一分收获，这是人们的普遍信仰。同时，农业社会规模较小，对法治的要求也不迫切，所以，对于人治的作用和效率，人们同样也有着普遍信仰。法律和刑罚虽然能够震慑和约束人的行为，但在宗法社会里，人们更相信人心的作用、榜样的作用。同时，法律体系并不成熟，法律条文总需要人去执行，法治的成本远大于人治，所以，人们还是倾向于把社会管理寄托在人治上。在上述荀子的国家观中，荀子已经明确表达了对人治的最终寄托。一个社会走向哪里、怎么走，最终决定权在人的手中，当然更多的时候是在君主和当政者手中。

如同动物在自然界有他们合适的居处一样，人的合适居处就是国家，并且是一个政治清明的国家。国家不仅是指一块土地，更重要的是土地上的人。进而言之，有土地、有人民还不能说是国家，还必须是政治有道、君子治之。在荀子思想中，国家的基本要素是土地、人民、道法，而君子既是道法的制作者，又是道法的推行者。国家有道法固然重要，不可或缺，不过，荀子认为，国家有好的道法并不能保证不出现乱局，而从古到今，如果国家由君子治理，则肯定不会出现混乱。

荀子的这种明显理想化的结论，一方面来自政治现实，一方面则是深受农耕社会性质的影响。在当时各国，从现象上看，社会动乱主要是来自从政者的政治野心和贪婪，这些人物对自身缺乏约束也是有目共睹的事实。另一方面，在农耕社会中，人们的生存领域相对有限，成规模的人员流动更是少见，所以，在某个相对固定的社会区域，只要社会管理者达到了一定的道德水准，就能够有效地直接约束和影响所有社会成员，并且从结果上看，在这样的社会环境下，人治也比法治的作用更为明显。所以，荀子就主张人治为主，崇信君子之人的作用，而把法治的作用放在从属地位。还有一个重要原因，就是当时的社会发展并不能提供全方位法治体系，更不能从制度上消除君主专制的根本弊端。

王政霸政

在荀子时代，国家的治乱存亡是各国的当务之急，这也就要求所有政治思想家必须首先回答治与乱、存与亡的问题。荀子认定的国家形态，就是王政、霸政和亡政这三种基本类型。相对应的国家就是王者之国、霸者之国、亡国者之国。如果以王者之法治国，用王者之才治国，国家就会称王。霸者、亡国者亦然。当然，在不同场合的表述中，荀子也有其他说法，但这三类是基本类型。其他说法有可能是荀子思想发展过程中的变化和微调，也可能是不同上下文中的方便表达。

一个国家，人们想让它往大里走，它就会往大里去；人们想让它往小里去，它就会往小里走。走到最大处就是王者之国，走到最小处就是灭亡之国，在大与小之间摇摆不定，就是霸者之国，或者叫存续之国。

要达到王者之国，最关键的因素是先义后利。特别是在用人方面，不分亲疏、不分贵贱，一律求之以真才实学。

与王者之国相反，灭亡之国采取的治国之策是先利后义。不分是非，不辨曲直，只要是君主的亲近之人就能得到提拔和重用。

那些仅能维持生存的国家，则在上述两种情形中徘徊，一治一乱。

孔丘字仲尼,鲁人,開元廿
七年制追諡為文宣王。

至聖先师

孔子画像

"三政"的本质区别是:王政的重点在夺人,包括人心、人才,其结果是让诸侯臣服,一统天下;霸政的重点是夺国,即争夺盟国,与其他诸侯国结盟为友;亡国之政的特点是夺地,抢夺土地,这必然与其他国家产生矛盾,树立敌人,结果就是把自己置于危险境地。

以义立国,可以称王;以信立国,可以称霸;以权谋立国,则只能灭亡。这其中,王者与霸者的区别更为重要。义与信,看上去都是积极精神,但义的重点在内容,信的重点在形式。义者必信,信者未必义。

追求王者之国的君主,完全是以礼义治国,哪怕是在得天下的过程中做一件不义之事、杀一个无罪之人,都是不能接受的,都是不能称之为仁义之君、仁义之主的。做事要委派义士,治国要使用义法,率领群臣要根据义志。这样一来,举国上下都以义为先,就会使国家建立在稳固的道德基础上,进而安定国家,安定天下。

无权无势的孔子,就是因为一生追求诚和义,以义修身,以义成行,并且把这样的思想系统地表达出来,贡献给世人。在他取得成功的时候,不仅当世之人完全明了,而且影响到后世。显然,荀子所指孔子的成功,并不是指孔子在世时的俗世功业,而是指孔子思想对后世的巨大影响。那么,身为普通人的孔子尚且能够建立如此巨大的功名,而占有资源、手握重权的诸侯更应该不甘落后。

诸侯能以诚义为指导思想,制定法规政策时能够贯彻大义,并体现在日常政事之中,同时强调赏罚的作用,就能够建立惊天动地的功业。正好比当年的商汤王和周武王，举国成就大义，很快就取得了成功。其实，他们当年创业的地方，比如商汤王的亳地、周武王的鄗地，也不过只有百里之大。他们之所以能够以百里之地为基础，实现天下统一，诸侯称臣，让头脑清醒的人都来服从，没有其他原因，就是因为以大义为建功立业的指针，即所谓的"义立而王"，只要坚持大义，就能够称王。

王者之道与霸者不同，与亡国者更不同。王者的政治作为，一言以蔽之，就是以仁、义、威对待天下。以仁对待天下，天下之人就会与王者亲近；以义对待天下，天下之人就会尊崇王者；以威对待天下，天下之人就不会与王者为敌。仁者以理服人，以义待人，以威临人。这三者加起来，就会让天下人心服口服，就不会通过战争，使用暴力手段强迫人们就范了。

王者既不是空穴来风，也不会是一蹴而就。根据荀子思路，大抵是由强者发展为霸者，由霸者发展为王者。说到底，王者是最高理想，但也是以实力为基础的。有了强大的实力，才能布仁、布义、布威。只是王者与霸者的最大不同是，在任何一个阶段，王者都有坚定不移的目标，都把以德服人、以惠待人作为崇高目标，这样才能由强而霸，由霸而王。

建立王者的事业是极其艰难的。在《荀子》中，荀子能够指证的王者，都是王朝的建立者，并且主要集中在商、周二代。着眼于现实，以及荀子所能了解的史实，霸者的事业可能更具有现实可行性，尽管这并不是荀子思想所要达成的终极目标。或者说，王者之业是遥远的理想境界，所以荀子对霸者和亡国者的描述更为详细。

先说霸者，即霸主之业。论德行，霸者没有达到最高处；论大义，霸者也没有达到最高要求。客观地说，霸者只能说是大体上达到了治理天下的基本要求。具体说来，霸者的思想核心是守信用，特别是在刑罚和奖赏方面，做臣下的都知道霸主是能够说到做到的。

根据历史记载，凡霸者已经确定的政令，以及与别人或别国的约定，不论对其自身是利是害，都能够不折不扣地履行。这样一来，霸主之国就能实现军强国安，让敌对之国深深地敬畏。由于相当守信，霸主也很能让同盟之国信服。

比如荀子认为的"五霸"，即齐桓公、晋文公、楚庄王、吴王阖闾、越王勾践，即使处在偏僻之地，如吴、越二国，也能够威震天下。荀子反复强调，这"五霸"之国，论其政治和法制建设水平并不算最高，论其治国之理念也难以达到让人心服，但是，他们很注重符合实际的治国方略，知晓如何利用和节省民力，很认真地积蓄国力，抓紧建设军备，举国上下都对君主表现出了足够信任，这才使其他诸侯国无法与之抗衡。霸主达到了这个境界，荀子称之为"信立而霸"。

霸政的具体做法是，对内发展生产，蓄积所得，重视人才，赏罚严格。对外维护正义，复兴已经被灭亡的诸侯国，保护弱小的国家，这显然是没有兼并他国之心，所以被各国亲近。即使是敌对之国，也要以友好之道相处。不兼并弱小者，不敌视竞争对手，各国诸侯就喜欢前来结交。所以，在天下还没有出现王者的时候，霸者就会成为"常胜"之国，在天下政治中占据上风。

这种政治模式，显然是对春秋时代霸主政治的描述。荀子久居齐国，对齐国政治相当了解。回顾齐国历史，战国后期，齐湣王灭亡燕国不成，反被燕国大将乐毅联络赵、楚、魏、秦四国，大破齐国，齐湣王不得不仓皇出逃。再往前追溯，春秋中期，当年的天下霸主齐桓公，在柯之盟上，曾经被鲁国大夫曹刿劫持，不得不接受鲁国提出的条件。在荀子看来，之所以会发生这种事情，就是因为当时的齐国并没有走上王道，却想通过计谋来实现一统天下的梦想。

霸者没有王者的道德高度和对善的追求，但却掌握了很好的生存原则和发展法则。荀子对此的解释是，当其他国家穷兵黩武的时候，霸者则养精蓄锐，等待恰当机会。当其他国家奢靡消费、大量浪费粮食的时候，霸者会努力组织生产，做必要的储备。当其他国家把战斗之士用在个人寻仇、为在位者报私仇的时候，霸者则让他们积极备战，在朝廷中加以重用。这样一来，其他国家一天天地在消耗其国力，霸者则是在不断积蓄力量。直到其他国家不堪重负，开始走下坡路的时候，霸者乘机出手，一举称霸。

到了荀子时代，遑论王者之政遥不可及，就是霸者之政也只存在于过往历史记忆中。不过，相较而言，达到霸政更为现实一些。尽管荀子从政治伦理上讲并不能完全认可霸政，但着眼于现实政治的有效性，还是明确承认了霸政的积极作用。霸政尽管逊色于王政，甚至完全不同于王政，却因为更具有现实性和可操作性，就现实地成为王政的准备阶段。这样一来，王政与霸政就不会成为相互对立的政治形式。怀抱王政的理想，追求霸政的现实，最终成为荀子政治思想面对现实时的结论。这一结论，是荀子思想的历史贡献之一，成为两汉以来中国古代政治的大方向和总模式。

亡国之政

在了解了王政和霸政之后，再来看荀子认为的强国之政或亡国之政。

总体上讲，亡国之君的做派是，举国皆以功利为务，而对于大义和信用概不关注。对内欺诈民众，只求君主私利；对外欺诈盟国，企图获得更大利益。不是好好经营已有的东西，发展长项，而是老惦记着别国的东西。在上者欺骗在下者，在下者自然也会欺骗在上者，上下相欺，离心离德。结果只能是，被敌对国轻视，遭同盟国怀疑，到处弥漫着权谋欺诈的气息，国家必然会日益削弱，就只有灭亡的一条路可走了。

荀子在齐国生活的时间比较长，正赶上齐湣王时代，对于这一时期的齐国政治相当了解。齐湣王在位时，有一段时间，著名的战国四君子之一孟尝君田文主政齐国，齐国也曾经受到燕国等五国的联合攻击，几欲亡国，所

太原金胜村赵卿墓出土春秋时期之虎鹰互搏銎内戈

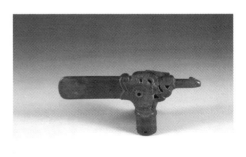

长治市分水岭出土春秋中期之銎斧

以，荀子就把齐湣王列为亡国之主。荀子抨击齐国唯利是图，反映的正是当时齐国的政治和社会风气。

荀子最不赞成以夺取土地为要务的强者之政。他分析说，以强力夺取土地，必然要发生大规模战争，战争必然要造成伤亡，其结果就是，受到强国攻击和伤害的那些国家的人民，一定是强国的仇人，一定要找机会进行报复。同时，强者之政统治下的本国之人因为不断陷于战争，也会有大量伤亡，一定会厌恶强者之政，逐渐拒绝为这种政治出力。

荀子以哲学家眼光分析了由强变弱、由大变小、由强变危的过程。

强者之政逞强的结果，会导致别国之人仇视，本国之人厌弃，结果就会由强变弱。三晋国家中的魏国基本上就走了这个路子。

强者虽然通过无休止战争抢占了不少土地，但土地上的人民却越来越少，这就是事倍功半。需要据守土地的人越来越多，但真正能把守住土地的人却越来越少，结果反而会是国土不断被侵削，不断地由多变少，大国逐渐成为小国。战国中后期的楚国基本就是这个样子。

在上述过程中，强国逐渐成为各国诸侯和人民仇怨的对象，虽然它看上去很强大，但并不是没有空隙，而是也会不断暴露出其强大之后的各种弊病，结果把自己送上了不归之路。在战国中后期，赵国就是这样，而统一天下之后的秦国又何尝不是如此呢！

荀子之所以用大量的笔墨分析强国之政，是因为这种政治方向是战国时代各国追求的首要政治目标，其效能也被强大的秦国所证实。荀子考察过秦国，对于以秦国为首的强国之政是有着理性认识的。从哲学上讲，世上并没有绝对好或绝对不好的事情，强国之政也是如此。强国一旦利用强力不加限制地夺取土地，看上去是好事，似乎变得更强大，可如果多行不义，就会走向危险境地。

但是，荀子也认识到，只要能够把握住强者之道，强国也未必一定会处在危险边缘。强者之道的核心是"不务强"，即不逞强、不去无限度无原则使用强力。具体说来，就是听从王者之命，保全实力，逐渐凝聚德行，使其他诸侯国无法削弱其力量。遵从如此"不务强"的策略，在没有王者和霸主的时代，强国也会经常取得局部战争的胜利。

荀子如此强调强者之道，显然是力图对秦国的强大做出解释。在荀子时代，天下既没有王者，也没有霸主，有的只是强大的秦国。如何面对和解释秦国的崛起，荀子认为秦国保持的是全力进取和凝神不变之道。秦国确实想做王者，但这个王者只是外表上的统一天下，并没有遵循荀子定义的王道。尽管如此，秦国还是企图向王者的方向行走。在这个过程中，秦国内部管理很有规矩，既能倾其全力约束自己，又能始终不变地对付六国。这样一来，秦国的"常胜"就是必然的了。

作为那个时代最有眼光的思想家，荀子站在了更高远的位置上，不会把有道之强者作为终极的政治追求。强国只是局部"常胜"，有条件"常胜"，并不具备符合道义的一统天下的必然。即使是有道的强者之政，也必须再上一个台阶，走向霸政。

到了荀子时代，中国古代政治发展经历了至少三种模式。第一种是早期大一统的分封制，这种制度至少兴起于夏朝，到西周时代臻于完善。第二种是诸侯力政的形态，主要表现在周天子失势后，有力量的一国或几国诸侯左右天下政治的局面，这时期的一个主要特征是，诸侯间相互消灭，更加集权的一统天下的要求还没有出现，也就是说，周天子虽然成为傀儡，但还没有诸侯有取代其地位的意愿。从时间上讲，第二种模式主要存在于春秋时期。第三种模式则出现在战国中期以后，周天子名存实亡，各国间的争斗已经到了你死我活的程度，兼并和统一已经成为天下政治的最终归宿。

这三种政治模式的发展历程，是荀子"三政"（王政、霸政、亡国之政）思想的历史、政治和社会基础。荀子把第一种模式总结为王政或仁政，的确有理想化倾向，但他对霸政和亡国之政的分析，在当时却有着毋庸置疑的现实意义，并深刻影响了现实政治的走向。不过，荀子对王政理想的详细描述，对于秦汉以后儒家政治理想的塑造也发挥了重要作用。

儒家人治

在治理国家和社会方面，究竟是选择人治，还是选择法治，自古以来就是个重要问题。在上文分析荀子"三政"形态时，关于人治与法治的不同其实已经是呼之欲出的问题了。这三种形态，乍看上去都是人治，即都依赖于君主或当政者个人的政治取向和才能，但深入分析之后会发现，在圣王治下的王政之中，王者个人其实是被笼罩在道德原则之下的，而这样的道德原则是外在的、神圣的、不变的、明确的和可操作的，与法治的精神是相通的，而在霸政和亡国之政中是不存在超越君主个人权力的外在原则的，是典型的人治之政。王政思想与法治精神的相通，可能并不是荀子的本意，但荀子通过对法治思想的思考和一定程度的接受，选择一种超越君主本人的治国原则作为其政治思想的最高境界，也应该是在情理之中。同时，王政为什么与霸政和亡国之政能够存在本质的不同，也值得深入讨论。

对于人治与法治的理解，中国古代的各家各派，各个时代的各色人等，都有着非常不同的观点。在荀子时代，这个问题相当突出。人治是各国的传统做法，而法治是秦国的治国思想。按说，各国按照国情选择人治或法治本不足为奇，但现实却是，法治之下的秦国国势强劲，人治之下的山东六国日益疲敝。在这样的现实之下，许多思想家陷入了两难，儒家学者尤其如此。儒家的人治思想确实能够自圆其说，但严酷的现实却给儒家思想提出各种难以回答的问题。在这种形势下，分析荀子关于人治与法治的思想，就非常有意义了。

儒家思想的一个根本支撑点，就是对人和人的能动性充满信心。孔子认为人是能够随着环境而改变的，孟子认为人性本善，甚至人皆可以成为尧舜。荀子虽然主张人性本恶，但认为通过恰当的教化和积极的学习，人是能够被改变的，也是能够成为圣贤的。另一方面，在当时农耕社会条件下，社会成员流动性有限，社会发展程度也相对简单，在任何一个社会管理层级上，社会管理者都能够掌握足够的具体情况，只要有胜任的、称职的官员在位，就能够治理好这个层级。尽管法律条文是必需的，但法律条文本身比较死板，远不如一个有修养、善职守的官员来得有效率、有灵活性、有人情味儿。结果就是，尽管荀子承认法治的作用，但在根本点和终极意义上，他还是更加崇信人治的作用。

荀子主张的人治，并不是专制独裁，更不是当政者依靠暴政的为所欲为。他说的人治，是那种具备了足够道德修养的君主所施行的社会管理。在荀子时代，从专制独裁走向腐败灭亡的政治人物并不少见，但在荀子看来，那并不是人治的理念和制度出了问题，而是那些人的道德修养没有达标。在他所读的圣贤之书中，在传说中的古往今来有成就的君主那里，在他自己的道德信念和政治表现中，人治的长处无所不在，这就使得像荀子这样的充满理想主义和社会正义的知识分子很难割舍对人治的钟爱。

在荀子看来，天下只会有昏乱的君主，而不会有混乱的国家，也就是说，只有君主才能从根本上决定一个国家的混乱或有序。这对于以农耕文明为基础的中国古代社会来说，确实是说到了根本之处。正是在此意义上，荀子接着又说，世上只会有治理国家的贤能之人，而不会有自动治理国家的法律。法律是由人制定和执行的，法律本身是被动的和僵化的，再好的法律也需要有人去理解、执行、修正。荀子此语确实有它的道理，并且也是他那个时代的真理。

从现代政治学的角度来说，这样的主张只具有一半的真实性。确实，法律需要人的制定和执行，在这个意义上来说，人比法重要，甚至人可以替代法的作用。但是，某个社会群体一旦选定这样的一个或多个管理者，就不仅要赋予他们治国的权力，还必须对这样的权力本身加以合理而有效的约束。一直以来，中国古代传统政治最致命的缺陷，就是缺乏对权力，尤其是最高权力的有效约束。

客观地说，在荀子时代，现实政治的发展还不足以让思想家们想到约束权力，尤其是约束最高权力这个问题。那还是家天下的时代，国家和社会是君主的私有财产，这是人们普遍接受的观念。荀子甚至提出这样的善良想法，那就是，既然国家是君主的私有财产，君主自然会去珍惜，即便需要约束，也只能是对君主的内在约束，即要求他们具备足够的道德修养和政治自觉，总之，对于君主没有必要也没有理由施加任何的外在限制、制度约束。事实上，不仅是主张德治和人治的儒家，即使是主张法治的法家，在当时也跳不出这样的观念限制。这是时代使然，不是某个人或某种思想的问题。后世的人们可以进行这样的分析，但没有必要苛求古人。

在上述时代和思想背景下，荀子才举例说，夏朝暴君桀王制定了相当多的法律，他本人却半途而亡，并没有顺利完成他的统治。同样，夏朝奉行大禹制定的法律，但夏朝最终也被商朝取代。这就说明，法令并不能自行解决社会发展中遇到的问题。在荀子看来，国家存亡、社会发展的关键因素是"得其人"，即有英明的君主在位。人是法律之源，法律是治国的开端。如果治国有了合适的人，法律虽然简约，也能够顾及一切方面。如果治国选人不当，法律再健全，在实施过程中也会出现偏差，不是先后顺序失当，就是难以应对各种突发之事、法律没有涉及的事变，最终使国家陷于混乱。因此，治国之人应该明白法律的本质，而不必醉心于不断地修正法律条文。法律条文再复杂，涉及面再广，没有合适的人去执行，也是枉然。

就法律与人的关系而言，荀子提出的这样的难题确实存在。在具体的治国理政中，也有相当多的事实依据支持荀子的观点。但其最大的不足之处是，因为事实上君主不可能受到法律约束，荀子和其他思想家的思想重点，就没有放在如何用法律约束权力拥有者和执行者的问题上。

因为权大于法，法律当然就显得力不从心，甚至相对渺小。在现实中，法律的地位低于权力，特别是最高权力，君主的地位和权力始终能够超越国家的法律，国家能否得到治理，就完全寄希望于君主一人。只有面对这样的现实，荀子关于法治与人治的理论才能够成立。着眼于时代和思想所限，荀子政治思想的重点，只能放在人治之上。至于人治可能导致的种种问题，全不在其考虑的范围之内。这并不是荀子有意回避的结果，而是时代没有这样的要求。

识人用人

在人治主义者看来，只要君主英明，就会任用贤人。各个官僚阶层均由贤人掌控，人治可能出现的种种问题当然不必去考虑。很显然，这样的一种推论，在很大程度上是理想化的，严重脱离现实的。

根据荀子的观点，在治国问题上，英主明君急于得到人才，昏君暗主则急于加强个人势力，包括加强权力、获得财富。很显然，以人才为主的君主不必太劳累于具体事务，国家就能得到很好的治理。君主功绩很大，名声很美，做到最好的可以称王，至少也可以称霸。那些不重视人才的君主，整日劳累奔波，国家却混乱不堪，无功无名，政权也会陷于危亡之中。

真正的君主，只会在用人上操心，而不会去亲自处理具体事务。君主用人，特别是用对了宰相，控制好了宰相，完全不必亲自去处理具体政务。这是荀子人治思想的实质，并为儒家选贤任能思想留下空间。英明君主施行的人治，并不是专制和独裁，而是用对人、用好人。至于如何用好人、用对人，并没有制度上的保证，只有君主个人能力和修养上的保证。从现代政治学的角度来看，这样的用人之道是没有任何客观保障的，其弊害也是无穷无尽的。

在荀子时代，既然君主专制的政治制度是无可怀疑的，那么，人治就成为现实政治的不二选择，而人治的核心，自然也就是如何识人和用人了。那个时代的人们谈论的识人用人，当然是政治领域里的事情，具体来说，就是君主如何任用大臣，上级如何选择下级。在传统儒家看来，政治上的识人用人，应该首先选择人的品行，把被识、被用之人的道德品质放在最重要位置上加以考虑和考察。

在识人和用人方面，荀子思想在继承传统儒家注重道德修身的思想之外，也吸取了法家的一些主张，甚至是一些"术"的内容，即识人用人的具体方法。传统儒家的修身之道也讲究方式方法，但与法家之术还是有所不同，主要是指导思想的不同。传统儒家主张正面教育和倡导，而新兴法家则主张预防和惩戒。这其中潜在的思想观念，还是传统儒家倾向于人性为善，而法家倾向于人性为恶。

在识人用人方面，各个阶层、各种场合都存在相关问题，泛言之，识人用人涉及一般性的处人之道，荀子以"君子之道"冠之。但是，由于荀子思想的重点所在，他还是把这方面的问题更多地投放到了政治领域，特别是一国之主在识人用人方面的主张和方法上。毕竟，君主的识人用人之道，对于政治发展、社会生活、个人命运等方面的影响，更胜于其他方面。

荀子用人之术的基本原则，是要求在上者的公开、公正和公平。谋求私利是人的本性，在专制政治之下，这种本性容易无限度地表现出来，对此加以遏制甚至予以消除，显然是问题的要害。但是，受现实条件和人们认知程度的限制，荀子提供的应对之道无疑是儒家式的，即更倾向于表现当事者的主观性，甚至完全依靠君子之人的个人道德自觉和应对能力。当然，一旦所有在上位者都是儒家君子，无疑就达到了最高尚的政治形态。但无论是当时的现实，还是后来的历史都证明了，这是一种理想化的、不现实的主张。

对于识人用事的现状，荀子还是有着清醒认识的。荀子五十岁之后开始游历天下，在楚国为官多年，也经历了政治上的起伏沉浮，他在识人用人方面的认知和感慨是相当锐利的。对于那些合理的处世之道、修养之道，在口头上反对的人怕是不多，而真正能做到的也是不多。在识人用人问题上，君主对于选贤任能的观念通常也没有异议，而问题的症结，是他们说得到、做不到，荀子称之为"口行相反"。这样的君主，因为做不到用贤而退不肖，做不到用能而黜不能，他们的结局也就只能是一条悲惨之路了。

在荀子看来，那些生活在当今时代，却对古代圣王之道心存敬畏的人士，通常是不会为非作歹的，其中个别人也许会行为不端，但绝大多数人肯定是行为端正的，因为他们内心之中是有原则的，至少也是有底线的。作为君主，当他取用大臣的时候，首先要看他们的志向，也就是他们的道德追求是什么，然后再提出具体要求。这些具体要求有三方面内容，一是内心贪婪的人不要取用，二是行为不守规矩的人不要取用，三是言语妄诞、缺乏信用的人不要取用。这就好比是，弓箭调试合格之后才能去要求它有没有劲道，马匹被驯服之后才能去看它是不是良马。同样，那些有志于从政的士人，只有在确认他们的道德品质没有问题之后，才会考察他们是不是有才能。一个士人，如果品质很差，却很有才能，那就好比是凶恶的豺狼，是不可以接近的。

在识人用人方面，主动权掌握在君主和在上位者手中，因此才要对在上位者提出严格要求，这是传统儒家政治传统的核心所在。儒家之所以崇尚人治，其重要的思想支点之一，就是对于以上示下的模范带头作用的信仰。荀子思想中同样有这样的观念，坚信只要在上者的示范作用做到位，在下者就会随之跟进。

荀子做过基层官吏，并有机会周游天下，观察各地风土人情，交往各国政要，对于人世间的种种事物和现象，有过亲历亲炙，当然也有深入思考。就各种治国制度和人的主观能动性的关系而言，荀子更相信后者的主导作用。

人们发明和制作了各种保证公平的手段，比如契约和度量衡器，但是，这些外在工具的公正性，与君主的模范作用相比，是不足为道的。如果君主喜欢权谋，臣下就会乘机使用欺诈手段；如果君主喜欢曲护他喜欢的人，臣下就会乘机使用偏私手段；如果君主喜欢颠倒是非，臣下就会乘机使用不公平手段；如果君主喜欢财货，臣下就会乘机盘剥百姓。

荀子由此得出结论，那些器用制作得再公平，也是治国的流，而不是源。只有治国者公平为政，那些器具才能发挥它们公平的作用。一旦君臣上下都曲意求私，那些器具并不会自动制止，更不会单独发挥它们的公平作用。正是在此意义上，才要说君子是治国之本源。在上位的君主养护好治国之源，端正治国理念，约束自身行为，官吏才会守护好治国的那些器用手段，从而造福于国家和社会。

君主推崇礼义，尚贤使能，没有贪利之心，臣下就会表现出足够的辞让，尽力表现忠信，谨守做臣子的本分。当各级官员的模范作用影响到普通百姓的时候，即使没有那些公平的度量衡器具，也会出现公平诚信的行为，以至于不用奖赏百姓也会劝勉，不用惩罚百姓也会服从，官吏不用劳顿也能完成公务，法令不必太多也能使社会风气变好。结果就是，老百姓无不顺从在上者的法度、遵从在上者的意愿，努力完成在上者的安排，上下安乐，社会和谐。这种社会发展程度，荀子称之为"至平"，最高层次的公平和平和。

荀子强调君主和在上者的模范作用之所以有一定的合理性，甚至有一定的可行性，是以君主集权和农耕社会为基础的，并不具有无限可延展性。更重要的是，历史告诉我们，如果把一个国家和社会的希望寄托在一个人身上，特别是寄托在那一个人的自觉性和模范性上，是完全靠不住的，其最终结果也往往是灾难性的。

人治法治

荀子把王政置于霸政之上，或者更为欣赏王政，也是古代政治发展史的必然。在荀子时代，权力集于君主一身，且君主之位是世袭而来，在这样的政治环境下，很难想象法治能够高明或周全到什么程度。出于对君主制的信仰，思想家们更倾向于寻找法律制度的不足之处。这种思想倾向，在荀子这里甚至表现在一些从政的细节之中。

作为在上者，或者主事者，在处理政事的时候，如果过度严厉，并且不喜欢听取下属的意见，下属就会畏惧怕事，不尽其心。这样一来，大事小事都会难以完成。相反，如果和颜悦色，喜欢听取各种意见，并且不加区分地接受，就会有各种各样的意见纷至沓来，甚至奸邪之说也会出现。这样一来，政事就会变得非常复杂难解，形成新的困难和麻烦。

荀子所说的这种情况，在具体处理政事的过程中确实是存在的，不过，荀子之所以如此强调这种情况，重点在于说明，不管法度有多严密，在具体执行过程中，执法者个人的好恶、性格、修养等因素，必然会影响政事的处理结果。或者说，法律再严密，也不可能穷尽所有的可能，所以，执法者必须要有一定的灵活性。

在处理政事过程中，如果完全按照法律规定行事，不进行全面考虑，那么，遇到法律没有规定的事情，势必就无法完成。同理，如果只按照职责做事，凡事不能通融，那么，遇到职责规定之外的事情，也是无法进行。所以，要用"公平"和"中和"去弥补职责不及和法律遗漏之处。按照荀子的看法，只有依法行事的同时再加上全面考虑，遵守职责的同时再加上通融权变，才不会遗漏什么。而如此周全的做法，也只有君子才能做得到。

法律规定了的，按照法律去做；法律没有规定的，就需要君子的灵活处理，具体说来，就是根据处理同类事情的办法去处理。在这个灵活处理的过程中，要有"经"，即法律的基本原则，以此避免偏私和私利作怪。还要有"权"，即君子的灵活应对，以此避免合理的事情也难以完成。对于上述路径，荀子概括为，即使有良好的法律，也会出现难以处理的混乱情况；但是，如果是君子主政，什么情况下也不会出现混乱状况。

在当时的君主专制政体之下，以及当时的社会发展程度的背景下，与世界其他文明相比，古代中国的法治进程虽然已经很是超前，但其系统性、全面性、成熟性、科学性，与近现代人类社会对法律和法治的认识水平相比，应该说还是相当稚嫩的。在这种情况下，希望完全用法律去治理社会，也应该是相当理想化的。荀子把良好社会的希望寄托给儒家君子，显然是顺理成章的事情。但是，其中存在的诸多问题，也是不得不加以考虑的。

人们当然不能把近现代社会的法治观念强加给荀子，也不能因为荀子的法治思想没有达到近现代社会的法治水平而去无端地批评他。立足今天，应该要努力从荀子思想中分析出一些道理，比如：荀子为什么会那样去想？与更为合理的法治精神相比，荀子的法治思想的不足之处是什么？这样分析的目的，不是责难荀子，而是提高人们的认识水平。

不用说，即使是在今天，法律也不能解决所有问题，法治社会也不能预测到所有可能出现的社会现象和社会问题。对于这些缺憾，只能以新的更合理的立法和执法去弥补，而不能因此就用人治去填补。另外，荀子所说的君子之人，是达到极高道德水平的儒家修养的君子，而这样的君子不可能凭空产生，而只能来自现实。但是，如果现实就是人治的社会，是人性为恶的社会，这样的君子是很难产生的，更不用说要完善一个社会，可能需要大批这样的君子。

从逻辑上讲，荀子的这种出自善良愿望的想法基本上是行不通的。这不是说在现代社会行不通，就是在古代社会，在荀子时代更是行不通。到头来，荀子的人治主张，不是被弃之不用，就是被专制制度所利用。被弃之不用，是因为荀子把对从政者的道德要求放在首位，这是当时的政治人物所不能接受的。被专制制度所利用，是因为荀子看重君主至高无上的权威作用，这在大一统的时代是颇受专制帝王青睐的。在专制制度下，把人的因素放在首位，最终还是一个人治社会，法律的作用、法治的精神只能被人治的现实所利用。从这一方面来说，荀子的思想基础无疑还是儒家的，而过度相信人的作用，特别是君子、圣人的作用，无疑是传统儒家最致命的缺憾。

在人治与法治的关系上，荀子从根本上讲是推崇人治的，但是，他并不否认法治的效力。根据荀子的政治理论，一个理想的国度当然是人治大行，直到王政的普遍推行，实现圣人之世、仁人之治。然而，着眼于现实，荀子当然明白圣人之世不可能一下子到来。那么，要从现在做起，从现实起步，就得重视法治的作用。荀子认为，"君子治治，非治乱也"（《荀子·不苟》），意思是说，以君子的礼义之道治国，只能在治世发挥作用，而在乱世，还须使用法治的赏罚之道。所以说，在荀子的国家观之下，其政治主张既有高远的理想，也有现实的选择，只有人治和法治相结合，才能最终达于圣人之世。荀子的主张，与他在学理上所认定的儒家思想和法家思想在治国之道上相互兼容的理念是一致的。

礼法融合

法治的问题，或者是依法治国的问题，在中国古代一直是一个重要且敏感的话题。既是一个政治话题，也是一个学术和思想话题。

特别是在先秦时代，中国的法治思想经历了重要的变革时期，为此后几千年中国社会发展奠定了政治思想基础。

在上古时代，社会结构比较简单，并不需要复杂的法治管理，更不需要向全社会公开法律制度。生活在城市中的只有社会上层贵族和下层平民，生活在乡野中的则是出苦力的农夫。在这种社会结构中，只要社会上层能够约束自己，下层平民和农夫便能正常生活。在现实社会中，占据统治地位的贵族阶层虽然人数有限，但其力量也足以直接管束其他阶层。这个时候，社会更需要的是针对贵族的礼治而不是法治，而礼治的特点是，虽然也有条条框框，但却有相当程度的灵活性，并且不主张强制性，其基础是守礼者的道德自觉，或者是贵族个人、家族和集团之间的各种力量的相互制衡。

从东周时代开始，上述社会结构发生了变化，根本原因是社会生产力的提高，社会总体财富的增多，以及随之而来的人口的增加和社会阶层的日益多样化和复杂化。在这种社会背景下，社会上层即使照样能够约束自身，其力量也已经不可能直接触及其他所有社会阶层，也没有能力直接去解决各个阶层的各种具体而复杂的利益冲突。

造成各阶层利益冲突的原因，一是贵族阶层本身的堕落，导致其正面影响力下降，同时也使这个阶层的人数和力量不断消减。二是随着社会阶层增加，特别是以知识阶层为代表的社会中层力量的出现，使得知识和文明在更广大的人群中散布，各阶层在社会发展中发挥更大作用、发出更大呼声和取得更大利益的要求越来越强烈。三是社会财富在增加的同时，社会关系更加复杂，社会矛盾更加多样化，对抗性也更加强烈。

面对这种复杂局面，统治者依靠自身影响力，特别是道德影响力去管理社会显然已经力不从心，更不用说在世袭制的特权面前，他们的道德自觉也是与日俱减。要想安定社会，保证他们的权力、特权和利益得以继续，必须使用更有效手段对社会进行管控。这个有效手段，就是逐渐形成的法律条文和法治精神。

法律是一种契约，有成文法与不成文法的区别。这种契约精神古已有之。但在初民时代和上古时代，这种约束人的契约有若干特点。一是非文字性的，多以口头的，以及社会成员相互默契的方式存在着，所以，人们表现其恰当行为在很大程度还是要靠自觉。二是非公开性的，即契约的内容并不告知全社会，甚至社会里的某些人与这类契约无关。三是随意性和主观性的，即一旦出现了有违契约的人和事，社会管理者会采用人为裁定的方式，接受裁定的一方并不能预知结果如何。

子产画像

系统而成熟的儒家思想之所以在东周中期由孔子创发，与这种特殊的社会背景息息相关。知识分子也好，思想家也罢，如果关怀现实，参与现实，改革现实，在那个时代，都是要回答如何更有效更合理地管理社会的问题。孔子出生前的半个世纪，晋国制定"范宣子之法"，这是一部成文法，但并没有向全社会公开。孔子年轻时，郑国子产"铸刑鼎"（时在公元前536年，孔子十九岁），正式将郑国的成文法公诸社会。尽管郑国是小国，但这个事件已经引起了全天下普遍关注。公元前513年，晋国也把当年的"范宣子之法"铸于"刑鼎"，向全社会发布。此时，孔子四十二岁，思想已经成熟，对这种做法提出了严厉批评，认为这是一种思想退化和社会倒退的行为。

孔子之所以这么认为，并不能简单地归结为孔子的思想是保守的，而是孔子关注的重点与其他人有所不同。孔子并不反对法律，也不反对依据法律行使的赏罚。孔子更加看重的是，当政者应该把治理社会的重点放在自身道德行为和模范作用上。如果全社会以法律为准绳，老百姓就可以无视官员的模范行为，只要不犯法就可以了。而官员也可以随心所欲，不在乎社会舆论和自身形象的问题了。如果人们只根据法律行事，甚至以不犯法为行为底线，就会出现道德崩溃、社会风气败坏的恶果，而这种恶果在那个时代是法制所无能为力的，也是孔子儒学最为担忧的。

事实上，就是在当今法治社会里，法律也不可能约束人们的所有行为，更不用说社会还会时时出现新问题、新矛盾。如果说法律之外的其他约束手段都可有可无，这个社会也是不健全的。更不用说，孔子时代的法律事实上对于社会最上层并没有很明确很严格的规定，更多地是指向社会中下层的刑事犯罪，目的是使社会治安得到保证，并没有对社会制度、等级秩序、高层特权等更能影响社会进程的方面加以规定，这才使得孔子忧心忡忡地说，如果治国的主导思想是以政令法律为主，以刑律作为行为标准，人们就只求幸免于受罚，而不会在内心里建立起羞耻之心。但是，如果以道德规范作为行为主导，人们就不但会有羞耻之心，还会自觉约束自身行为。这样的思想虽然深受"周礼"精神的影响，但却并不能简单地说是对于旧时代的回归。以德治国是人类社会的最高政治境界。它并不保守，而是超越了所有时代。事实上，与其说它具有保守性，不如说它具有理想性。

孔子的这一思想，是儒家坚持以德治国、以德修身的思想基础。到战国中期，有感于世风日下，孟子大力倡导"仁者无敌"，努力践行"大丈夫"精神，就是对孔子道德观的继承和发扬。到战国末期的荀子时代，虽然秦国凭借依法治国的手段使国力强盛、横行天下，证明了在那个时代法治手段确实能够起到立竿见影的作用，但是，放眼人类社会长远发展，荀子认定儒家传统的德治精神终究还是要发挥根本性的统领作用。

不过，荀子在坚持儒家德治为本的同时，与孔子和孟子相比，还是从根本上改变了儒家前辈们对法治有意无意地加以轻视的不足之处。在荀子思想中，以他的理性精神为基础，对依法治国予以了足够重视。正是在此意义上，一直以来，人们认为荀子是由儒入法的思想家。但是，如果能静下心来去认真思考荀子的法治思想时，所谓"由儒入法"的说法是比较片面和轻率的。

荀子的法治思想，与其他方面的思想一样，主要记载在《荀子》这部书中。但这部书是经过西汉学者刘向整理的。刘向的整理虽然功不可没，但其粗糙之处也是显而易见的。刘向把荀子言论的零散记载归拢起来，加以分篇，有高明之处，也有不甚合理之处。如同其他所有思想观点一样，荀子关于法治的思想，其实也是有变化有发展的，但在现存《荀子》中并没有这样明确的体现。这样一来，在了解和思考荀子的法治思想时，不得不多注意这些方面的问题。

立法之道

人为什么要违法犯罪？回答这样的问题，涉及法律的起源、法治精神的成立、法律的走向和执行等一系列相关问题。

在探讨犯罪行为如何发生的问题时，荀子使用了案例分析法。荀子批判了一种世俗说法，即认为上古时候人们都是薄葬，所以没有人去盗掘坟墓。在混乱的当今时代，因为出现了厚葬，这才引发了盗墓的犯罪行为。荀子在分析批判这种错误观点的同时，对于为何出现犯罪行为，也作了精彩分析。

荀子认为，凡是盗窃行为，都是因为盗窃者的贪取无度，并不是因为生活不能自给。所以，圣王在世，一定要使百姓生活富足，但却不能过度拥有。在这种社会状况下，不仅不会有盗贼，而且农夫和商贾都能礼让财货，导致社会风俗良好，男女自律，路不拾遗。荀子引用孔子的话说，天下有道的时候，盗贼最先改变其行为。这就是说，盗贼不窃不抢，是社会安定的最突出表征。在这时候，即使墓葬中满是财宝，人们也不会去盗掘，因为求利的动机并不强烈，而犯罪带来的羞愧之感更为强烈。

在混乱的当今时代，情况正好相反。

在上者的发号施令，在下者的行为做事，都没有法度可言；有头脑的人没有机会发表意见，有能力人的没有机会施展才能，贤良者没有机会被任用。这样一来，等于是天时、地利、人和尽失，该做的事情做不成，致使物质财富匮乏，各种祸乱纷至沓来。社会上层发愁不够日用，社会下层则忍饥挨饿。结果就是，统治者都跟夏桀王和商纣王一样暴虐，盗贼则肆意抢夺，危及社会，行为连禽兽都不如，盗掘坟墓就更不在话下了。这样一来，即使是薄葬或裸身埋葬，也会有盗墓贼光顾，更不用说多少有些装殓和随葬物品了。

那些认为盗掘坟墓是由于厚葬的说法，简直就是奸邪之人的胡言乱语，是欺骗愚者的大奸之人的表现。这其中可能还有一个背景，就是传统的儒家主张厚葬，所以，反对儒家的人以此为口实，对儒家提出批评。荀子的观点站得更为高远，从犯罪根源的角度对薄葬和厚葬的问题加以认识。他告诉人们，要想制止犯罪，最根本之处是建设一个和谐社会，而要建设一个和谐社会，必须保证经济发展，同时注重道德教化。荀子的观点中还隐含着一个结论，即法律并不能根除犯罪，只能通过惩罚在一定程度上遏制犯罪。

从学理上讲，法律并不能根除犯罪，但着眼于现实，荀子还是非常理性地承认法律的有效性。既然如此，就需要严肃对待法律，必须公平立法。法律规定不可能穷尽社会所有方面和所有事务，所以荀子主张，在有法律依据的事情上要按照法律行事，而在法律未及或不及之处，则"以类举"，即依照同类或近似的判例或案例来执行。法律是本，依法而行是末；判例是左，相似之事例是右。也就是说，世上各种事情看上去各不相同，但却遵循相同的规则，并因此而相互依存。根据这样的原理，赏罚之事完全可以分类完成，各种规定必须顺应民心才可以推行。

荀子在与一位名叫公孙子的人对话时，公孙子讲了一个历史故事。故事说的是，当年楚国令尹子发率军攻打蔡国，大获全胜，还俘获了蔡国君主。蔡国是楚国的相邻小国，春秋中期以来饱受楚国蹂躏，直到最终被楚国灭亡。这个故事应该就发生在这一时期。

子发归国述职之后，楚王要奖赏他，但他却推辞说，此次之所以能够取胜蔡国，主要是由于楚王号令威严、将官表现英勇、士卒尽力。奖赏我一个人，让我领受众人的功劳，这是不应该的，我不能接受。

子发这种表现乍看上去形象很高大。公孙子之所以给荀子讲这样的故事，估计也是因此而向儒家思想发难，因为儒者讲究谦退。但事实上真正的儒者并不做无原则的谦退。孔子在世时，就曾批评子路，不要推辞应该得到的奖赏。对儒家思想有着真切理解的荀子，也不会被公孙子的故事难倒。

因此，荀子严厉批评道，在这个事件中，子发完成君主命令很到位，但推辞君主赏赐的行为却很固陋。为什么呢？荀子认为，王者在位，主张尚贤使能，推行奖赏有功者、惩罚有罪者的政策，这并不是针对某一个人，而是针对全体人的，是要统一所有人的行为，让所有人都遵循一致的原则。善待善良者，厌恶丑恶者，这是治国的根本原则。在古代，英明君主在位时，如果国家大事已经完成，有关大臣也立下了功劳，那么，君主在享受大事完成的喜悦之余，一定会奖赏群臣功劳，比如给士大夫晋爵，给其他官吏增加薪俸，给普通人物质奖赏。这样做的目的是要劝勉做好事的人，打压不做好事的人，以达到上下一心、三军同力，使所有事业都能成功，所有人都有机会建功立业。

可是，这个名叫子发的楚国人却高唱反调。他违反先王之道，扰乱楚国法规，为难有功之臣，让应该受赏的人感觉羞耻，让参与建功的亲属得不到物质奖励，让他的后人得不到荣耀。这样的人，只是为了自己一人得到清廉之名，却让其他人遭受损失，难道不是太过分了吗?

荀子在此所述，是真正的法的精神，即秉持公平和正义。法的本质是"一人"，统一众人，即让所有人遵循同样的原则行事。国家制定的法律、法规，是要把所有人的行为统一到同一个规矩之下，任何破坏这种规矩的人，都是法所不能允许的。对这种规矩的破坏，不只包括一般意义上的恶行，也应该包括过度的善行。善与恶，都必须限制在合理合法的范围内，过度的善，经常会导致恶的产生。荀子的这种思想，应该是非常现代的。如前所述，尽管其他儒家思想家也有这方面的观点，但在荀子这里却有着相当深入的分析和论述，这是非常可贵的思想财富。

子发的"廉"的表现，荀子认定是"私廉"，即表现自私之心的廉洁。与荀子关于"职、分"的思想相联系，可以认为，一个守法之人，应该按照职责和地位去生活。他们既不能逾越合法所得，也不应该低于合法所得，否则就会让人认为他们有其他自私想法，更会破坏社会整体规则，迷惑人们对于究竟什么是善恶、做善事究竟有没有价值的正常判断。正是在此意义上，荀子才批评子发如此行为的"固陋"，即顽固和鄙陋，既落后，又缺乏见识。

法治精神

论及法治精神，在荀子时代争论得最为激烈的是犯罪和惩治的关系，即犯罪轻重与惩罚轻重的关系。大体上讲，一些肤浅的儒生主张重罪轻罚，让犯罪者有悔改的机会，期望以此涵养社会风气，达到治世。比较激进的法家人物主张轻罪重罚，以期尽快刹住犯罪之风，使社会秩序快速安定，使国家集中力量富国强兵。针对这两种极端主张，荀子提出了自己的见解。

荀子的切入点是一些世俗学者特别是儒家学者的观点，这些学者认为，在古代治世，如有犯罪行为，并不如法律所规定的，一定要在人的身体上施加某种刑罚，毁伤人的身体，而只是象征性地表示一下。比如说劓刑，并不是割掉鼻子，而只是在面部用墨色画出某种记号而已。荀子反对这种说法。他说，如果是真正的古代大治之世，人们一般是不会触犯刑律的，不仅是肉刑，连象刑也不必使用。如果一定要说那时的人们也会犯法，并且还要减轻对犯法者的刑罚，就等于是说，杀人的人不必被判死罪，伤害人的人也不用遭受刑罚。特别是，犯了最重的罪，却只受到最轻的惩罚，那么，普通人就不会知道什么是罪恶，结果只会给社会造成极大混乱。

荀子强调说，刑罚或法律的根本，是禁止暴力、摒弃罪恶，并通过惩罚而对人们发出警告，以防患于未然。如果说杀人可以不偿命，伤人可以不受刑，那就相当于告诉人们，要给暴力犯罪者以恩惠，给伤害他人者以宽免，这显然不是摒弃罪恶的表现。

通过以上对一般性的犯罪理论的分析，荀子断言，所谓象征性惩罚的主张，并不是产生在古代治世，而是出现在混乱的当今之世。在古代治世，凡是爵位、官位、职务、赏罚等措施，都与相应的行为相配合，有什么样的作为，就会有什么样的报偿。哪怕是有一个错位，都会成为社会混乱的发端。如果德行与爵位不相称，能力与官职不相配，有功者得不到相应奖赏，有罪者没有受到相应惩罚，那将是最大的不祥之事。回顾历史，荀子指出，周武王讨伐商朝，诛杀纣王，把纣王的首级挂在大旗上示众，就是表示惩治暴乱、诛杀凶悍，这才最后达到了大治。杀人偿命，伤人受刑，这

商纣王画像

177

是古往今来所有王者的选择，至于从何开始，那是谁也说不上来的。总之，刑律与犯罪事实相称，就是治世；不相称，就是乱世。换句话说，治世惩治罪犯时，该重就要重；乱世惩治罪犯时，该重的往往偏轻。

荀子上述法律思想和法治精神，与他的理性主义思想家的特色是一致的。片面轻罪治国，与片面重罪治国，都是荀子不赞成的，这又与他的融合儒法的思想相一致。孔子在鲁国做过专管司法的司寇一职，目睹人们在诉讼过程中不计一切的相互攻击，感觉这是对社会风气和道德风尚的莫大破坏，所以才说，在处理诉讼案件的时候，他能够深切体会诉讼双方的无奈和伤害。对此，孔子的结论是，当政者应该下大功夫治理社会，减少各种社会矛盾的发生，达到"无讼"，人们不必诉讼，不必在法堂上不讲廉耻地相互攻击，能够正常生活，那将是人类的福音。孔子"无讼"的观点，并不是取消法律惩罚，而是希望通过道德教化，把犯罪减少到最低，这显然与重罪轻罚的主张完全不同。但是，那些别有用心或心智不足的陋儒，很容易歪曲孔子的观点，认为孔子不主张惩罚罪犯，这正是对孔子思想的莫大误读。至于法家人物如商鞅、韩非子等，认为轻罪重惩能够从源头上治理犯罪的发生，则又是过于简单的想法，同样是缺乏智慧和理性的表现。

荀子强调，法律一旦制定出来，并且要在治理国家和社会中发挥作用，就必须做到公正执法，赏罚得当。

在执法过程中，刑罚与罪行适当，即所谓量刑准确，法律才会有威严，否则法律就会被人们瞧不起，也不可能被严肃对待，更谈不上被严格遵守。同样地，作为赏庆的爵禄官职，如果与贤者的德行和才能相当，才会被人们看重，否则就会被鄙视。任何一个治世，量刑都不会高于犯罪事实，爵禄也不会超过官员贤德。在这方面，最典型的例证就是，父亲犯罪不会累及儿子，兄长犯罪也不会累及弟弟。奖赏和惩罚都能够恰如其分，人们对法律心悦诚服，行善的结果会起到劝勉他人的作用，作恶的结果则能够起到让人吸取教训的作用。这样一来，刑罚尽管很少使用，法律的威严却遍及天下，各项政策规定很透明，教化的作用更是如神明一样影响深远。

混乱之世的情形完全不同。量刑随意，爵禄之赏并不依据贤德。更为恶劣的是所谓"以族论罪，以世举贤"，如果有一个人犯了罪，他的父族、母族、妻族之人，即使如大舜一样有德行，也都会受到牵连，比如秦国商鞅制定的"保甲之制"；另一方面，如果有先祖是贤德而有地位之人，他的子孙都会沾光，即使他们如同桀王和纣王那样暴虐无行，也会世世享受尊荣。完全可以想象，这样治理下的国家，必定是一个混乱无序的国度。

赏罚适当

荀子时代的法律主要是指刑法，当时称为法、刑罚，所谓执法也主要体现在赏罚之上。在荀子法治思想中，与他的霸道与王道并重、法治与德治并行的思想相一致，强调了赏和罚的同等重要性。

如果奖赏不能合理执行，贤能之人就不会得到进用；如果惩罚不能恰当执行，不肖之徒就不会被黜退。这样一来，有能力和没有能力的人都不会待在适合的官位上。更严重的是，万物都难以处在合适位置，任何事物的变化都难以得到合适回应，以至于天时、地利、人和都会失调，天下之人都会不满现状，如同在烈火上受煎熬一般。

由此看来，施政者一旦不能依照法律严格执政，不仅会影响从政者的政治前途，以及一国一地一时的政治清明，还会使这种消极和负面影响播撒到社会和人间的各个方面、各个角落，会影响到所有的人和事。

不过，在当时的政治制度下，人治的思维和方式依然占据主导地位，任何的法律法规也不可能顾及所有赏和罚的具体情况，导致赏罚的尺度不容易掌握，不容易恰如其分地加以落实。

对于这种令人沮丧的情形，荀子的主张是，从赏与罚的本意来说，奖赏不应该过度，不应该超越本来的规定，刑罚也不应该泛滥无际，不应该伤及无辜。奖赏过度有可能让小人获利，刑罚泛滥则会让君子受害。着眼于现实，赏和罚都存在着过度过量的问题，对此，荀子的态度是"宁僭无滥"，宁可奖赏过度，也不要刑罚泛滥。这样做的理由是，与其因为刑罚泛滥而伤及善良，还不如奖赏过度而惠及不守规矩之人。这是典型的儒家政治伦理或立法精神，在这方面，法家的主张正好相反。后世有所谓"宁可错杀一千，也不放过一人"与"宁可放过一千，也不错杀一人"的严重对立，前者体现的是法家的思想取向，后者则是儒家的治世原则。其实，在现实之中，赏与罚能做到恰到好处的时候或时代是少有的，多数的情形是"不幸而过"，不得不面对赏罚不公的情况，而正是这种严峻现实，才能真正区分出各家各派的思想取向。荀子坚持儒家主张，其伦理前提就是，伤害善良对社会的危害远远大于奖赏不良。这种观念固然很宽容，但在很多时代，实际情况却并不像荀子想象的那么简单和直接。

如何能够合理而顺利地施行赏和罚，如何使赏罚失当的状况得以扭转，并最大限度地造福于社会呢？循着儒家以德治国、以上示下的原则，荀子提出一些具有创新意义的主张。

荀子以先王和圣人为说，认为最高统治者只有高度注重自己的物质生活和日常享受的高水平，才能统一人们的思想、约束人们的行为；只有表现出对法治的敬畏，才能让人们守法，实现社会安定。具体说来，君主要有必要的手段，满足耳目之娱、口舌之味，让他治下的民众知道君主也需要极大地享受物质生活，这样一来，君主的奖赏手段才能吸引民众。这其中的道理是，要让人们都知道，必要的生活享受是合理的。君主是人，普通人也是人。人们的基本欲望，君主也喜欢；君主的享受，人们也能得到。普通人要想得到与君主同样的享受，就必须思想向善，行为端正。同时，君主还要增加劳动力，让官职齐备，使赏罚严明、刑罚严格，目的是要表现出看重法治的作用。这样一来，让老百姓都知道君主对法治也有敬畏之心，知道遵纪守法的必要性，从而使刑罚能够发挥其应有作用。

一旦赏罚得行，贤能之人就可以得到进用，不肖之徒就可以被黜退，能力不同的人都可以得到适当官位。在这种合理而清明的政治状况之下，社会方方面面的发展无不顺畅，物质资料生产自然不在话下。荀子相当夸张地描述说，社会财富如泉水一般源源不断，如大山一样堆积无边，甚至因为没有足够的地方收藏，只有付之一炬。到了这种地步，人们还有必要担心没有足够的财货满足生活需求吗？

荀子之所以如此信心满满，主要有两项前提或基础。

一是针对墨家思想而提出的主张。墨家主张"非乐"和"节用"，这是代表社会下层提出的主张。墨家认为社会财富在总体上是有限的，在他们时代又是不足的，所以要求节俭，要求去除与生产活动无关的消费，以使社会下层能够获得必要的生活资料。针对这种思路，荀子乐观地认为，只要方向正确，方法得当，人类社会是能够生产出必要的生活资料的，同时也是能够公平合理地分配给社会各阶层的。在这个过程中，起关键作用的是最高统治者，当时主要是一国之主。只要他们能够以身作则，严守赏罚之规，生产活动和分配过程就能合理到位，社会就能和谐向上。这样的思想，既反驳了墨家狭隘、悲观的主张，又补充了传统儒家相对轻视物质利益和法治的不足之处。

二是对于君主的要求。从荀子的整体主张来看，他所说的应该得到各方面满足的君主，是指称职的君主。也就是说，并不是所有君主都有资格获得全方位的满足和享受，更不是说让君主满足和享受的目的是让他们恣意挥霍。相反，只有称职的君主，或者是英明的君主，才有资格让社会满足其所有的个人欲望。所以，荀子强调满足君主欲望的目的，是着眼于全社会的合理需要，着眼于社会发展而提出的，并不是为了满足君主的个人需求而提出的。

很显然，要完全实现荀子的这些主张并不是一件容易的事情，其中的关节点，就是所谓满足君主的个人欲望，因为这个尺度是难以把握的。荀子内心的想法是，君主个人再无度地消费甚至挥霍，都是有限的。但是，在现实之中，当君主能够无度挥霍的时候，也是他的权力无限膨胀的时候。这种挥霍必然会无限制地随着无限权力蔓延开来，侵蚀到所有的人和事，直到把全社会送上不归之路。

教化为本

荀子虽然充分认识到了法律对于治理国家和社会的重要性、不可或缺性，但从根本上讲，他并没有也不可能放弃儒家教化的根本作用。

在荀子这里，法治又称为罚或诛。荀子首先明确教化与法治的关系。他认为，不进行必要的教化，完全依靠刑罚去治理人民，就会使法律变得过度繁杂。如孔子所言，法律条文太多的结果，是使人们苟且免于刑罚，但内心里却树立不起对于正义和良知的崇敬，导致社会风气正不压邪。同样，如果只是进行教化，不重视惩罚的作用，那么，作奸犯科的人不能受到有效惩治，就会导致社会混乱。看起来，荀子的相关主张——从逻辑上讲，应该教化在先，法治紧随；在实际操作层面，教化和法治应该同受重视、同时进行，如影随形，不可偏废。

有罚必有赏，这是荀子主张的法治与教化齐头并进的一种必然引申。如果只惩罚奸民，无视勤恳善良、表现良好之人，人们积极向上的自觉性就会受到挫伤，进而影响社会风气。同样重要的是，赏罚虽然重要，但更重视的是赏罚要得当。不仅要避免赏罚倒置，还要把握好赏罚尺度，即轻罪不能重罚，反之亦然；小功也不能大赏，反之亦然。如果不能把握好这些尺度，百姓就会产生奸心，就会寻求捷径，寻求邪门歪道。这样一来，善恶的标准不一，同样会殃及社会风气和社会安定。

在进行了上述基本定位之后，荀子还是回到了传统儒家基本立场，即重视教化的根本性、长久性和深刻性。他从先王之政讲起，列举礼义的一统作用，忠信和慈爱的影响力，尚贤使能的必要性，最后才提出了赏罚的重要作用。这就是荀子主张的教化与赏罚的逻辑关系。在这个过程中，荀子也强调了儒家的柔化手段。比如，"时其事"，是说适时使用民力；"轻其任"，是强调对民力的量力而用。根据儒家思想的推导，统治者表现出了对百姓足够多的关怀，奸邪之事就不会兴作，盗贼也不会出现，因为人们从内心深处达到了化善劝良，道德之心澎湃，刑罚自然就退居其次了。

荀子在此强调的逻辑顺序，依然是儒法结合，儒家主导。儒家之道易于流行的时候，社会基础就会很牢固，政令一目了然，并保持其一致性和通达性，所发挥的作用自然而有条有理。

荀子并没有忘记在任何场合都要强调的在上位者的表率作用。事实上，强调在上位者的表率作用，是传统儒家基本的政治主张。在上位者的表率作用，严格说来也是一种道德教化。不难看到，荀子的法治思想，以及他对赏罚之作用的重视，乍看上去是借用了法家主张，但仔细分析之下，就会看到其中被荀子注入的儒家思想的灵魂。从终极意义上讲，荀子的治国之道还是坚持了儒家道德力量的根本作用。

　　总括起来说，荀子虽然比孔子和孟子等其他儒家大师更为看重法治的作用，但他所谓的法治，是在儒家思想主导下的法治。以儒家思想为指导，以法家思想为实施，是荀子法治思想的特色，也是荀子思想的创造性所在。可以说，在荀子之前，思想家们都认为儒、法思想如水火不能相容，而荀子则以其深入洞察和成熟思考，从理论上和法理上证明了儒家和法家思想完全可以相融合，形成独特的、具有时代前瞻性的政治思想。特别是在难度最大的法治建设方面，荀子更是高瞻远瞩，既坚持了儒家德治思想，又肯定了法家法治措施，使中国古代政治发展获得了新精神、找到了新方向，并在汉代以后的政治实践中获得了巨大成功。

第四章　教育家荀子：
　　　传述儒家经典，回归教育学术

　　有关荀子的生平事迹，不得不依靠《史记》记载，但也不断受累甚至受困于《史记》的记载。比如说荀子在楚国从政之事，根据《史记·孟子荀卿列传》和其他相关传记的记载，不一致之处实在太多。所以，本书关于荀子生平事迹的说明，也不得不经常发出两可之辞。作者的心愿，主要是给读者提供一些可资参考的资料和观点。

第一节　投奔春申，终老楚国

战国楚地青铜"展翅攫蛇鹰"

　　荀子游历各国的最后一站是楚国，时间当在秦昭襄王中后期，楚考烈王前期。如前所述，范雎在秦昭襄王四十一年（前 266 年）任秦国之相，在秦昭襄王四十八年（前 259 年）辞去相国，荀子访秦，应该在这个区间之内，也就是说，荀子最晚在公元前 259 年离开秦国。这一年是楚考烈王四年。楚考烈王元年（前 262 年）春申君开始做楚国之相，到楚考烈王八年（前255年），即春申君做楚相第八年时，也就是荀子在到达楚国的若干年之后，荀子得到了兰陵令的职位。

不管时间上是什么时候，荀子终究是离开秦国，到达楚国，并最终在楚国兰陵地方做了最高行政长官，即"令"。根据在秦国所见所闻、所遇所谈，荀子意识到，秦国虽然算不上传统意义上的霸政，比如远不及齐桓公、晋文公时代，但依靠其有效的国家建设和社会管理，必定能够统一天下，而山东六国成为"亡国"只是个时间问题。荀子及其追随者当然改变不了这样的大势，所以，荀子最后决定，放弃近乎无效的游仕，去寻找一个能够养老的安稳之地。在山东六国之中，此时的楚国相对稳定一些，而且紧挨着秦国。就这样，荀子离开秦国，来到楚国。

荀子在楚国的经历与著名的春申君黄歇有着密切关系。

根据《史记》记载，战国中期以后，七国政坛逐渐出现了著名的"战国四公子"，他们是楚国的春申君黄歇、齐国的孟尝君田文、赵国的平原君赵胜和魏国的信陵君魏无忌。《史记》给他们都有专门传记，足见司马迁对于"四公子"和所谓公子政治的重视程度。

《史记·春申君列传》说："春申君既相楚，是时齐有孟尝君，赵有平原君，魏有信陵君，方争下士，招致宾客，以相倾夺，辅国持权。"这说的是，到春申君做了楚国宰相的时候，"四公子"的政治局面终于形成。"四公子"共同的手段或特点是，招揽四方宾客，特别是优待士人，并形成相互争夺人才的局面。"四公子"如此作为的目的只有一个，即壮大力量，保持权力，使自己的国家安定繁荣。司马迁对"四公子"的概括言简意赅，表现

司马迁墓

了他对于那个时代的士人所受政治优遇的推崇。这也就是说，正是"四公子"有着上述特点，像荀子这样的思想家才能充分利用他们的思想学说去适应或冲击那个时代。

"四公子"有上述司马迁所总结的相同之处，也有不同之处。除了所在国家不同，还有一个很明显不同，就是四人之中只有春申君是平民出身，并不是严格传统意义上的"公子"，而其他三人都是真正的诸侯世家出身。所谓"公子"是一个习惯说法，指的是诸公之子，即各国君主的后人。从《春申君列传》来看，春申君是楚国人，姓黄名歇，显然不是楚国的国姓熊姓，他之所以得志于楚考烈王，并在楚考烈王去世之前的二十六年间一直占据着楚相之位，是由于他具有战国纵横家的才能和胆识。战国纵横家是那个时代最有想象力、最有创新精神的一批人才，而这种精神与荀子思想比较契合，这也许是春申君能够任用荀子的内在原因。

说来说去，荀子之所以在秦国受到思想"重创"之后去楚国，应该是与春申君有关。可惜在相关史籍中，并没有荀子与春申君面晤的记载。在《荀子·成相中》中，荀子说："世之愚，恶大儒，逆斥不通孔子拘。展禽三绌，春申道辍基毕输。"意思是说，世人陷于愚昧，厌恶大儒，甚至使周游列国的孔子还受到愚民的拘押。鲁国贤人展禽（柳下惠）因为坚持原则而多次被从司法官的位置上罢免，而春申君同样未能完全实现其政治志向，半途而废。

柳下惠画像

限于本书篇幅，无法全面研究春申君思想，但从荀子的说法来看，显然是把春申君归于大儒行列，并且与孔子和柳下惠相并列，这应该是对春申君很高的评价了。当然，这种说法是在春申君死后才提出来的，所谓"辍基毕输"，是说春申君在楚国的基业全部被毁，无疑是指春申君被李园谋杀后的结局。不过，无论怎么说，春申君黄歇以布衣贤士的身份，能够在楚考烈王在位的二十六年间从始到终地做国相，这在古代史上也是相当少见的，并且也只有具备了高深儒士修养的贤人才能做到这种程度。荀子毅然投奔春申君，应该说是自然而然的事情。

荀子因为欣赏春申君的治国才能而来到楚国，当时的荀子名满天下，很自然地就被春申君接纳。此时，正好赶上楚国准备灭亡鲁国的战事，春申君就在公元前255年（楚考烈王八年、齐王建十年）任命荀子担任楚国兰陵地方（在今山东省临沂市苍山区兰陵镇）的行政长官。兰陵在楚国东北边陲，与齐国邻近，应该说是楚国应对齐国的重要地区。春申君选择荀子做兰陵之长，或许还有一个考虑，即荀子多年在齐国，对齐国情况比较了解，更方便对于齐国的一举一动做出反应。

不过，荀子为政兰陵之后有过什么政举和政绩，主政时间多长等相关事实，后人无法知晓。唯一对于荀子为政兰陵有所反映的，是《战国策》和《韩诗外传》中的一则故事。

如上所言，招揽门客是战国四公子的特色，也是那个时代的政治和社会风气之一。有政治地位并有一定经济基础的当权者，都会尽其所能招揽士人，供应他们吃喝用度，平时闲谈天下政治，议论一国之事，有特殊需要的时候则从他们之中选择合适的人选，比如著名的"脱颖而出"的故事，就是平原君赵胜之门客毛遂的精彩表现。《史记》大量记载这类故事，西汉其他"故事集"类型的书籍，如《韩诗外传》等随之跟进，形成西汉时期特有的一种创作风尚。这类故事表达的是士人渴望知遇的诉求。以司马迁为代表，编撰或转述这类故事，目的是强调士人之才能的特殊性，即他们不是普通官吏，并不擅长处理日常政务，但在关键时刻却能展示特殊才能和别样风采。所以，这类故事并不需要事事为真，而是重在表达士子的精神和追求。

关于荀子的这则故事说，有一位"客"，当指春申君的门客，对春申君说，荀子很有才能，但也很危险，如果长期让他主政一方，他就会像当年的商汤王和周文王一样，以这块地为基础建立功绩，甚至也会一统天下，这显然会对春申君的地位形成威胁。春申君肯定了这个意见，就将荀子解职，迫

管仲画像

使荀子不得不离开楚国，回到家乡赵国，并成为赵国上卿。

然而，另一位门客同样以历史事件为例告诫春申君，当年的贤人伊尹，离开夏朝，投奔商汤，导致夏朝灭亡、商汤称王。还有齐国贤人管仲，因为齐国内乱，逃到鲁国，但鲁国却不敢收留。后来管仲又回到齐国，辅政齐桓公，使齐国日益强大，直到齐桓公称霸，鲁国则不断被削弱。这就说明，只要有贤人在朝，君主和国家都会安定发展。荀子是公认的贤人，为什么要把他撵走呢？春申君同样认可这样的意见，于是又派出使者，把荀子请了回来。

史籍中有关荀子的故事并不多见，而这则珍贵的历史故事，其真实性，特别是细节上的真实性是很值得怀疑的。在这个故事里，春申君毫无头脑，任由"客"人摆布。做楚国宰相二十六年，却在任用一位贤人时如此缺乏主张，是不合情理的。所以，这样的故事是不可靠的。

从这类故事里得到的真正的信息应该是，荀子在楚国做官并非一帆风顺，而让荀子这样的胸有济国救世之志的政治家长期待在远离楚国政治中心的地方，显然是不能让荀子满意的。或许，就在荀子于春申君为楚相的第八年做兰陵令之后，直到春申君为楚相的第二十六年被谋杀，这十八年期间，做兰陵令的荀子有过思想上的彷徨，甚至有可能暂时离开过这个职位。

总之，《韩诗外传》和《战国策》所载荀子与春申君的故事，应该是好事者的杜撰，与荀子的真实生平无关。即使春申君对荀子的态度有过变化，也不能以此类手法加以证明。以春申君的才能和见识，即使真的对荀子有什么看法，也不太可能做出这样的形同儿戏的举动。故事中荀子的回应，大讲自己无法再回到楚国的理由，更是故事编撰者的无边想象。故事后部所引赋文，尽管来自《荀子》书中，但并不能增加此类故事的可信度。

有关荀子的类似轶事，在汉代广泛流传，这主要是由于荀子学说在汉代很受推崇。这类故事的出现，最大可能是，荀子的追随者或荀子后学，只是为了给荀子的怀才不遇寻找到一种原因。

《史记·春申君列传》记载，楚考烈王去世后，阴谋家李园谋杀了春申君。这一年是公元前 238 年（楚考烈王二十五年，秦王嬴政九年）。《孟子荀卿列传》又称："春申君死而荀卿废，因家兰陵。"说的是春申君死后，荀子就失去了兰陵令的职位，但还是在兰陵安家，生活在那里，直到去世。

如前所言，因为《孟子荀卿列传》并没有说荀子离开过楚国，这显然是说荀子在兰陵令的职位上做了十八年。这样一来，根据《孟子荀卿列传》记载，荀子五十岁离开家乡赵国，直接到达齐国，后来被迫离开齐国后，游仕中原各国，可以确知的有赵国和秦国，最后到了楚国，直到寿终。

从公元前 255 年到前 238 年，荀子一直担任兰陵令。由于不可知的原因，春申君主政下的楚国一直没有委荀子以重任，但是，大概也是不愿意承当无视人才的名声，才一直任用着荀子。依情理分析，这样的情状，既让春申君尴尬，也让荀子尴尬。荀子对于楚国的政治多有尖锐批评，对于天下士人的政治遭遇也多有慨叹，这应该都与荀子在楚国复杂的政治经历密切相关。

大概在兰陵生活日久，晚年的荀子就在兰陵安了家，并没有回到战争连绵的三晋地区。一直跟在身边的弟子李斯，看到老师在现实政治中已经无路可走，也在公元前 246 年离开了荀子，到秦国去谋求发展了。荀子认识到他所处的世间政治混乱而又腐败，各国君主多半昏庸无道，不遵循大道，而是把国家政治的兴盛寄希望于各种迷信手段，同时，鄙陋的儒生目光短浅，还有像庄子一样的士人逃避现实，于是，荀子就担负起了矫正世俗思想弊端的责任。荀子此时应当是在七十至八十岁，不可能亲自在各国之间奔走，就选择了著书立说的形式，写下了几万言的著述，也就是现在所能看到的《荀子》十万言，或者至少是其中的一部分。

第二节　写成巨著，文乐传世

荀子生逢战国之末，既有条件和才能总结先秦学术，也以自己的不懈努力为后世学术树立了独一无二的榜样。在先秦诸子中，荀子的学术研究范围最广，成就最为丰富。

《荀子》流布

《荀子》最早成书是出于西汉学者刘向之手。刘向（约前77—前6年），字子政，是西汉著名的经学家、历史学家和文学家，其一生的主要贡献是奉朝廷之命整理古籍，《荀子》是其中重要的一种。他在上奏朝廷的疏文中说，这本书当时的书名是《孙卿书》，原本有三百二十二篇短文，经过他的编辑整理之后，合编为三十二篇，在这个过程中，有些重复的内容就被去掉了。

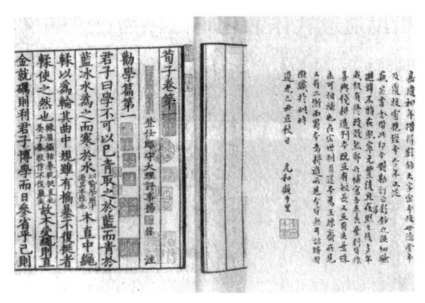

《荀子》书影

刘向编定后的《荀子》三十二篇虽然各有篇名，但同一篇名下的内容既有重复，也有程度不同的不一致之处。这可能是为了缩小篇目，很多时候就把意旨不同的篇章放在了同一个篇目之下。也可能是有些文字实在找不到合适的地方，只好放在某一篇之后。当然，也有可能是在后世的流传中出现了版本方面的问题，甚至是后人又在其他地方发现了荀子的文字，就随意放在了某一篇的后面。比如《非十二子》后面几段，不仅与批判十二子的内容不一致，就是相互之间也没有明显联系。换句话说，有些段落是编者生硬置入的，与所在篇章并不是同一主题。当然，这也从一个方面说明，当刘向编纂《荀子》时，并没有随意把一些章节弃掉，而是尽可能地收在书中，即便看上去有些任意放置排列的现象。总之，现存《荀子》三十二篇基本反映了荀子及荀子之门的学术面貌。

自刘向校订以来，《荀子》篇目和内容变化并不大，这不仅说明刘向的校雠和编辑有着相当的合理性，更说明了以《荀子》为代表的荀学思想在历朝历代都有着广泛而深刻的存在和影响。

在汉代，有著名礼学家戴德选编的八十五篇本《礼记》和戴圣选编的四十九篇本《礼记》，二人是叔侄关系，前者被称为《大戴礼记》或《大戴记》，后者被称为《小戴礼记》或《小戴记》《小戴平礼》，全称大、小《戴记》。清代学者阮元编纂的《十三经注疏》中收入的是《小戴礼记》，人们就习惯地将四十九篇本小《戴记》称为《礼记》，将八十五篇本称为《大戴礼记》。

以时间顺序论，《荀子》显然在大、小《戴记》之先。结合文字内容，研究者指出，《礼记》中的《三年问》全部出于《荀子》的《礼论篇》，《礼记》中的《乐记》和《乡饮酒义》则大量引用《荀子》中的《乐论篇》文字。《大戴礼记》中的《礼三本篇》也是出自《荀子》的《礼论篇》，《劝学篇》就是《荀子》首篇，《哀公问五义》则出自《哀公篇》之首。由此也可推见，荀子所著文章载于大、小《戴记》的肯定不止于这些。就是说，大、小《戴记》中还应该有一些文字是属于《荀子》，只是在《荀子》中未见，使后人难以定夺而已。

戴德、戴圣叔侄只是大、小《戴记》的编辑者，而不是作者。他们在编纂古来礼书、弘扬儒家礼文化时，大量引用《荀子》，一方面说明《荀子》在汉代的巨大影响，另一方面则证明，没有荀子及其后学的努力，后人对儒家礼仪和礼文化的了解肯定会大打折扣。

在唐代，《隋书·经籍志》和《旧唐书·经籍志》仍把荀子的著作称作《孙卿子》，《新唐书·艺文志》则称《荀卿子》，并另有"杨倞注《荀子》二十卷"，《宋书·艺文志》沿用。唐代杨倞是历史上第一位全文注释刘向所校《荀子》的学者，他在其《注序》中称"改《孙卿新书》为《荀卿子》"，这是《荀子》之名的开始。另外，唐代著名学者韩愈写有《读〈荀子〉》之文，说明唐代读《荀子》者大有人在，并且不乏大家。

在宋代，《荀子》刻本较多，反映出读者多且面广，荀学并未中绝，只是没有得到理学家的广泛认可而已。大致来看，有北宋吕夏卿熙宁大字本和吕本所摹写的其他宋本，有南宋吴郡钱佃（字耕道）的江西漕司刊本（淳熙八年六月），有元丰国子监本，浙江、西蜀多种刻本，以及有淳熙八年唐仲元（与政）刻熙宁元年国子监本（吕夏卿重校）。

到了元代，《荀子》刻本依旧多有。如《琳琅书目·一》之《子部》有《纂图分门类题注荀子》（一函十册），前载杨倞《序》，并新增丽泽编集《荀子事实品题》一卷，不著纂人姓氏，是荀著、杨注合刊之书。

在明代，张金吾《爱日精庐藏书志》二十一《子部·儒家类》有《荀子》二十卷（影写宋吕夏卿大字本），以及世德堂刻本。从书肆帖括到学人收藏，各方面都是相当看重《荀子》一书。

有清一代，由于乾嘉之学兴盛，先秦古籍得到了学界全面整理，《荀子》也不例外。孙星衍《孙氏祠堂书目·内篇二·诸子》有《荀子》二十卷，唐杨倞《注》，计有《纂图互注》宋巾箱别本、明世德堂刊本、明重刊小字本、卢文弨校刊本、严杰依惠校本等，蔚为大观。

荀子思想及其著作对周边受中国传统文化熏陶的国家也有影响。在日本和朝鲜均有《荀子》古刻本。宣扬军国主义的日本靖国神社内有"游就馆"，得名于《荀子·劝学》："君子居必择乡，游必就士。"

从以上《荀子》流传简史中可以看出，与同时期的其他著名中国古代典籍相比，《荀子》一书的流传范围和规模相对较小，相关整理和注疏也不够多。这种情形，与这本书的思想深度和广度是不相称的，与这本书对于中国古代政治和社会的实际影响也是不相称的。不过，虑及宋明以来理学正统思想界对荀子思想的排斥，《荀子》一书能够在各方面存续着如此大的影响，又是相当不可思议的。由此可见，荀子思想的影响力确实是不易磨灭的。

《荀子》从成书到现在，在篇章文字方面流变不大。从现存内容上看，《荀子》书中既有荀子本人所著，亦有其后学甚至荀门之外人士撰作和编辑的痕迹。到刘向校书时，发现有重复的内容，方才下手整理，成为流传至今的《荀子》模样，至于书名如何，当然是最不重要的事情了。

综合来说，汉代以来，因为荀学更多的影响是在实际政治领域，而未能在思想界和学术界持续成为显学，也就没有更多的学者关注或利用《荀子》一书，这反倒是很大程度上保全了《荀子》的基本内容。这本巨著，从荀子晚年开始撰写累聚，到后人辑成，是其第一阶段。到刘向校辑整理，是第二阶段。到唐人杨倞作《荀子注》，是第三阶段。到清朝中期以来学者们考校整理和研究，是其第四阶段。从文本的角度来看，以后也应该不会有很明显的变化。更全面更深入的思想研究，是荀学未来的发展方向。

杨倞所注《荀子》是迄今能够看到的历史上最早的《荀子》注本，这与荀子思想在汉代以来的巨大影响是不相称的。原因之一可能是《荀子》文字相对简明易懂，不烦注疏。直到唐代，注家才感觉到有全面注释的必要。

杨倞，唐代弘农（今河南灵宝市）人，正史无传，其生平事迹基本不可考。《新唐书·艺文志》称杨倞为"汝士子，大理评事"，即他的父亲是杨汝士，他本人官至大理评事。元代杨注刻本称"唐登仕郎，守大理评事"，说明他再无升迁。其父杨汝士与唐代大诗人元稹和白居易为同时代人，官至东川节度使，终为刑部尚书，说明杨倞的家世并不寻常。

杨倞为何要注释《荀子》，其在《注序》中称，从思想上来说，是认为孟子和荀子是孔子之道的继承者，故弘扬荀子思想，就是发扬孔子之道。就《荀子》一书来说，其思想之高度，亦足以振兴王道。但是，自此书问世以来，人们只有阅读，没有过注释整理，致使其书编简烂脱，谬误多见，明显影响到了正常阅读和理解。出于社会和历史责任，杨倞担当起了校理和注释《荀子》的责任。在后人看来，杨《注》尽管不乏舛误，但其首校《荀子》的贡献还是巨大的。除了文字校理之外，杨氏只是把三十二篇分为十二卷，并把某些篇次作了调整，同时，遵循校书原则，没有进行文字删节，保持了此书的汉代原貌。

杨倞注释《荀子》完成于唐宪宗元和十三年十二月，时在公元 818 年。此后，由于宋明理学兴起，荀学日益遭到排斥，《荀子》当然不会受到如其他儒学典籍般的重视。特别是《荀子》中像《性恶》和《非十二子》诸篇，更是宗从理学的宋明儒者难以接受的，当然也难以要求他们去注释这样的著述。在这样的时代和学术背景下，《荀子》及杨倞注在宋元明三代仅有一些质量不尽如人意的刻本，这与《荀子》的思想内涵是极其不相称的。

直到清代中期，随着实学兴盛，宋明理学受到越来越多的批评，而清代考据之风兴起，到乾、嘉两朝形成所谓乾嘉之学，荀子思想和《荀子》才重新受到重视，注《荀子》者辈出，成果不断，并最终由王先谦（1842—1917）集成，形成《荀子集解》，为近现代的荀子研究奠定了坚实基础。

《荀子》文辞犀利而有规法，既有力度，又不乏所谓"现代"意识。《荀子》文章以论说体为主，兼有其他各种文体，比如长短句的语录体，夹叙夹议的文学体，容易上口的辞赋体，还有通俗易懂的诗歌体。《荀子》文章达到诸子百家顶峰，直接促进了汉代文学发展。汉代学者著述多称引"孙卿"，证明荀子在汉代的巨大影响。汉代以降，《荀子》的影响则更多集中在其思想内容方面。

诗歌辞赋

荀子是真正的多才多艺的学者，这在先秦时代甚至中国古代也是绝无仅有的。在他伟大的学术和思想创建之外，在经典文本的研习和传承、诗歌文学的创作和发展、音乐理论的阐释和弘扬等方面，荀子的成就都具有承先启后、开创时代风气的贡献。

在先秦时期晋地文学中，典型作品主要是《诗经》中的《唐风》和《魏风》，以及政治家和思想家的政论作品，后者的代表人物就是荀子和韩非子师徒二人。

晋地民风质朴，早在唐虞时代，晋国就开始流传《卿云》《南风》《康衢》《明良》等民歌民谣，而先秦典籍中所说的《大章》《大韶》《大厦》等乐章，也是晋地早期诗歌。在《诗经·国风》中，属于晋地的有《唐风》十二篇、《魏风》七篇。《唐风》之"唐"，就是叔虞建立的唐国，后来

曲沃晋侯墓地出土之鸟尊

改称晋国，所以后人也称晋国为唐国。《唐风》十二篇并没有唐国时期的内容，但却以"唐"为名，表现了晋地历史渊源。《魏风》之"魏"，是晋国故地，在此地成长起来的大家族称魏氏，最终成为三晋国家之一。

早期晋国疆域中，唐国故地在其东部和南部，魏地则在其北部和西部。唐地和魏地足以代表晋和三晋的历史发展。反映在《诗经》中，晋地民歌民谣首先表现了对现实政治的关注。《唐风》和《魏风》中的晋诗既讴歌三晋风情，又记载三晋名物；既有对普通人生活和情怀的描述和歌唱，也有对昏乱政治的抨击和嘲讽。这些诗歌主题明确，表达率直，无论在思想性还是在艺术性上，都是《诗经》中的上品，更是晋文化的有机组成部分。

晋地文学传统深受《诗经》影响。这一传统在《诗经》之外的表现主要有两个方面，一是它的诗赋传统，二是它的政论传统。

先秦时代晋文学的诗赋传统在荀子作品中有生动表现，荀子是伟大思想家，也是卓有成就的文学家，荀诗和荀赋对后世都有深刻影响。《诗经》中的诗歌主要创作于春秋之前。在春秋时代，士大夫们经常在各种场合特别是外交场合非常优雅地借用《诗经》中的诗句表达意见和思想，有时也有个人

创作，晋国士大夫也不例外。到战国时代，由于时势的紧迫感在加剧，以诗代言的优雅情调荡然无存，诸子百家都是用鸿篇巨制表达思想。受这种时代风气影响，战国中后期，出现了具有诗人气质的思想家和具有时代风貌的诗赋作品。

在这些新诗人中，最有成就的是南方楚地的屈原和北方晋地的荀子。由于楚地文化传统与中原地区有所不同，屈原的诗赋辞藻华丽，婉转晦涩，在创作形式上也比较讲究。相对来讲，荀子诗赋追求粗犷豪放，朴实无华，重在直抒己意，不太讲究形式，充分体现了晋文化特色。在《荀子》中，荀子大量引用古典文献，其中引用《诗经》次数最频，至少有八十五次之多，这一方面说明荀子对《诗经》的精研和重视，也说明荀子思想和创作必受《诗经》的深远影响。

比如屈原《离骚》："日月忽其不淹兮，春与秋其代序。惟草木之零落兮，恐美人之迟暮。"再看荀子之《赋》："皇天隆物，以示下民，或厚或薄，常不齐均。"在诗歌形式上，屈原的作品更为工整，与《诗经》的风格明显不同。为了表现典型的文士哀怨，宁肯使用非常用字和自创词汇。荀子的作品以四字句为主，重在表达思想，用字随意，让人直接读懂即可。再看荀子《成相》篇中的通俗诗，"世之衰，谗人归，比干见刳箕子缧。世之愚，恶大儒，逆斥不通孔子拘"。字句长短不拘，是《诗经》的常见方式，表意胜过形式，显现了与"楚辞"完全不同的风格。

作为思想家，荀子感觉到对现实的直接批判只是阐明事实、讲明道理，还不足以表达喜怒哀乐的情感。所以，荀子还要创作诗和赋，进行歌与呼，力图用文学作品表达更为悠远的情怀、幽深的哲思。要想了解完整的荀子，必须重视荀子深沉浩叹中的文学成就。

《荀子·赋篇》记载了荀子的赋作。荀赋的内容有对儒家道德修养的关切，如阐述"礼"和"智"是什么，也有对生活日用的关注，如对"云""蚕"和"针"的描述。虽然这些赋作的体量不大，但与他的哲学著作一样，也是充满了对于人间事物的关怀。不过，更能体现晚年荀子情怀的是他的《小歌》。

荀子晚年有"佹诗"一首。所谓"佹诗"，传统的解释认为是佹异之诗，意思是不同于一般意义上的诗作，而这首诗的真名，应该叫作《小歌》，由《小歌》全诗和前面的诗序组成。

在荀子时代，诗歌并不流行。中国古代诗歌的主流是以《诗经》为代表的传统，人们似乎已经满足于吟诵《诗经》之诗来表达情绪。到了诸子百家时代，现实政治充盈知识分子身前身后。他们面对的是复杂的政治形势、紧迫的社会事务，无论是在君主朝堂、外交场合，还是在明争暗斗、两军阵前，显然不需要用诗赋等文学作品进行委婉表达。只是到了战国末期，秦国采取政治高压，山东六国陷于政治腐败，致使怀才不遇者不断出现，这才形成了以南屈原和北荀子为代表的诗赋创作高潮。

楚国一直被中原文明视为文化不发达的蛮夷之地，在百家争鸣时代并没有出现过思想家，这也是形成骚诗文化的原因之一。但是，骚诗的风格虽然有《诗经》痕迹，却是完全不同的另一种风格。其主题之多样、用情之凄婉、用词之偏僻，与《诗经》南辕北辙，代表的是一种新的文化格调。可以说，《诗经》是北方文学传统，骚诗则是南方文学传统。

荀子的思想成长和成形于中原文化传统中，但他又长期在楚国做官，直至终老于楚国，所以，当他不得不以"佹诗"的形式表达忧思之时，不能不受到北、南文化的共同影响。总体上讲，荀子诗作在内容上有更多的中原《诗经》文化的元素，如直陈其事，观点明确而犀利，而在形式上则受到南楚骚诗文化的一定影响，用词时有偏僻，用情相对夸张。为了体会其特色，必须认真诵读荀子的"佹诗"《小歌》。

先来看所谓的"诗序"部分。

> 天下不治，请陈佹诗。
> 天地易位，四时易向。列星殒坠，旦暮晦盲。
> 幽暗登昭，日月下藏。公正无私，反见纵横。
> 志爱公利，重楼疏堂。无私罪人，憼革戒兵。
> 道德纯备，谗口将将。仁人绌约，敖暴擅强。

天下幽险，恐失世英。螭龙为蝘蜓，鸱枭为凤凰。

比干见刳，孔子拘匡。

昭昭乎其知之明也，郁郁乎其遇时之不祥也。

拂乎其欲礼义之大行也，暗乎天下之晦盲也。

晧天不复，忧无疆也。千岁必反，古之常也。

弟子勉学，天不忘也。圣人拱手，时几将矣。

与愚以疑，愿闻反辞。

因为天下政治得不到合理治理，荀子不得不以佹异之诗予以鞭挞。

荀子用文学的语言对于天下政治的概括是，好比天地相互调换了位置，四季没有了方向，星辰不断陨落，白天黑夜发生了颠倒，幽暗之处发出光亮，日月也躲藏得不见踪影。这就是个黑白不分、是非不在的时代，公正无私的人们受到各种打击，立志为公共利益献身的人一直受到排斥，道德高尚之人屡遭陷害，仁义之士被黜退，傲慢暴虐者却无度逞强。这一切的一切，都将导致英才失落，小人得志。

荀子举例说，如同商纣王时代的忠臣比干遭受剖心之害，春秋时代的孔子在卫国匡地被拘押一样，那些具有大智慧的人反而不断遭遇不祥，不合乎礼义的人和事却大行其道，天下政治黑暗一片，无边无际，让仁人君子忧患无限。

但是，在终极意义上，荀子还是乐观主义者，相信正义终究能够战胜邪恶。他坚定地告诫弟子们，自古以来不变的规律仍然是，任何事情，经过足够长时间的发展，一定会走向其反面。他要求弟子们一定要勤勉学习，因为上天是不会忘掉那些担当道义的人们。圣人也是拱手而立，等待事物变化的契机。在这个时候，荀子宁愿做一个愚者，去说一些不能为世俗接受的话语。

那么，这是些什么话呢？那就是荀子的《小歌》。

其《小歌》曰：

念彼远方，何其塞矣！

仁人绌约，暴人衍矣。忠臣危殆，谗人服矣。

琁玉瑶珠，不知佩也。杂布与锦，不知异也。

闾娵、子奢，莫之媒也。嫫母、力父，是之喜也。

以盲为明，以聋为聪，以危为安，以吉为凶。

呜呼上天，曷维其同！

大意如下：

每当想到未来，道路上充满阻塞。

仁人受到排斥，暴徒横行无忌。

忠臣身陷危殆，进谗言者却被任用。

明明是宝玉，却不懂得佩戴。

粗布和锦缎，也得不到区别。

美女和帅男无缘婚配，丑女和恶夫却喜得婚嫁。

盲人被认为能看清，聋人被认为能听清。

以危险为平安，以吉祥为凶险。

上天啊上天，如何才能实事求是！

总体上讲，"诗序"部分更近乎写实，诗句部分更近乎抒情。《荀子》仅存的这一首严格意义上的诗作，让人们看到思想家荀子的另一面。诗义虽然不是足够的清晰和生动，但是，特色鲜明的依旧是他对于现实政治的关切，对人类未来的关怀。从这个角度来看，还是哲学的表达更近乎荀子初衷。

晚年的荀子，应该表达的思想已经完成，随着年龄增高和体力衰减，既不可能四处游学、游仕，也不可能在现实政治中努力抗争了。于是，他毅然掩上了哲学的书卷，在沉思中享受生命，而作诗作赋，就是一种适度的享受方式。正所谓"诗言志"，诗赋是人生志向和情怀的一种相对深沉和悠远的表达。

扬雄画像

荀子不仅是先秦时代伟大的思想家，也是卓有成就的文学家，他所作的诗和赋，对后世都有深刻影响。作为独立于文学体裁的"赋"直接来源于《诗经》中的"赋"体。《诗经》有三种主要体裁或创作手法，即赋、比、兴，其中的"赋"体就是"直陈事体"，把诗歌所要表达的内容直截了当地表现出来，既不使用比喻来借物说明，也不通过描述其他事物而兴起所要表达的内容。

在秦汉之际的诗歌领域，荀子和屈原的风格依然并存。楚汉之争的两位主角，刘邦和项羽，都曾有过即兴的亦吟亦唱式的诗歌创作，开创了汉乐府诗的先河。汉高祖刘邦得天下之后，荣归故乡沛县光宗耀祖，并在与乡人的聚会中即席歌诗，"大风起兮云飞扬，威加海内兮归故乡，安得猛士兮守四方"。在与刘邦争斗中失败的西楚霸王项羽则垓下被围，慷慨悲歌，吟诗道：

"力拔山兮气盖世，时不利兮骓不逝。骓不逝兮可奈何，虞兮虞兮奈若何。"显而易见，此二人的作品风格明显不同。身为楚人的项羽更接近于楚辞传统，北方人刘邦则更多了一些荀子诗赋的精神。

班固在《汉书·艺文志》中说："大儒孙卿及楚臣屈原离谗忧国，皆作赋以风（讽），咸有恻隐古诗之义。"这是在说，荀子和屈原的赋都表达了政治讽喻的内容，坚持了《诗经》以来的诗赋传统。

《汉书》书影

班固接着说道，此后，先秦时期著名的赋家有宋玉和唐勒，汉代则是枚乘、司马相如和扬雄，但是，这些人因为更注重赋的形式，逐渐失去了赋的写实内容。

东汉学者扬雄自我检讨说，写诗的人既注重形式，又注重内容，而写赋的人则只注意了形式。不过，正是因为辞赋发展到了东汉时因为追随楚辞而走入了死胡同，人们这才又开始注重荀子的诗赋传统，使诗歌创作进入了朴实的古诗时代。《艺文志》记载有"孙卿赋十篇"，而现

班固画像

存《荀子》中只有《赋》和《大略》两篇，还有《成相》一篇。这种不一致有两种原因，一是荀子诗赋在传世过程中有所缺失，二是班固所说的"十篇"尽在现存《荀子》之中，只是失去了明显标记而已。事实上，《荀子》中《赋》篇和《大略》篇的诗赋也并不是十分连贯的整体，可以做一些篇章的区分。

荀子首先是一位思想家，所以，在当今的古代文学史研究方面，讲到战国时期的诗歌创作时，很容易忽略荀子诗赋的地位。讲到汉赋时，由于多半是讲枚乘、司马相如和扬雄等人的长篇绮丽之赋，也很容易略过与荀子诗赋风格比较一致的像刘邦《大风歌》那样的非专业诗人的诗歌创作，当然也谈不到荀子诗赋的影响。讲到汉乐府，则又倾向于研究《诗经》的影响，而跨过了荀子诗赋的承上启下的作用。再往下，讲到建安和三国时期的诗歌创作时，由于远离荀子时代，更不会讲到荀子诗赋的深远影响。现代文学史研究中的这些缺憾之处，对于荀子及其文学成就来说是非常不公平的。荀子是杰出的思想家，但不能因此而忽视荀子诗赋的地位。

荀子的思想成长主要在三晋地区完成，他的思想和文学艺术成就也是以晋文化为主体的。荀子思想的直接来源是子夏之学，荀子的文学成就亦与子夏有关。子夏在孔门被誉为"文学"弟子，对孔门所重视的经籍既有深湛研

究，也有积极传承。当时的"文学"指文物典章之学，涵盖面比现在这个词更广，所以，后世所谓文学创作，应该是在了夏"文学"的范围之内的。

政论特色

晋地文学的政论传统主要表现在荀子和韩非子师徒二人作品中。在此二子之前，《汉书·艺文志》也记载了相当多的晋地政治家或思想家的政论作品，如"《魏文侯》六篇、《李克（悝）》七篇"，可惜已经散佚不存了。至于"《申子》六篇、《慎子》四十二篇"，虽然思想内容是讲述申子之"术"和慎子之"势"，但从写作风格上看，让人颇为怀疑是不是那个时代的作品。又有"《公孙龙子》十四篇"和"《毛公》九篇"，都是战国时期三晋名家的作品，前者基本上是哲学著作，后者则已经失传。还有纵横家苏秦和张仪的作品"《苏子》三十一篇、《张子》十篇"，后来也已失传。有人认为《战国策》中可能有此二子的作品，但现在要区分出来已经相当之难了。

这样一来，只能把关注重点放在荀子和韩非子师徒二人的作品上，因为他们的作品保存得多且完整，而且具有那个时代政论文的典型特征。《荀子》政论文的主要特点是，文辞犀利而有规法，既有力度，又闪耀着理性光辉。荀子是出色的逻辑学家，反映在他的政论文中，论点鲜明，论据充分，论证环节更是密不透风，往往是一气呵成。读《荀子》的政论文，必须集中注意力，若有一处理解不透彻，再往下就难以读懂了。

《汉书·艺文志》记载有"《韩子》五十五篇"，而现存《韩非子》也正好是五十五篇。不过，现存五十五篇很可能是后人为凑足班固所说的数目而勉强分篇的结果。《史记·老子韩非列传》称，韩非子"作《孤愤》《五蠹》《内外储》《说林》《说难》十余万言"。这些篇章现在都能读到，写作风格也相当一致。在这些政论文章中，韩非子用词简明、表达直率，无论是针砭时弊，还是表达政治理念，都是直来直去，毫无拖泥带水之处，是政论文的经典之作。《韩非子》所表达的，既有理性主义的严酷性，又有理想主义的浪漫性，前者让人拍案叫绝，后者让人扼腕叹息。

《荀子》的体裁和写作风格在《韩非子》中有着明显的回应。与《荀子》相比,《韩非子》的文章更具战斗性,观点独到,用词简明而辛辣,举例直白而无情,但因此也表现出了缺乏全面思考的独断性,并且在言辞上不太讲究,在文学表现力上远不及《荀子》。

音乐理论

在文学成就之外,荀子对"乐"也有高深研究。在那个时代,文学与音乐是相通的,《诗经》中每一首诗都配合有乐声,都可以唱诵。荀子精通《诗经》,对与诗篇相关的音乐必有研究。《荀子》中的专篇《乐论》是荀子钻研传统音乐的成果,在中国音乐史上具有划时代意义。

音乐是与人类社会和人类文明共同出现、共同生长和发展的。中国古代有着悠久的音乐传统,相关研究和考古发现都可以证明这一点。古代中国人不仅有着深厚而广泛的音乐实践、音乐创作,还形成了颇具特色的音乐理论。在先秦诸子百家中,儒、道两家相对关注音乐,甚至喜欢音乐。不过,道家更偏重于个人欣赏或享受,儒家则在欣赏中加入了社会功能,即音乐的陶冶情操、教化人心的作用,看重社会功能更重于个人欣赏。

儒家的创始人孔子既是音乐迷,又是声乐专家。他本人喜欢唱歌,还与鲁国乐师交流音乐理论,并亲自整理《诗经》中的乐章,门人弟子也颇有擅长声乐者。孔子及早期儒家对音乐如此重视,是中国古代音乐实践和理论得以蓬勃发展的重要促进因素。

曲沃晋侯墓地出土晋侯苏钟

荀子对于音乐的贡献，可以说源之于孔子，更胜于孔子。孔子最早定义了儒家音乐观，荀子乐论则是对孔子音乐观的继承和发展，并且发展得更详细、更深入，也有更多的音乐理论流传了下来。

荀子《乐论》既有关于音乐或乐教的一般性理论说明，也有关于音乐实用过程的描述。荀子的"乐论"是现存中国古代最早的音乐理论论述。早期儒家有过《乐经》之类的经典，但没有流传后世。所以，《荀子》之中关于"乐"的记载和论述，就成为非常重要的论述和弥足珍贵的史料。

荀子是理性主义思想家，从来不回避现实问题。关于音乐，他开宗明义地说，音乐是给人快乐的，是人情的自然流露，是人们合理的享受，所以，人是离不开音乐的。

音乐通过声音和动静表现自身，这与人的生存之道是相合相应的。人既不能没有音乐，也不能没有音乐的特定表现形式。但是，正如音乐本身有其规则一样，人欣赏音乐也应该有规则，否则就会造成混乱。

正是荀子一向崇拜的推进文明进程的先王们，担心音乐给人心和社会造成混乱，就制作了积极向上的乐声以引导人们欣赏音乐、得到快乐，一如《诗经》中《雅》《颂》部分的乐曲所呈现的。孔子整理过《雅》《颂》部分的乐章，认为《诗经》"无邪"，指导思想正确，具有欢乐而不过度高兴、哀痛而不过度悲伤的特点。

荀子继承和发扬了孔子的观点，认为以《诗》乐为代表的先王制作的雅正之乐，主旨是快乐而不流漫，足以感动人心，使邪僻污浊的音乐没有市场。荀子明确地说，圣人也是人，圣人也是喜欢音乐的。为了顺应民心，圣人把对音乐的良好感受传导到民众心中，以便起到移风易俗、和睦民众的作用。荀子的这些观点，明确回答了为什么要创制音乐的问题。

在这个重要关节点上，荀子也没有忘记斥责墨子的观点，即墨子主张"非乐"，认为音乐不能带来任何实际价值，应该全面禁绝。荀子斥责道，墨子对于音乐的认识，好似盲者不辨黑白，聋人不分清浊，好似从中原出发要到楚国，却向北行进一样，真是大错特错了。

音乐的基本作用是给人带来欢乐，是人的自然欲求和反应。因为音乐带给人欢乐的同时，必然会影响人的思想，所以，音乐不可能是空洞的，而是应该有内容的。正规而庄重的音乐可以鼓舞战斗士气、提高生活品位、鼓励人们积极向上，而颓废和狂乱的音乐，比如"郑、卫之音"，则足以使人心志散乱、行为有失检点。

荀子既肯定了音乐自身的特性，也坚持了早期儒学重视音乐教化的传统。《荀子》"乐论"是中国古代音乐理论和德育理论的重要起源和主要组成部分，当然也是晋文化的组成部分。

先王创制音乐是有目的的。根据先王制作音乐的原则，音乐的作用由个人扩展到社会。在祭祀、朝堂等正式场合，君臣上下同听庙堂雅乐，让人产生平和敬畏之感；在家庭中，父子兄弟同听音乐，能够促进和睦亲切的关系；在邻里族人之间，年长者和年幼者同听音乐，有助于营造和气顺畅的氛围。由此可见，荀子心目中的音乐欣赏，是以美感和享乐为基础，最终必须超越这种普通感受，升华到调节人际关系、促进社会进步的高度。

与普通人的感受不同，荀子认为音乐能够进入人的精神深处，让人的心态和思想快速发生变化。先王非常重视音乐的作用，中庸平和的音乐能让人和顺而不随波逐流，严肃庄敬的音乐能让人与大道取齐，不胡作非为。在音乐影响下，百姓安居乐业，军队强劲有力，国家安定祥和，这显然是王道的良好开始。音乐的作用，逐渐由个人欣赏上升到提升精神品位，扩展到社会发展，直到实现仁政。

着眼于现实，荀子也注意到"邪音"对人们的思想和行为的不利作用，对于社会和国家的瓦解之力，断言邪乐是国家遭受危亡之威胁的原因之一。先王看重礼乐而鄙视邪音，设置专门机构和官员，根据法令审定音乐制作，使夷俗邪音不敢扰乱雅乐，以维护雅乐的正统地位。

为了实现上述目的，荀子指出，对于普通人而言，如果因外物而产生了喜好或厌恶之类的情感，却没有恰当的发泄渠道，心中就会烦乱。心中烦乱不加以控制，就有可能产生不利于自己和他人，甚至不利于社会的行为。先王对此有足够认识，就用音乐修饰人们的行为，端正其快乐的方向，天下之事就顺畅自然了。

从人的生理和心理角度来看，奸邪之声和雅正之声都能使人生发感应。奸邪之声让人在生理上产生逆气，进而对人形成消极混乱的心理影响。雅正之声让人在生理上产生顺气，进而对人形成积极有序的心理影响。良好的声乐和不良的声乐，都会引发人们生理和心理上的感应和应和，二者还有相像之处，这就要求君子之人非常谨慎地对待不同环境，远离奸邪之声的影响和诱惑。

荀子并不是简单地认为只有雅正之声才能唤起人们的感应，更没有认为奸邪之声会自动被雅正之声压制，甚至消失，而是从客观角度看待所谓奸邪之声，承认奸邪之声也会有声乐原理上的感人之处，比如郑、卫之声也有音乐感染力。这就要求人们注意环境的影响力，以积极防范的态度面对负面事物及其负面能量。这种态度，对于传播和发扬正面事物和正面能量而言，具有更加明显的合理性和实用性。对奸邪之声的这些分析，在孔子和孟子的思想中是看不到的。

太原市金胜村赵卿墓出土编铸

面对奸邪之声的影响所及，君子之人应该如何从正面加以应对呢？

荀子说，君子应该积极倡导雅正之乐，充分利用雅正之乐已有的特定场合和音乐力量的特点，引导人们的心志，在完成礼仪的同时，使人们的行为也走上正常轨道，并且通过日积月累，让人们从个人耳目聪明和血气和平开始，达到社会的移风易俗和天下安宁，使音乐之美与道德之善实现有机融合。孔子说过，雅正的主旋律音乐就是"尽善尽美"的音乐，既有音乐之美感，又有道德教化的寓意在其中。

音乐的出发点和最终目的是让聆听者获得快乐，但不同的是，君子是因为音乐中表现的大道而快乐，普通人则是因为音乐中的美好乐声而快乐。普通人的快乐纯粹是一种生理上的快感，所以，君子要用大道克制欲望，让人们从音乐中得到快乐，但却不能产生心理上的烦乱，因为一旦欲望占了上风，大道就会不知所在，人们最终得到的只能是思想惑乱，而不是快乐了。

音乐能够引导人们获得真正的快乐。通过健康向上的音乐，人们应该获得道德修养上的提升，并对于人的社会行为起到正确的引导作用。对于社会治理来说，音乐是一种最高级的手段。也就是说，一旦音乐能够发挥其移风易俗的作用，那就将是一个大治的社会。

在传统儒家的社会和道德实践中，音乐和礼仪是相互配合、相互促进的，所以才有"礼乐"之称。音乐追求的是和谐的精神境界，礼仪则是表现天理的道德高度，而礼乐的共同性质，是它们的终极性和永恒性。这就是说，儒家对礼乐的重视，实际上是对于人类最高精神和至高道德的追求。从音乐理论开始，进而上升到礼乐治国的高度，也只有荀子的博大思想体系才能够容纳。

荀子对于音乐的意义和作用的论述，与他的儒法思想相融合、德治与法治相统一的理论精神一样，既赞成音乐的享乐功能，也主张音乐的教化地位；既重视音乐的引导和说服力量，也强调音乐的取齐和强制作用。特别是对于所谓邪乐的负面作用，荀子明确主张要采取强硬的压制和取缔手段，以便让全社会都能接受和欣赏积极向上的雅乐，这就明显打上了那个时代的烙印。虽然不能强求荀子在这个问题上具有完全的现代意识，但他的这种音乐观，在保存和发展了古代音乐及音乐理论的同时，对于古代纯粹音乐的创作和欣赏，无疑是一种沉重打压。

先秦时代传统儒家有"六艺"和"六经"之说。六艺是礼、乐、射、御、书、数，六经则是《诗》《书》《礼》《易》《乐》《春秋》。其中乐的部分，不论是乐的实践，还是《乐》书，都没有很明确的记载和流传。特别是《乐》书，人们都认为应该有，但却一直没有看到这部专书。这样一来，《荀子》

书中的乐论部分，就成为弥足珍贵的先秦时代儒家系统音乐理论的见证。荀子"乐论"的文字并不是很长，但却是一气呵成、首尾相续之作，非常值得人们去学习和研究。

第三节　教书育人，传承经典

荀子是中国古代伟大的教育家。荀子有着博大精深的教育思想，培养出了震撼历史的弟子们。荀子教育思想和教育成就是人类史上罕见的，对中国社会的影响是独特而深远的。

荀子是学者型思想家，即使有过从政经历，也是以学者身份做官。学者的特点是，不仅去做什么，还要弄明白为什么要做，为什么要这样做，为什么要做这个。

荀子是儒家思想家。虽然他的思想历程相当复杂，与孔子和孟子相比较，思想内容更为丰富，涉猎的思想面更为宽广，但他始终离不开儒家思想这个核心。特别是在晚年，当荀子离开官职，专心在兰陵讲学的时候，更是以丰富的人生经历和广博的思想历程，最终回归以儒学为核心的教育和学术领域。这样的回归，集中体现在他关于"学"的思考和论述上。

荀子的教育思想和教育理论是他整体思想的有机组成部分。先秦时代的思想家们都有远远近近的追随者，但并不是每一位思想家都能把这样的追随转化为成功的教育。在向教育的成功转化方面，儒家有着行之有效的方式方法，并从孔子开始就逐渐形成独特的教育传统。更重要的是，儒家教育在注重现实功用的同时，还提出了鲜明的教育思想。到了荀子这里，儒家教育思想更为全面和系统，深刻影响了身后的中国历史。凡是受过教育的人，无不记得荀子的著名论断，"青，取之于蓝，而青于蓝；冰，水为之，而寒于水"，这句话来自《荀子·劝学》，这篇著名文章同样是每个求学者的必读之文。

荀子身为教育家的另一项了不起成就是教育培养出了历史上两位最著

名的法家人物，即法家思想家韩非子和法家实践者李斯。韩非子是公认的先秦法家思想集大成者，中国古代"帝王术"的全面创制者；李斯则是秦始皇统一天下过程中的秦国丞相，为秦国一统天下、建立秦王朝立下了不可或缺的大功。由此可见，荀子的教育成就确实是中国古代的任何教育家都难以超越的。

述学立论

看重学习是先秦儒家的传统，孔子自称"好学"，孟子"好为人师"，都强调了学习的重要性。但是，对学习做出系统而全面的不朽论述的，还是要数荀子。更为重要的是，荀子关于学习的阐述，也一直是历史上的经典之论。此后各个时期的学者们，但凡论及学习的，无不必须面对荀子的论学观点。

谈到荀子论学，有一点是必须强调的。那就是，荀子之学，既包括学知识之学，也包括学道术之学，既有学问，也有学术或学说。这两方面内容既不能相互替代，还又相互关联。有学问未必能够走向有学说，但是，好的学问必然有助于好的学说，好的学说必须包含好的学问。在荀子具体论说中，学问与学说在多数情况下是糅在一起，但也有分开或有所侧重的时候，这是后世学习者必须注意的一个方面。

《荀子》的开篇就是《劝学》篇。把劝勉人们积极主动求学的内容放在首篇，应该是后人编排过程的想法，并不见得就是荀子认为论述学习是他的思想的第一要义。不过，这篇文章中的许多观点和名言警句却一直为后人津津乐道，甚至可以说是荀子学说中唯一没有让后世学者产生思想分歧的内容。

《劝学》篇开头就说："君子曰：学不可以已。"这应该是荀子对于学习的总态度，强调学习不可以停止，不可以中止，必须持之以恒，甚至不可以有暂时停息。孔子说："学如不及，犹恐失之。"（《论语·泰伯》）学习就像后面的人追赶在前面奔跑的人，就算后面的人不停地追赶，还怕赶不上，更何况是停下来呢。荀子说"学不可以已","已"是停止的意思，更为直白。这是他对世人的要求，也是他的学习原则，甚至是人生准则。

在学习方法上，荀子首先要求日积月累，这是"不已"的另一种表达方式。人的成长是不断上升的过程，这个过程由多个阶段组成，而每一阶段的进步都有赖于上一阶段的积累，正所谓"不积跬步，无以至千里；不积小流，无以成江海"。不断的积累，锲而不舍的努力，是学习成功和人生进取的必要保证。

学习还要有始有终，不能半途而废。"骐骥一跃，不能十步；驽马十驾，功在不舍。锲而舍之，朽木不折；锲而不舍，金石可镂。"学习成功的要诀之一在于"不舍"，也就是"不已"。事实上，做成任何一件事情，都需要"不舍"和"不已"的精神。一时的热情或激情，相对来讲比较容易达到，经年累月的坚持则非有强大的精神支持不可。《诗经》说："靡不有初，鲜克有终。"凡事总是开头容易，坚持到底就太难了，但是，要想成功，必须坚持到底。

要做到有始有终，必须专心一致，戒绝浮躁。蚯蚓身体柔弱，但为了生存，精神坚强，这才造就了它的用心专一。心无旁骛的志向和追求，是建立赫赫之功的精神和思想保证。以生活经验而论，同时看、听两样以上事物，必然得不出清晰印象。以人生经历而言，总在岔路口上徘徊，肯定到达不了目的地；总在多个君主之间奔波，肯定不会被任何一个君主容纳。荀子的结

子贡画像

论是，君子之人，必须把思虑集中在一处，持之以恒，直到成功。

无论如何，学习就是一项终身事业。学习要想有所成就，必须坚持不懈，终身不息。荀子引用了当年孔子与弟子子贡的一场对话，来说明这个道理。

子贡很聪明、有头脑，孔子对他的要求就格外严厉。终于有一天，子贡向孔子请求说："学习太累了，我不想做学生了，想改行去侍奉君主，在从政之际稍作休息。"孔

子回答说，正像《诗》里所说的，"温恭朝夕，执事有恪"，对待君主，时时刻刻都要保持温良恭顺的态度，做事更是不敢有丝毫松懈。侍奉君主更艰难啊，怎么可能让你有休息的机会呢！

既然侍奉君主无法休息，子贡就另找借口，希望在奉养亲人的过程中获得休息。可是，在孔子看来，奉养亲人也是一项艰难事业，同样不会得到休息。不得已之下，子贡接着依次提出，在妻子那里、在朋友那里，甚至去做个农夫，能否得到休息呢？对于这些想法，孔子的回答也都是否定的。子贡困惑了，难道我就找不到一个可以休息的地方了吗？孔子的回答是，当然有啊，任何人，特别是想有所成就的人，只有躺在坟墓里，才能得到真正的休息。

通过这场伟大的对话，荀子想要告诉世人的是，人生是不可止息的，而伴随人生的学习同样是不可须臾停止的。只要是一个活着的人，特别是一个想对这个世界做些什么的人，学习就是一项终身事业，甚至连稍事休息的地方和机会都难以找到。

学习可以改变一个人，可以改变人的命运。荀子是成功的教育家，也是执着的学习者，他的人生，如同历史上所有有成就的人士一样，就是跟学习紧紧地联系在一起。

璞石经过不断打磨加工，才能成为玉器。比如楚国卞和发现的著名的和氏之璧，本来就是一块普通石头，只是经过了玉工精心加工，才成为贵重的宝玉。以人的成长为例，孔子弟子子贡和子路，本来都是普通人，就是通过在孔子门下的不断学习，深受文学和礼义的教育和熏陶，才成为有成就有影

湖南博物馆藏匾"青出于蓝"

响的士人。

　　荀子说："青，取之于蓝，而青于蓝；冰，水为之，而寒于水。"这是荀子最著名的关于学习的论断，但也有可能是当时的俗语，意指后人总是能超过前人，社会一定能够进步。其中的"青"和"蓝"是两种颜料，青比蓝的颜色更深更重。青之所以青于蓝，冰之所以寒于水，就是因为经过了一个加工过程。对于人来说，这样的"加工"非学习莫能担当。

　　荀子把这句话用在学习上，意义更加深邃。不过，结合荀子整体思想，他真正想要表达的是，如同青胜于蓝、冰寒于水一样，人通过学习，就可以超越人性之恶，达到善的境界。同样一个人，不学习就是蓝和水，学习之后就是青和冰。不学习只是一个普通人，学习之后就是不同寻常的人。学习可以提升人的素质和思想境界，学习可以改变人生。

　　学习并不完全是个人努力的事情，必须有所凭借。个人踮脚远望，不及登高所见；驾车之人，即使行路不便，也能到达千里之外；摇船之人，即使不会游泳，也能渡过大江大河。这些事例都说明，君子之人并不是在生理上与其他人有什么不同，而是在智力和思想上有所差异。他们明白，人必须通过利用外物的长处拓展生存空间和提高生活质量。要实现这个利用外物的过程，人必须学习。

　　任何事情的发生，都有其原因。一个人会不会选择学习，是内因和外因共同作用的结果，尽管有时是难以区分内外的。荀子以他擅长的例举手法说，靶子搭起，就会有箭射来；绿树成荫，就会有鸟来栖息；食物变质，就会有腐虫生出。对于人来说，身处何地，言行如何，决定了他的生存状况和生活方向。人的生存环境真是太重要了。

为何而学

　　作为一代思想宗师，荀子的理性精神无与伦比，以理服人是他的思想本色。

　　人为什么要学习呢？荀子认为，君子的学习如同蝉蜕一样，学成之时，人就会焕然一新。他的行走、站立、坐着，甚至表情和说话的语气，都会表现出蝉蜕一样的效果。

有人问道：我想由卑贱到达高贵，由愚钝变为智慧，由贫穷转为富有，如何才能实现呢？

荀子的回答是：可以呀，那就只有通过学习才能实现了！

那些真正的求学之人，如果严格按照学习的要求去做、去行，就会成为士人；如果对学习表现出十足的渴望，就会成为君子；如果学通学成，就会成为圣人。荀子在此所说的学，主要是指学习某种思想学说，严格说来，就是学习孔子儒学。对于孔子儒学的态度和做法，决定了做人的层次或高度，当然都是积极向上的层次和高度。通过学习，上可以做到圣人，下可以做到士、君子，这完全是凭借自身努力就可以实现的，是任何人都无法阻止的。

如果我以前是一个浑然无知的普通人，通过学习，我达到了尧、舜一样的思想认识，这难道不是由卑贱到达高贵了吗？如果我以前连家庭琐事都分辨不清楚，通过学习，却能够弄清楚大仁大义是怎么回事，能够分清是非，看待天下大事如同分辨黑白那么容易，这难道不是由愚钝者变为智慧之人了吗？如果我以前只是个普通劳动者，通过学习，能够把治理天下的本领学到手，这难道不是由贫穷转为富有了吗？如果现在有这么一个人，家中藏有千金之宝，即使去乞讨而食，人们也会认为他是个富人。尽管他所拥有的财宝可能不能当衣服穿、不能当粮食吃、不能当东西卖，人们依然认为他很富有，这是为什么呢？难道不就是因为他拥有能够致富的资本吗？这种人显然是富有之人，即便他曾经是贫穷之人。

作为思想家，荀子更认可精神财富，因为真正的精神财富是外力剥夺不去的，是有着无穷无尽的创造力的，而这种力量的基础，就是学习。那么，学习的目的和动因，在荀子看来，就是要获得这样的精神财富。

从学理上讲，或者就一般理论而言，人是有认知能力的，是有学习能力的，这是人的自然本性，或者说是生物特性。另一方面，人之外的自然界，或者说人之外的万事万物，它们之所以那样存在和运作，也是有其存在和运作的原理的，并且这样的原理是可以被人逐步认知的。

人有认知能力，事物有被认知的物性。这样一来，至少从理论上讲，人只要想认识事物的原理，或者人只要想认知事物，就可以不断地认知，在数量上和程度上都是没有限制、没有穷尽的。不过，荀子注意到，一个人认识的事物再多，也只是单独的知识，而事物的数量是没有穷尽的，所以，要想周浃地认识事物普遍性的变化原理，就必须通过学习，从对个别事物的认知开始，不断提升，直至达到一般性认识，得出一般性结论。如果想通过认识一件件的事物，最后达到认识所有事物，最终掌握事物的一般原理，这显然是一种很愚蠢的想法，因为任何人都不能以有限的生命去认知无限的所有事物。明知这样做不现实，却还不知道适可而止，那就是"妄人"，虚妄之人了。

对于此类问题的思考，在先秦时代并不少见，只是角度和重点、途径和目的与荀子有所不同而已。其中最具代表性的是道家著作《老子》和《庄子》中表述的观念。《老子》有"绝学无忧""为学日益，为道日损"的说法，《庄子·养生主》则说："吾生也有涯，而知也无涯。以有涯随无涯，殆已！"这与荀子一样，都表达了对于人生有限而具体知识无穷无尽的忧虑。当然，如同荀子一样，《老子》和《庄子》的作者也都提出了通过掌握一般性概念或具体事物背后的主导者的途径实际对万物的认识和主宰的观点，比如《老子》所阐述的"道"和"德"，《庄子·齐物论》中提出的"天籁"和"明"等观念，都是对于事物一般性原理的探讨和阐述。由此可见，到了先秦时代所谓"百家争鸣"的后期，中国古代哲学思想确实达到了一个新的高度，而荀子思想因为其更加注重现实，在此过程中就发挥了更明显的作用。

既然一般意义上的学习既是对人的认识的提高，又是对人的认识的限制，那么，学习的真谛究竟是什么呢？

荀子给出的答案是，学习，就是学习"止"。

"止"字的本义并不是停止，而是走到某个地方。一旦走到那个应该到达的地方，当然就可以停止了。所以，"止"的全部含义，是说走到那个应该停止的地方。那么，这个地方是什么呢？荀子说是"至足"，即最高的满足，那就是圣人的高度、圣王的境界。

那么，什么才是圣王的"至足"境界呢？荀子的解释是"尽伦"和"尽制"，并断言此"两尽"是天下的至极之处。

荀子所说"尽伦"之"伦"和"尽制"之"制"，指的就是事物的一般规律，而不是具体事物的性质和原则。"伦"是类别的意思，"制"是规则的意思。伦和制相结合，就是指一类一类的事物、一层一层的事物的一般性规则，直到大道和天理。

所以，荀子的学，是通过学习之"术（数）"，达到学习之"义"，即在学习和认知具体事物的过程中，由"伦"得"制"。通过了解和掌握具体事物的法则，求得对事物一般规律和普遍规则的认识。

其实，上述《老子》和《庄子》思想，特别是《老子》思想，与荀子的思想基本相通，只是在文字上不及荀子叙述的详细而已。"绝学无忧"，就是要求不必沉溺于对于无穷尽的具体事物的认识，因为这样的无穷尽的学习是足以让人产生无限忧虑的。"为学日益"是对普通的学习活动和过程，即荀子所说学"术"的描述，而"为道日损"则是对于学"义"的追求。所谓"损"，就是去掉对于具体事物的无尽追逐，去掉事物的表象，从"伦""制"的高度去认识事物，认识世界。有这种志向并着手去做的人，荀子认为是"士"的层次；做到基本接近的时候，才是"君子"的高度；完全实现的时候，则是"圣人"的境界了。由此看来，荀子哲学与《老子》和《庄子》哲学的区别并不在于其基本思路，而在于实现这一思路的途径。《老子》《庄子》走的是纯学问、纯玄思的路径，而荀子走的是现实中的士、君子和圣人的路径。

学近其人

荀子指出，学习的重要途径之一是"近其人"，即向那些比自己更强更好的人学习，以他们为师。在向老师学习的时候，要注意礼仪，把学习和实践完全结合起来。学习是学什么呢？从根本上讲是学习礼法，学习做人。因为老师在学习上先行一步，学有成就，有资格为人师表，为人正仪、正礼。

从求知或成人的逻辑顺序来讲，无所听闻不如有所听闻，听闻所得的知识又不如亲眼所见获得的知识，仅凭目见获得的知识又不如有所探索、对其原理有所了解的知识，当然，最好的知识是那种经过实践检验的知识，特别是经过亲身实践、能够有益于行为的知识。荀子强调说，学习某种知识，或探求某种思想，最终目的应该是能够指导言行，有助益于生活。能做到这个程度，荀子称之为"明"，即思想和心灵的通明，这就是荀子心目中的圣人所达到的学习境界。圣人之所以能够做到以仁义为本，是非分明，言行一致，没有其他奥妙之处，就是把学而行之放在了首位。

反过来讲，一个人，一个学习的人，只凭听闻，不亲自去见识，即便知识很广博，也一定是谬误多多；见识之后，却不做深入了解和思考，即使有深刻记忆，也一定会陷入妄乱之中；有了深入了解和思考，却没有实践和体验的过程，即使了解和思考得很厚实，也会出现困惑。同样，只注重实践，缺乏必要的听闻和见识，即使行动没有问题，因为没有达到像仁者那样的通达，到最后也会使行为出现错误。

求知和实践是一个整体，无法分开，也不能分开。向老师学习和自己思考、实践，也是一个整体。到后世，明代学者王阳明著名的"知行合一"思想，讲的就是这个道理。不论王阳明"知行合一"思想是否受到了荀子求知和实践观的影响，在儒家思想传统中，知与行的关系始终都是一个重要论题。从孔子时代开始，就强调学习效果再精熟，甚至能把《诗经》三百篇全部背诵下来，如果不能把学习的内容贯彻到实践中，也是枉然。

基于上述认知，荀子强调说，一个人，如果不向老师学习，不接受已有规则的约束，就会作奸犯科、犯上作乱，有小聪明的人就会去盗窃，有勇力的人就会去做贼寇，自认为有能力的人就会扰乱社会，善于观察细微之处的人就会发表奇谈怪论，善于辩论的人就会提出怪诞观点。所有这一切，都是有害于社会的。相反，如果一个人尊崇老师、讲求规则，那么，有智慧者很快就会成为通达之人，有勇力者很快就会树立起威严，有能力的人很快就会成就业绩，观察入微的人很快就会完成要做的事情，善于辩论的人很快就会把道理论说清楚。由此可见，有老师、讲规则就是人生的一大宝藏，反之就是人生的祸殃。

从本质上说，没有老师、不讲规则，人的本性就会任意放纵；有了老师、讲求规则，人的后天所获就会不断积累。从老师那里得到的东西，以及按规则行事，是后天所得，而不是先天具备的，不能够自然生成。根据荀子的人性论，完全顺从或依靠人的先天所得去生存，就会走向自私自利，产生出无限祸害。人必须约束和改造先天之性，在社会生活中不断学习，获得社会所允许的正确行为规范，以此造就完善人性，做出有利于社会发展的事情。

"师"就是思想学说的正当来源。有师承，才会有思想学说的健康发展；个人重视师承，才能约束和要求自己献身于思想学说的传承和发展。荀子甚至认为，一个国家要想兴盛，必须看重师傅、尊崇师长，只有这样，国家才会有法度、有规矩。相反，在一个行将衰亡的国度里，师傅和师长肯定没有崇高社会地位，这会直接导致人们完全按照自己如何快意的原则去行事。每个人都随心所欲，法度自然就会被践踏，社会也就走向混乱无度了。

要向老师学习，当然对老师本身也要有明确要求，即什么样的人才有资格做老师。荀子主张有四类人可以为师，一要有尊严，言行有所忌惮，有所不敢为。二是年龄要达到五十或六十岁以上，并且讲求信用。三要能够诵读和解说经典，并且个人能够履践经典要求。四要能够明于事物的细微之处，能够区分事物的类别。

以上四项要求，应该是同时起作用的，不能说达到其中一条就可以做老师。水流达到了一定的深度才会出现回转漩涡，树叶落到树根处才能化为肥料，弟子被培养成通达便利之人才能思念老师的恩德。不能具备上述四项要求的老师，就如同不够深度的水、无法归根的落叶一样，无法把弟子培训成才，当然也就无法得到弟子的拥戴。

荀门弟子

在从事教育事业方面，荀子的情形与孔子、孟子都有些相似。与那个时代的几乎所有学者和思想家一样，这些儒家大师们的首要追求也是从政，力图以自己的思想学说直接指导现实政治，以期最有效地为人世间造福。在此过程中，他们必须传播自己的思想学说，这势必会吸引一些人的注意力，更会引起一些年轻人的兴趣。这样一来，就会有或多或少的后生晚辈集聚在这些思想大师周围，在聆听其思想学说的同时，形成某种形式的团体。这样的团体，既有思想学术追求，也有政治追求，从教书育人的角度看去，也是教育事业的追求。对于孔子、孟子和荀子来说，他们的教育事业，严格说来是其政治事业的副产品。当然，如此定性并没有贬低之意，而是强调他们的教育成就与他们的政治追求是息息相关的。

从历史上看，既然可以把以孔子和孟子为首的团体称作孔门和孟门，当然也就可以把荀子及其追随者组成的团体称作荀门。从外在可比的方面来看，荀门的人数不及孟门，更不及孔门；从内在的不可比的学生质量来说，即使不能说荀门一定强于孔门和孟门，至少荀门也是很有特色，并且是光芒四射的。

荀子最著名的弟子当然是李斯和韩非子。

李斯是楚国上蔡地方的人，年轻时做过郡中小吏，看见生活在厕所附近的老鼠只能去吃不洁之物，却还不断受到来来往往的人和犬的惊扰，过着恐

孔子杏坛施教图

慌的日子，而粮仓中的老鼠却是优哉游哉地吃着上好的粮食。这样的不同让李斯大为感慨，人的贤与不肖，很大程度上取决于所处的位置、所生活的层次。为改变处境，李斯就跟随荀子学习政治学。李斯学成之后，认识到楚王不足以成就大事，而山东六国日渐衰弱，同样无法建立盖世之功，就打算西入秦国，参加到秦国统一天下的大业之中。

李斯画像

李斯跟随荀子学习所谓"帝王之术"，一直到学成后入秦，这期间为人所知的只有一个时间节点，即李斯入秦之时，适逢秦庄襄王去世，秦王政继位，这一年是公元前246年（楚考烈王十七年）。荀子最迟在公元前259年到达楚国，这距李斯奔秦还有十多年的时间。所以，李斯在荀门学习"帝王之术"，最有可能的就是在这段时间。

不用说，人们更关心的是李斯离开师门时表白的理由。

李斯的人生总则是，一旦看中时机，就必须毫不懈怠地去努力、去争取，直至获得成功。那么，李斯看中的时机是什么呢？他认为，各国君主此时此刻都在争取压制甚至消灭他国的机会，并因此而对"游者"格外重视。所谓"游者"就是游说之人、游仕之士，即非本国世家大族的有真才实学之士。李斯认定，最有资格吞并天下的是秦王，而历代秦王最为看重出身布衣的游说之士。另一方面，李斯深深感受到，身处社会下层的人士，如果不以自己卑贱的社会地位和穷困的生活为耻辱，就只能算是长着人的面孔、能够勉强行走的行尸走肉一般。这样的人，本来没有地位，生活无着，却还喜欢议论长短、空谈世事，甚至号称厌恶利益，自认为是无为之人。在李斯看来，这并不是士人内心的真实想法，而是懈怠之心在作怪。李斯完全不赞成这样的思想，也根本不想做这样的人，所以，他毅然决定，要起身西去，说服秦王，成就功业。

李斯其人及其坚定的政治立场和鲜明的政治观点，在历史上影响深远。

上述李斯之语，是他告别老师时的自白，铿锵有力，不容辩驳，很有震撼力。早在汉代初期，著名学者陆贾就指出："鲍丘之德行，非不高于李斯、赵高也，然伏隐于蒿庐之下，而不录于世，利口之臣害之也。"（《新语·资质》）此处的鲍丘又称包丘子，是荀子的另一位学生，以持守坚定的儒家立场和传授儒家经籍而著称于世。陆贾之语证明，荀子兼容儒、法的政治思想并没有被所有弟子接受，这就很自然地出现了宗儒与宗法的两类弟子。坚守儒家仁义的书生，与推行法家法治的现实主义者，在多数情况下是难以相容的。但是，在实际政治上，二者相容相济，才是切实可行的治国安邦之策，尽管这种相容相济是一个艰难过程。

在两千多年前的西汉昭帝始元六年（前81年），朝廷专门召开了历史上著名的盐铁会议，名义上是讨论经济政策，实际上统一政治思想，即如何使儒、法思想在实际政治中并行不悖。参会者是朝廷主要大臣和各地著名儒家学者，共计六十多人。他们就治国之道和理政之策展开对话，后由著名学者桓宽将会议记录整理成书，即《盐铁论》。对话的双方是"大夫"和"文学"，前者主张以霸道治国，后者主张以仁政治国，这显然是荀子政治思想的主题。对话的双方还屡次提及李斯和包丘子，显示出荀子的思想和李斯的功业在西汉时代的广泛影响。

官员们显然肯定和仰慕李斯的功业、瞧不起包丘子的潦倒，而学者们则是直指李斯的结局、赞扬包丘子的气节。最为难得的是，同出于荀子之门的两位弟子，立场和结局是如此的不同，而在几百年后还让立场完全相悖的人们一起提及，并拿来为针锋相对的政治主张作辩护。

对于李斯，官员们认为他不仅

伊尹画像

身居高位，权倾天下，其功业更可以与辅佐商汤王打江山的伊尹和辅佐周武王夺天下的姜太公吕望相提并论。可是，学者们却认为，李斯虽然深得秦始皇的信任和重用，却让他的老师荀子一直担心他的不幸结局。李斯最终受刑而死，就是因为身无仁义修养，却享受了高官厚禄。

对于儒家学者，官员们极尽其嘲讽之能事。他们引用李斯的说法，认为学者们思想并不正确，却自认为是正当的；嘴上说没有欲望，实际上并非如此。他们对内无力奉养家人，在外没有名望，身处贫贱之中，却声称喜好大义。这样的人，即使能够言说仁义，又有什么可贵之处呢！但是，学者们却大声辩护，认为学者确实有可能生活很窘迫，但这又有什么关系呢？因为坚持仁义而过不上富裕的生活，当不上权力赫赫的高官，这只能让学者的内心更坦然。他们不会像现实中的那些在位者一样，见利之时就不去考虑祸害，贪婪而不顾廉耻，直到因为牟利而丢掉性命。

在《荀子》中，李斯与老师的对话只有一处，即荀子与李斯和另一位叫作陈嚣的弟子讨论兵道即兵家思想的时候，李斯向老师提出了疑问，荀子则对学生进行了严厉批评，这在前文已有详细叙述。

从结果上看，荀子并未阻止李斯，或者是阻止未果。李斯最终踏上了赴秦国之路。在秦国，李斯一路披荆斩棘，做到秦国最大的官，即丞相，并为秦国统一天下和秦朝早期法治建设做出巨大贡献。但是，秦朝的迅速灭亡，也与李斯的推波助澜，一味以强力统治天下的做法大有关系。至于李斯本人，最终死在奸臣赵高的手中，也从一个侧面证明了秦国政治的缺陷和像李斯这样的政治人物的短视。

桓宽《盐铁论·毁学篇》说，李斯获得秦始皇信任，担任秦国之相。对此，荀子忧心忡忡，甚至食欲全无，原因是，荀子已经预感到了李斯在秦国肯定得不到好的结局。不过，《盐铁论》所记，凡事多概而论之，缺乏准确时间。如前所述，在李斯下决心离开荀门，赴秦求仕之时，荀子就明确表达了不同意见，认为那并不是李斯真正的事业所在。在担任丞相之前，李斯就已获得了秦王嬴政的全面信任，并表现出了优秀的法家治国精神，荀子对李斯的担心，会发生在这期间的任何一个时候。

李斯还有一位同窗，即韩国的韩非子。

韩非子是韩国公室后人，贵族出身，与李斯同学于荀子门下。韩非子有口吃之疾，不方便与人交流，于是就把时间更多地用在学习上，以至于壮志雄心的李斯也自愧弗如，并在后来关键时刻把这种"学不如人"转化成了报复行动。

韩非子后来成为最杰出的法家思想家，思想史上认为他是法家思想的集大成者，集传统法家的"法、术、势"为一体，提炼出不折不扣的"帝王术"。

韩非子画像

司马迁说韩非喜欢"刑名法术之学"，就是强调了在韩非子之前，法家思想已经在思想界广泛存在了，而韩非子则为传统法家思想找到了真正的归宿，即"黄老"之学，一种假托于黄帝和老子的唯我独尊、专制独裁的思想。这些思想看似与荀子思想毫无共同之处，但是，荀子是真正能够读懂法家思想真谛的人。荀子对儒家思想的信仰、对圣王的崇敬也很具有独断性，这是荀子之学真正能够吸引韩非子的地方。更重要的是，荀子的理性精神也完全映照在了韩非子的思想中，而《荀子》和《韩非子》在文气上无疑是息息相通的。哲学上的理性主义精神一旦失度，就容易滑向独断，在政治上则容易走向专制和独裁。

韩非子对儒家思想有过许多极其辛辣刻薄但也不乏中肯的批判，这就说明，韩非子对儒家思想是相当了解的。对于已经成名的儒家人物，《韩非子》对孔子和子夏尚存好感，对子思（孔子之孙）则持批评态度，这与荀子对这几位的态度是一致的，由此足可以说，韩非子对于儒家思想和人物的了解，与在荀子之门的学习有很大关系。

思想成熟之后的韩非子完全瞧不起他那个时代的各家各派学者，对于儒家主张的以道德约束政治的观点也是嗤之以鼻，这可能也是受到荀子诸如对

"十二子"所持苛刻批判态度的影响，尽管荀子可能无法接受韩非子否定人的道德修养和道德品格可以在政治社会领域里发挥作用的观点。

对于韩非子铺陈在他的犀利文章中的极端的法家思想，秦王嬴政（后来成为秦始皇）却极度欣赏，并把韩非子请到秦国，当面求教。不过，秦王和韩非子都是帝王术的学习者，而对帝王术深有心得并能娴熟使用的，却是韩非子的同窗李斯。李斯恐怕受宠中的韩非子取代自己的地位，便联合朝中大臣进谗言，最终把老同学害死在了狱中。可怜的韩非子，虽然他的书中把君臣之术讲得头头是道，本人却惨死在了脱不掉的书生气之中。在这一点上，韩非子与老师荀子倒是相差无几。

不过，韩非子作为荀子弟子以及二人的师生关系，在《荀子》和《韩非子》中都得不到直接证明。这两部书都是大部头的著作，《韩非子·显学》中说，孔子去世后，儒家先后出现过八个主要派别，其中的"孙

秦代书体"始皇帝"

氏之儒"，一般认为就是指宗从荀子的一派儒生，也许其中会有上述包丘子等人，但这并不能证明韩非子就是荀子的学生，因为人们期望读到的是韩非子与荀子更为直接和更为明显的关联。至于《荀子》之中，则完全没有韩非子其人的影踪。

在荀子与弟子的对话中，除了李斯，《荀子》之中就只有口称荀子为"先生"的陈嚣了。如前所述，与李斯一样，陈嚣也是在对待武力的问题上与老师产生了分歧。可以想见，如果没有像荀子那样五十岁之前一直对儒家思想的执着追求，要想在战国后期的社会环境下不对诸如法家和兵家之类的实用性很强的思想学说产生特殊兴趣，真是一件困难的事情。

陈嚣在《荀子》中仅此一现，其他典籍中也没有记载，想必只是荀子的

一位普通弟子。至于在"议兵"问题上荀子对陈嚣的教诲是不是发挥了作用，后人也是不得而知。

另外一位有名姓的弟子就是上文提到的浮丘伯，也就是包丘子。

在百家争鸣的时代背景下，荀子门下也可谓是百花齐放。在法家思想家韩非子、法家实践家李斯之外，还有传统型的儒家学者浮丘伯。从《汉书》记载来看，这位浮丘伯在荀子门下学习，专攻荀子《诗》学，最终自成一家，并在西汉初年收授弟子。浮丘伯的修养和学养都很深厚，并形成儒家历史上传《诗》的传统，甚至远到西汉后期，在《盐铁论》中都能看到，当时的人们还视浮丘伯为儒家学者的典范。本书下文讨论儒家经典传承时，将再次论及浮丘伯。

孔门、孟门、荀门

在先秦百家争鸣时代，各家各派几乎都收授弟子。这有力图壮大力量、扩大影响的动机，也是时代之风气使然。但是，只有儒家在这方面做得最为成功。其中的原因，最根本之处是儒家思想特殊的入世取向。

严格说来，先秦诸子的思想都是入世的，只是切入点不同而已。但是，其他各派的入世观和入世手段，都对投入其门的弟子有特别要求，不是要求某一种专门的技能，比如农家，就是提出某些特殊的要求，比如墨家，或者是偏重于某一个领域，比如兵家。反观儒家，对于入其门的弟子并没有上述任何要求，而只是要求弟子勤学，在学习中获得做人的要求和治国理政的综合才能。这样一来，儒家学派对于弟子的要求，既不偏执，又能使弟子们获得个人品格的提高，更能得到更多的从政机会。在此基础上，儒家学派的教学活动更能取得成功就是很自然的事情了。

儒家的教学活动开始于孔子。孔子是儒家学派的创始人，也是儒家教育的开拓者和奠基者，更是改变中国古代教育方向的第一人。在孔子之前，官学式微，私学兴起，但是，正是在孔子的努力下，从事教育才逐渐成为一种行业，老师也从一种单纯的以教育为谋生手段的劳动者，上升为一个特殊的

孔子讲学图

社会阶层的成员。

　　尽管教育只是孔子政治追求的副产品，但他的教育活动是相当成功的，影响也是无比巨大的。众所周知，孔子一生共有弟子三千多人，其中有成就的七十多人，在《论语》中留下名姓和事迹的也有三十多人，个人成就在史籍中有记载的也有二十多人，并且遍及各个社会阶层和领域。这样的教育成就，在人类历史上是绝无仅有的。最为重要的是，孔子思想之所以能够流传后世，并形成儒学发展的浩荡洪流，一个不可或缺的原因就是孔子弟子的集体成就。孔子及其弟子的群体影响遍及全社会，是那个时代的历史链条中不可缺少的一个重要环节。如果没有孔子弟子的存在，中国古代社会就会走向另一个方向。

　　孟子的活动年代距离孔子去世已经百年，但孔子积极从事教育活动的精神却被孟子很好地继承下来。在孟子时代，各家各派收授弟子的活动已然成风，孔子时代没有遇到过的与各家弟子直接交锋的事情，孟子却屡屡面对。孟子也广招弟子，尽管也有被他拒绝收入门下的人。孟子弟子最高峰时达到有数百人同时在门下，并受到各国诸侯的轮流接待，证明孟子的教育活动也是相当有成就的、有影响的。然而，孟子弟子虽众，但有出息、有作为的弟子却没有见到，同样是令人深感诧异的。无论是在孟子的有生之年，还是在他去世之后，弟子们在社会上基本上是默默无闻的。各国君主认为孟子的思想太空洞辽远，难以解决眼下的事情，所以都不愿意任用孟子。晚年的孟子在从政无望的情况下，只好与以万章为首的弟子们讨论学问，并编写了《孟子》这部书。

《孟子》在孟子生前就完成了，基本上是弟子们记录，孟子审定，所以也可以说是孟子亲自撰写的，比较真实地反映了孟门的实际情况。孟子弟子基本上都出现在了《孟子》之中。与孔子一样，正是在周游各国的政治追求中，孟子也带出了一批有才能的弟子。孟子接收弟子的目的，并不是要他们做纯粹的学究，而是为自己的政治事业寻找支持者和同行者。不过，与孔子不同的是，孟子的言论和思想比较刻板，相应地，对弟子的要求也比较苛刻和单一。所以，与孔子弟子相比，孟子弟子较少思想创新，也就更缺乏个人影响，以至于在他们之后，孟学并没有出现像样的发展。

因为孟子弟子较少个人表现，所以，当世及后世，对这些弟子的记载和评说都比较少。出现在《孟子》中的孟子弟子只有十五六位，并且几乎没有什么单独言论。比如说，同样是问难孟子，比较成熟的弟子能够从同情的角度出发，使孟子有机会全面而深刻地阐述自己的主张，而比较肤浅的弟子则更多地在一些细枝末节的问题上纠缠不清，甚至使孟子感到为难和恼火。可惜的是，尽管他们有时也有一些自己的思考，但孟子并没有给他们太多的自由发挥的天地。所以，当人们难以找到他们各自的思想传人的时候，也就不会感到惊讶了。

荀子弟子的情形则一如上述。在数量上，让后人熟知的荀子弟子极其有限，不出十位，甚至他的弟子们也承认荀子弟子数量有限。在整体质量上，荀门也算不上有多精彩，而真正出彩的是荀子的个别弟子。但正是由于这几位出彩的弟子，才把荀子的教育成就推到了一个其他人难以企及的高度。

总的来说，要论整体上的教育事业的成功，孔、孟、荀相比，则非孔子莫属。孔子弟子人数多，质量好，从整体上形成对于时代精神和历史走向的影响，尤其是在学术思想和社会思潮领域，没有孔子弟子的成就，很难想象孔子儒学能够一直延续下去，直到汉武帝时代的儒术独尊。孟子弟子虽然人数众多，但都被孟子的光辉覆盖，没有形成多少可见的影响力。荀子弟子人数很少，但仅有的几位却光芒四射，都是历史上最重量级的人物。韩非子的法家思想和帝王之术、李斯的历史功绩、浮丘伯等人对儒家典籍的传承，都是孔子和孟子的任何一位弟子难以做出的贡献。所以说，虽然荀门的历史贡献与他们所处的特殊时代有关，但无论如何，在对中国古代君主专制社会政治传统的塑造中，不去关注荀子及其弟子的话，肯定是说不过去的。

读经、解经、传经

荀子对于儒学的贡献是多方面的，除了他的思想和教育贡献之外，还有相当重要的一个方面，就是学术贡献，即对于早期儒家经典的研究和传承。

荀子儒学思想的直接来源是卜子夏，而子夏在孔门被誉为"文学"弟子，即对于传统的文物典章有着特殊兴趣和研究成就。子夏对于孔门所重视的经籍既有深湛研究，又有积极传承，荀子之学自然就与儒家经典结下不解之缘。

西汉前期就已受到官方重视的儒家"五经"中，《诗经》《礼》《春秋》的传承都与子夏直接有关。在《荀子》中，儒家五经都是被经常引用和直接论说的对象。荀子还是研究儒家礼和乐的专家，并且在礼论和乐论方面也有深刻论述，这些都直接影响到了汉代经学传统。到了汉代，儒生就把儒家经典的流传几乎都与荀子挂起钩来。有汉儒甚至认为，儒家五经都经过了荀子的传承。这样的说法虽然有攀附名人的嫌疑，但汉儒之所以选择荀子为五经传承始祖之一，也不是没有道理的。

在儒家思想史上，有其独特的经学传统。儒家经典是儒家思想的载体，儒家思想是儒家经典的灵魂。儒家经典的传承，是从孔门读经开始的。荀子晚年专于治学，儒家经典实赖之以传。荀子治经，做的是真功夫。

在西汉前期汉文帝时代，朝廷初置经学博士，儒家经典开始了规范化和制度化进程。在历代官方重视和学者们的努力之下，到清代形成了儒家十三部核心经典，简称"十三经"，即《论语》《孟子》《左传》《公羊传》《穀梁传》《诗经》《尚书》《周礼》《仪礼》《礼记》《易经》《孝经》《尔雅》。不过，如果追根溯源的话，对儒家经典的大量使用和系统研究，应该是从荀子开始的。

荀子不仅大量使用经典，还对经典有研究、有论述。与孔子和孟子相比，荀子对于儒家经典有过深入研究，并对经典的性质、作用等发表了全面论说。在传承经典的同时，荀子大力宣传经典的意义，如此互为表里的努力，使儒家经典的传承和影响力获得了实质性提高。从这个角度来看，汉儒大力推崇荀子传承经典之功，确实是理由充足的。

荀子在《劝学》篇中谈到学习经典的重要性时，对儒家经典有过正面论述。这段论述很能说明问题，所以引述如下：

> 《书》者，政事之纪也；
>
> 《诗》者，中声之所止也；
>
> 《礼》者，法之大分，类之纲纪也。
>
> 故学至乎《礼》而止矣。
>
> 夫是之谓道德之极。
>
> 《礼》之敬文也，
>
> 《乐》之中和也，
>
> 《诗》《书》之博也，
>
> 《春秋》之微也。
>
> 在天地之间者毕矣。

荀子提出了儒家五部经典，不妨称为荀子"五经"。与后世的《诗》《书》《礼》《易》《春秋》等"五经"相比，荀子"五经"加入了《乐》，没有了《易》。汉儒以来称《易》为"群经之首"，但荀子更看重《乐》的教化作用，这与他关注现实政治的精神是一致的。尽管与后世不完全一致，但可以明显看出，儒家经典的规模在荀子手中正在成形。荀子"五经"的内容在孔子和孟子言论中都可以看到，但把此"五经"合在一处，作为一个学习经典的系统加以论述，则是荀子首创，由此可见荀子对于儒家经典的巨大贡献。

荀子指出，《礼》《乐》之文中规中矩，但缺乏对实际情况的具体指导；《诗》《书》记载的都是过往之事，对现实没有直接明示；《春秋》意义隐约，不能很迅捷地指导现实。对于学习者来说，要想让这些经典真正指导人生，发挥作用，必须向那些在经典研习方面学成在先的君子之人靠拢，学习他们的学习精神和思想学说。经典是古代的，君子则是当代的。古今相结合，一个人才能得到普遍尊重，畅行于天下。

尽管荀子对于儒家经典倾注了极大的热情和精力，但他的落脚点还在现实问题上。正是因为有了这样的指导思想，儒家经典在荀门的努力之下才在汉代获得了全面普及和提高。

荀子强调，圣人是大道的关键。人的因素始终是最主要的，正如孔子所言："人能弘道，非道弘人。"（《论语·卫灵公》）大道需要人去阐发和推行，儒道则需要儒家圣人去把握。天下大道很广大，但儒家大道是其关键。自古以来，无数圣王坚持的

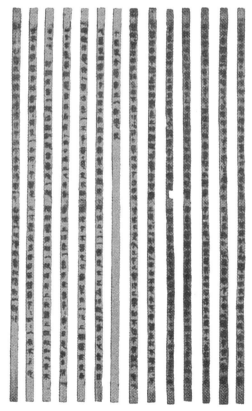

春秋文字

就是儒道。荀子所称的儒家"五经"，《诗》《书》《礼》《乐》《春秋》，都是以儒道为归宗，都是儒家思想的载体。从这个方面来看，荀子依然是循规蹈矩的儒生。

具体说来，荀子"五经"都是儒家思想的表达，所不同的是，《诗》说的是志向，《书》说的是政事，《礼》说的是行为，《乐》说的是和美，《春秋》讲的则是微言大义。在荀子"五经"之中，最受荀子重视的是《诗》，《荀子》中引用最多的也是《诗》中之诗。荀子对诗篇的引用，几乎是信手拈来，随处可见。

《诗》由三部分组成，即《风》《雅》《颂》，其中《雅》又分为《大雅》和《小雅》。《风》是民间歌谣，反映普通人情怀，有对时政的讽刺和批判，有对个人生活和遭遇的感慨。这些内容以及歌谣的表达方式，尽管都容易表现过度，但是，荀子和孔子一样，认为《风》中之诗并没有随波逐流、肆无忌惮的表现，因为它们遵循了儒道的节制。《小雅》是士人的作品，内容虽然比较个人化，但也是根据儒道加以文饰，有礼有节。《大雅》也说时政，但却具有更广阔的视野。《颂》是庙堂之诗乐，至高无上，根据儒道而达到了通天下的高度。

显然，荀子给予"五经"以最高的思想和政治地位，认为天下大道尽在儒道，儒道尽在"五经"。遵循"五经"则向善向好，背离"五经"则走向灭亡。

荀子对《诗经》之诗篇有过专门的深入讨论，这在孔子和孟子的言论中也是没有的。《国风》是《诗经·风》的组成部分，荀子认为它的内容"好色"。所谓"色"，是指表现于外的东西，也可以理解为人的情感的外在表达。所谓《国风》之"好色"，是说《国风》诗的作者们大胆表现了对事物和事件的情感。比如说，其中那些倾诉爱情的诗篇，作者并没有采取隐晦的方式，而是直述心意，人人皆可知、皆能知。当然，荀子也强调，作者想要尽情表达的是对异性的爱欲，但又不超越最基本的规矩，即伦常之德。作者的爱恋之心如金石般真诚，所配合的音乐之声即使是作为宗庙之乐也是合格的。这就是说，《国风》中诗篇的"好色"，是对美的正当的、严肃的、合乎规矩的追求，是人的正常表现，直如孔子所说，"《诗》三百……思无邪"（《论语·为政》），所有诗篇的动机和意旨都是没有问题的。

再说《小雅》中的诗篇，虽然是对时政的讽刺和批判，但并不是对君主和在上位者的无端污蔑，而是居下者对于国家前途的必要担忧，所以才对现实政治表现出疾愤，并不断提醒人们不要忘记曾经有过的政治清明时代。正因为有端正的指导思想，这才在文字上非常讲究，注意遣词造句的优美，并不时表达对于世道混乱的哀痛之情。

荀子对于《诗经》之诗的分析，既注重诗篇的原义，又看重对其意旨的提高，以此奠定了历代对于《诗经》的基本认识。由此也可以看到，荀子对于《诗经》确实研究深入、心得独到，完全无愧于传经大师、传《诗》大德的称号。

从对经典的研读中，荀子屡有独特收获。有些人会被认为其行动跟不上言语，荀子认为是由于这些人的言语说得过头了。至于言语本身，有些时候会被认为缺乏信用，荀子认为这是由于言语太过诚实，难以全部兑现。荀子这么说，并不是赞成言行不一或言而无信，而是说单纯的言说总有其不足之处，所以，不去说什么，不去多说什么，而把重点放在行动上，这才不会引起不必要的猜疑和麻烦。

荀子以"五经"为例说，在《春秋》和《诗经》中，对于诸侯国之间的事务，都是肯定那种简明的言语约定，而不赞成烦琐而频繁的盟约，也就是说，诸侯之间能不能履约，关键在于行动，不在于如何盟誓。荀子进而总结道，读懂了《诗》的人不去解说诗意，理解了《易》的人不去占卜，把握了《礼》的人不去操办礼仪。这是为什么呢？因为这种人读经的目的是指导行动，而不是空谈和炫耀，正如孔子教导的，"古之学者为己，今之学者为人"（《论语·宪问十四》），真正的学者是为了修养身心而学习，虚妄的学者则是为了在人前显摆而学习。

总之，荀子对于儒家经典的研习是全面而深刻的。他对经典有学习、有体会、有传承，是儒家经学史上里程碑式的大学问家。对于经典的方方面面，荀子都有明确观点，这在现存孔子和孟子的言论中是看不到的。

关于荀子和荀门传承儒家经典的总体情况，早有研究认为，汉代《诗经》和《春秋》的治学传统都与荀子有关，《春秋经》，以及释读《春秋经》的《左传》和《穀梁传》也有荀子的传承之功。关于《礼》书，虽然荀子的学习来源不明，但他本人在礼学方面研究颇深，心得见之于《荀子》，对汉代的礼学传统影响至深。

荀子之学源之于孔子弟子子夏，而传承《诗经》的传统就是从子夏开始的。经过几代传人，传到了荀子手中。从荀子手中接过《诗经》传承使命的是鲁国人毛亨，这就是说，赫赫有名的西汉《毛诗》传统，与荀子的传授密切关联。另外，汉代《鲁诗》的传统源之于荀子弟子浮丘伯。总之，《诗经》之所以能够在后世广为流传，与荀子和荀门的学术贡献是分不开的。

在《荀子》之中，荀子共引用诗句八十五次之多，这在先秦其他著述中是绝无仅有的。在这些引用中，有使用诗句原意的，也有引申其意义的，也有完全是荀子自由发明的意义，总之，荀子对诗篇和诗句的掌握是非常练达的。这也从一个侧面证明，荀子对于《诗经》的研习，在那个时代不仅是独一无二的，而且也是站在最高峰的。

除了《诗经》，荀子对于《书经》，也就是《尚书》之文，也有多达十五次的引用。因为《尚书》本身就是政治教科书，文义明确，所以，荀子的引用也是规规矩矩，完全使用其原义。《荀子》中谈及《春秋经》的只有两处，都是议论其中的人和事，并没有直接的文字引用。对于礼书，并不见《荀子》中有过文句上的引用。对于儒家传统礼仪，《荀子》不断有所提及，但却没有说明这些礼仪的出处。至于他的精彩礼论，荀子同样没有说明其来源。荀子对于礼的研习成果，更可能是源之于他在游仕岁月里的实际考察所得，或许还有前世流传下来的散乱记载。

需要特别考虑的是荀子对于《易》的引用和理解。

传世的《易》有《易经》和《易传》两大部分。《易经》成书于西周前期，是一种原始占卜手册，《易传》则是战国至西汉前期的学者们对于《易经》的解释，现存十个部分，世称"十翼"，意为经典的展翼，即辅助和发展的意思。《易经》的卦辞和爻辞素来以文字难解、歧义丛生著称，而荀子的引用共有两处。一处只是单纯引用，没有其他上下文，看不出有什么用意。另一处则是在引用之后使用了明显的引申甚至个人想象之义，即《坤卦·六四》爻辞："括囊，无咎无誉。"本来的意思是扎紧口袋，就不会出问题，这是先民日常劳作中遇到的情况，而荀子认为可以用来形容腐儒的保守和无所作为，这显然是这句爻辞之中没有的意义。

至于荀子对于《咸卦》讲的"夫妇之道"的理解，则是等同于《易传》的视角，说明荀子对《易》的理解也受到了当时说《易》之风的影响，尽管《荀子》中并没有引用过《易传》。当然，荀子对于《易经》的最经典的评说，还是上引"善为《易》者不占"的观点，说明荀子是不赞成占卜之术的。

除了上述传世儒家经典之外，《荀子》还十八次引用《传》和五次引用《语》这两种书。其实，《传》和《语》并不是书名，而是两类书的统称。《传》书如《左传》等，是对于某部经典的解释，不是解释经典的文字和字义，而是对经典的含义做进一步的说明和引申性思考。《左传》虽然以纪事的形式出现，但其本质还是发掘《春秋经》的意义。不过，荀子所引《传》书的文字统称为"《传》曰"如何如何，而并没有说这些《传》书是对哪部经典的解释。

至于《语》书，则应该是一种语录体的著述，如后来把孔子的言论辑集称为《论语》。西汉学者陆贾著《新语》，正是《语》书传统的某种形式的继续。《荀子》所引《语》书文字，看上去也应该是某人或某些人的语录。如同荀子所引《传》书很可能不是出自某一本《传》一样，他引用的《语》书也可能不是某一种《语》。

严格来说，荀子与经典的关系，应该是不止于传承儒家经典这样的相对狭窄的范围。传承儒家经典当然是中国学术史、思想史，特别是儒家思想史和经学史上的居功至伟之事，不过，也应该看到，荀子博览群书，并在博览中勤于思考、勇于批判的精神，同样是令人仰视的。

图书在版编目（CIP）数据

后圣荀子 / 高专诚著 . -- 北京：作家出版社，2022.9

（典藏古河东丛书）

ISBN 978-7-5212-1953-1

Ⅰ . ①后… Ⅱ . ①高… Ⅲ . ①散文集—中国—当代

Ⅳ . ① I267

中国版本图书馆 CIP 数据核字（2022）第 121125 号

后圣荀子

作　　者：高专诚

责任编辑：丁文梅　朱莲莲

装帧设计：鲁麟锋

出版发行：作家出版社有限公司

社　　址：北京农展馆南里 10 号　　邮　　编：100125

电话传真：86-10-65067186（发行中心及邮购部）

　　　　　86-10-65004079（总编室）

E-mail:zuojia @ zuojia.net.cn

http://www.zuojiachubanshe.com

印　　刷：唐山嘉德印刷有限公司

成品尺寸：170×240

字　　数：233 千

印　　张：16

版　　次：2022 年 9 月第 1 版

印　　次：2022 年 9 月第 1 次印刷

ISBN 978-7-5212-1953-1

定　　价：53.00 元